图书在版编目（CIP）数据

暗巷 / 有鱼入舟著． -- 武汉：长江出版社，2025.
6. -- ISBN 978-7-5804-0107-6

Ⅰ．I247.5

中国国家版本馆 CIP 数据核字第 20259VQ618 号

# 暗巷 / 有鱼入舟 著
ANXIANG

| 出　　版 | 长江出版社 |
|---|---|
|  | （武汉市解放大道 1863 号） |
| 出版统筹 | 曾英姿 |
| 选题策划 | 朵　爷　图　南 |
| 市场发行 | 长江出版社发行部 |
| 网　　址 | http://www.cjpress.cn |
| 责任编辑 | 罗紫晨 |
| 印　　刷 | 湖南天闻新华印务有限公司 |
| 版　　次 | 2025 年 6 月第 1 版 |
| 印　　次 | 2025 年 6 月第 1 次印刷 |
| 开　　本 | 880mm×1230mm　1/32 |
| 印　　张 | 9.5 |
| 字　　数 | 283 千字 |
| 书　　号 | ISBN 978-7-5804-0107-6 |
| 定　　价 | 48.60 元 |

版权所有，侵权必究。如有质量问题，请与本社联系退换。
电话：027-82926557（总编室）027-82926806（市场营销部）

| 第六章 重新开始 | 161 |
| --- | --- |
| 第七章 再遇危机 | 183 |
| 第八章 悄然流失 | 224 |
| 第九章 京书的自述 | 233 |
| 第十章 他的未来 | 257 |
| 番外 长命百岁 | 285 |

# 第一章
## 故人之托

天刚蒙蒙亮，夏家屋外的灯便亮了起来，急促的敲门声惹人心惊。

破旧的偏房带着一股霉味，夏寻谦起身穿上衣裳打开了门。

敲门的人是夏老爷子，他面色有些着急。夏寻谦扶住夏老爷子，语调温和地问道："怎么了？爸。"

夏老爷子抓着夏寻谦的手，声音中带有几分焦急："今天封先生来西地，我引荐你见见他。"

夏寻谦观察着夏老爷子的情绪，抬头望了望灰蒙蒙的天，感觉怎么都亮不起来了一样。

夏家要完了。不，是他夏寻谦要完了。

"这天还没亮呢。"夏寻谦闷声道。

夏寻谦在夏家是个人人嫌弃的私生子。他九岁那年，夏老爷子将他接回了夏家。夏老爷子的妻子曹夫人不喜欢他，她生的四个孩子更是讨厌他。

夏老爷子懦弱，在夏家他做不了主。确切地说，是夏夫人看上了他，他才能在夏家。

他老了，他怕自己死后，小儿子会被赶出夏家。

夏寻谦看着夏老爷子青丝中绕着的白发，苦笑了一声。他知道夏老爷子这是在给自己找后路。

在夏老爷子眼里，夏寻谦就得要个人养着才能活得下来，只因一身的病。

他正出神呢，夏老爷子的声音响起："亮了亮了，马上就亮了。"

"坐车过去要一个钟头，你换身好一点的衣裳，我在门口等你。"

夏寻谦嘴唇抿着，进屋换了一身衣裳。一件白衬衣，过生日的时候夏老爷子悄悄给他的。

到门口的时候，夏老爷子已经上了车，夏寻谦打开车门坐了进去。

绵延的山路晃得人脑袋发晕，车开了一个小时之后，在一个气派的小院门口停下。下着细雨，屋檐的水淌着丝线，牌匾上面写着"封家祠堂"四个字。

这是夏寻谦第一次见到封麟。

封麟很高，穿着板正的西装，站得笔直，宽阔的肩膀瞧着有一种风雨不动的力量。

其实封麟长什么样夏寻谦有些没看清楚。

这是他第一次觉得有的人瞧着是真的会让人害怕,那种压迫感与强势让人无端生惧。

夏寻谦从车上下来,就看见封麟撑着黑伞进封家祠堂里去。

封麟注意到了夏寻谦,黑伞下的眼眸幽暗似深渊。

只一个眼神就会哆嗦起来的小白兔,封麟不喜欢。

现在的社会还要依靠别人才能活下来的人是无用之辈。

封麟的眼神极冷,夏寻谦脑袋微微垂着,没有抬眸。

这时候,一旁的夏老爷子从车上下来,他拉着夏寻谦就往祠堂里走:"封家长辈与我交好,你也去上炷香吧。"

夏寻谦明白夏老爷子的意思,于是跟着进了祠堂。

祠堂内淡淡的烟雾腾飞,是常年都燃着烟火的样子。

夏寻谦看着面前的封麟,那浑厚的背影叫人不敢靠得太近。

夏寻谦点了一炷香拜了拜。

封麟将香插入香炉,凝视着一旁的夏寻谦规矩且刻板的动作。

少年生得好看,无法形容的好看,水灵,乖巧,都可以用来形容夏寻谦。

他站在这里,周遭都多了几分温润的湿意。

精致的五官辨识度高到封麟这样阅人无数的都一眼便记住了。

夏寻谦鼻梁一侧生了一颗黑痣,刚好在眼睛下方,细碎的额发绕在上面,瞧着惹人怜惜。

封麟漆黑的眼眸微眯,面色冰冷地审视着夏寻谦,一句话问得夏寻谦喉咙发麻:"你叫什么名字?"

夏老爷子倒是和他说过夏寻谦的名字,但他没在意。

夏老爷子求封麟在自己百年之后给夏寻谦一个安生的住处。

老一辈的恩情要封麟来还,他本就是不愿意的。但也无妨,封家的房子随便腾一间出来都能养活一个闲人。

夏寻谦拜后将香插入香炉,虚虚地看着封麟,依旧没瞧清他的脸。

"夏……寻谦。"夏寻谦开口道。

封麟眼眸垂下，觉得面前的人有些矮了，刚好到他肩膀的位置，问："你今年几岁？成年了吗？"

夏寻谦眼眸微转，唇瓣轻动："成年了。"

"封先生，寻谦今年十九岁。"这句话是夏老爷子接的。

封麟面色淡漠，话是对着夏寻谦说的："知道你爸为什么把你带到这里来吗？"

男人黝黑的眸让人生惧，夏寻谦手握成拳："知道。"他知道，不过是卑微的人寻求庇护。

封麟嘴角勾起一抹淡淡的笑意，转身从祠堂走了出去。

夏老爷子拉着夏寻谦跟在他身后。

祠堂门口站着四个穿着黑衣的保镖，见封麟出来便将黑伞打开，细密的雨拍打在人脸上倒是不疼。

夏老爷子拍了拍夏寻谦的肩膀："你和封先生走走。"

夏寻谦跨出了门槛，夏家是个吃人的地方，他一个病秧子出不来的，这好像是宿命。

夏寻谦手里没有伞，走了几步之后身上有些湿了，封麟的步子慢了下来。

夏寻谦走到封麟身侧，听见他说："站过来些。"冷冽的声音在雨的沙沙声中不算明显。"站过来些。"封麟说了第二遍。

夏寻谦朝着封麟走近一步，拍打在脸上的雨水停了下来。

封麟将夏寻谦带到祠堂侧面的院子，他进了屋后对着夏寻谦道："说吧？凭什么让我帮你。"

轰隆，屋外忽然闪过一个惊雷，和夏寻谦听见这句话的诧异是一样的，他没想过封麟会这么直白。

夏寻谦想退出去，但他没有，他想要活下去。

在这个人均工资几百元的地方，夏寻谦因为身体原因，能拿到的最高工资超不过两百元。

一个月几千元的药费他夏寻谦付不起，能赚钱的体力活他又做不了，从夏家出来，也没有谁会聘用一个三天两头往医院跑的病秧子。

夏寻谦性子淡漠，站在那里总有那么一股子风一吹就跑了的冷劲儿，骨相又不是风流月下的娇软，是挂着雪霜的松柏树。

屋内微热的气息逐渐怪异，微妙得恰到好处。

夏寻谦背过身关了门，声音寡淡地道："帮不帮我是先生的事，您答应下来也不过是看在父辈的情分上。我父亲可怜我，只是希望他死后，我不至于连个遮风避雨的地方都没有。"

夏寻谦的调子沉了些："我不需要您的帮助。"

"听您父亲说你身体不好？"封麟冷声道。

这话让夏寻谦有些窘迫，他敛下眸子。

"没有。"夏寻谦的声音微弱，几乎沉到地上。

"你觉得自己能养活自己吗？"

夏寻谦恍惚了一瞬，点了点头："应……应该可以。"

封麟抬起头："你很怕我？"

夏寻谦攥紧手指："不怕。"

"很爱哭？"

"没有……"夏寻谦声音发颤。

封麟看起来很可怕。

"过来。"夏寻谦听见封麟冷声道。

夏寻谦朝着封麟走近一步："封先生。"

封麟眉眼微挑："老一辈的事，本与我无关，你父亲既用情分托我给你一个遮风避雨的地方，我若不答应也有失大家风范。"封麟面上看不出任何情绪，不容人窥探分毫，"你父亲死后，可以来封家找我。"

"来不来在你。"封麟犀利的眼神与夏寻谦对视，"希望你没有无用到这种地步。"

夏寻谦攥紧手指："自然不会麻烦封先生，您说两句话不要让我父亲忧心便好。"

封麟嘴角勾起笑意，整个人看起来没有一丝温润气质，反而更冰冷了。

封麟冷着眸转身，夏寻谦好像还说了什么，封麟没耐心听，兀自往前走。

封麟从院子出去的时候雨已经停了，但天依旧是灰蒙蒙的，夏老爷子站在门口不远处的梨树下。

　　封麟走了过去，夏老爷子看见封麟规矩得很，但面上的苦涩不比这天气好几分。

　　封麟背着一只手："夏老爷子真是杞人忧天。"

　　封麟想不通，为什么夏老爷子那么在意他这个小儿子，早早地就给他铺后路。过场也好，实际也罢，有门有道地求了，自己死后封麟就会管夏寻谦了。这是夏老爷子的想法，愚昧又蠢笨。

　　夏老爷子的声音响起，带着明显的颤意："医生说他活不过三十岁，我只是想让他过得好一点。我百年后，夏家的人肯定容不下他的。"

　　三十岁……可惜了。封麟想。

　　夏老爷子说的不错，注定是个短命的，倒也不必拖着个身子去外面折腾了。

　　夏老爷子一句一句地说着，声音悠长，情绪多得溢了出来。

　　"他喜欢吃螃蟹，但那东西寒凉，封家有也少让他吃。他有时候也会发脾气，问他两句不答大抵就是生气了，买点他喜欢的东西哄一哄也就好了。"

　　"您要是生气了，也不要骂他私生子什么的，他不是。"

　　"您就给他放在一个小院子里给口饭吃就好了，他很乖的。"

　　"你不用多管着他，就让他安安心心地过完下半生就好。"

　　封麟嘴角勾起一抹淡漠的笑意，夏老爷子同他说了许多，大部分封麟都没听进去。养个闲人而已，这对封家来说不算什么。

　　封麟欣赏娇艳似火的狐狸，夏寻谦这种连爪子都没有的猫，只让他觉得无用至极。

　　"最近身体如何？"封麟突然开口问夏老爷子，锋利的眉眼瞧着冷冰冰的。

　　"人老了，最多半年吧，墓地都选好了。"夏老爷子的声音轻飘飘的，中气已然不足。

　　封麟轻轻嗯了一声，便朝着祠堂走去，步履间没有要停留的意思。

　　夏老爷子知道他要走了，跟了两步便又停了下来。

　　封麟的车开过夏老爷子身边的时候，车速慢慢减缓。

006

夏老爷子在一旁站得笔直，封麟打开车窗递出来一个小盒子，没说是给谁的，只冷声道："见面礼。"

夏老爷子接过礼盒："我会给他的。"

封麟走后不久，夏寻谦从院子里出来。他看起来有些疲惫，但极力掩饰着。

他走到夏老爷子面前："回家吧爸。"

夏老爷子将手里的盒子递给他："封先生给你的。"

夏寻谦没接，夏老爷子直接塞到了他手里。

在车上的时候，夏寻谦打开了那个盒子，是一个雕着柚子花的银镯子，里面刻着长命百岁。

长命百岁……好讽刺啊。

夏寻谦将银镯子拿在手上晃了晃，还会叮当响。

回到夏家的时候，一家子人都在，正巧刚上饭点，但餐厅内的热闹气氛跟夏寻谦没有关系。

他看了一眼屋内的一家老小，没再跟着夏老爷子往前走，而是回了自己的房间。

夏寻谦住的屋子下了雨总有一股子味，他打扫了几次也没散去。

夏寻谦将门窗打开，到门口的矮檐下找了张椅子坐下。

江南雨水多，这样的天气坐在屋檐下听雨能让人安心凝神。

夏寻谦正出神，突然，一个泥球扔到了他的衣服上。

"夏寻谦，在那儿干吗呢？"一个傲慢的声音在耳畔响起。

夏寻谦抬眸望去，是他二哥夏厉，流氓痞子一个。夏寻谦看了看自己的衣裳，慢慢走到夏厉身旁。

夏厉仰着脑袋看着夏寻谦，他从小就是被欺负大的，整个夏家，没有人喜欢他。

夏寻谦狠狠地甩了夏厉一巴掌，说："滚，我今天心情不好，不想看见你们任何一个。"

夏寻谦很少跟夏家的其他人打架，受了这一巴掌的夏厉面色有些震惊，他根本没想到夏寻谦会还手！

"你疯了吧！"话音一落，夏厉一拳便砸到了夏寻谦脸上。他还嫌不够直接，拽着夏寻谦的衣襟又是一拳。

夏厉在外混账惯了，下手没个轻重，夏寻谦这个病秧子连个还手的机会都找不到，嘴角顷刻间便破了皮。

被夏厉按在地上揍的时候，夏寻谦突然笑了出来，他拽住夏厉的脑袋，用他全部的力气往一侧的石板上压下去！

夏厉的脸侧被按到地面，细碎的石子摩擦肌肤，脸上瞬间出了血。

夏厉吐出嘴里的灰，怒意在这一瞬间达到了顶峰，拳头再次砸了下来。

夏寻谦被揍得三天没下得来床，罪魁祸首却连一句不痛不痒的话都没有。

夏寻谦也不知道为什么，那么多年都忍下来了，那日非要扇他一巴掌。

夏老爷子来问他为什么会和夏厉打起来，夏寻谦只语气淡漠地回答他："爸，任何人都是不能依靠的，我只能靠我自己。"

夏老爷子明白了，夏寻谦还手只是想告诉自己，他和以前一样，依旧寄人篱下。

夏老爷子眼神染上几分探究："你二哥前天被人打了，是不是你做的？"

"不是。"夏寻谦答道。

夏老爷子凝视着夏寻谦，指腹蜷缩着："没有那个靠山，就不要用你的聪明劲儿。"

夏寻谦不答。

夏老爷子知道夏寻谦动手是在气自己将他送到封麟那里去，调转话锋道："你大哥、二哥的生意都和封先生的琛越集团有来往，只要封先生给你一个安身之所，你可以活得很好，不会有人再敢欺负你。"

"他看不起我这种一无是处的人。"夏寻谦说，"在他眼里，应该看见我都嫌脏了眼。"

夏寻谦觉得可笑，他在夏家活得是卑微，但也不需要依附任何人。

"他何时这么说了？"夏老爷子问。

"父亲，不要用你的恩情当作我活得轻松的筹码，人各有命，不

可强求,生死我都认了。"

"不要说丧气话。"夏老爷子闷闷地说完,转身从夏寻谦的屋子走了出去。

夏寻谦看着夏老爷子的背影,只觉得曾经的高大身影此刻愈发摇摇欲坠,高楼也总有坍塌的一日。

半年后,夏老爷子倒在家里一侧的花卉中!

那日偌大的夏家从上到下忙碌了起来,在路上看不见一个歇着的用人,廊檐挂上了白缎子,门口的石狮子也染上颜色。

沉闷的锣鼓声在送别夏家的主人,三日的流水席给足了夏老爷子死后的面子。

曹夫人不让夏寻谦给夏老爷子披麻戴孝,她说他不配。

夏寻谦等夜深了,大家都入睡了之后,去灵堂跪了两个小时。

夏老爷子起灵是在天还未亮的时候,夏寻谦在后面跟了一路。

回到夏家的时候,他所有的东西全被扔了出来,画本、衣裳,还有一箱子书,唯独他要吃的药没有扔出来。

按曹夫人的说法是,他不配吃那么贵的药,要养活自己,自己想办法。

"夏家白养你那么多年,也该滚了,别让我再看见你。"

夏寻谦抬眸看了看夏家,明明是大白天,那里面瞧着却那么阴沉死寂。

夏老爷子死了,夏寻谦本就没打算再回来。他俯身捡起地上的一个小盒子,里面是一个叮当响的银镯子。

萧瑟的背影往前,头顶是旭日暖阳。

父亲死了,夏寻谦本也不打算再待在夏家。

夏寻谦从夏家出来之后,去了自己在外面租的房子,这也让夏寻谦真真切切地意识到他养不活自己。

从娘胎里带来的病让他比一般人羸弱太多,多年来几乎是靠药养着的。医院推荐他用更好的药,但价格贵了三倍,他现在连最普通的都买不起。

夏寻谦找了几份工作,被辞退的理由几乎一样,一个小时的活他要做半天,还有半天要熬药养自己。

一个月后,曹夫人知道了夏寻谦的住处,当天不知道在哪里受了气,就来找夏寻谦的麻烦。

出租房的门被曹夫人狠戾地推开,她看起来有些不清醒,全身都弥漫着酒味。

"臭小子!你怎么还没死!"曹夫人咒着,"你怎么还不死啊!你和你母亲一样!"

她恨夏寻谦的母亲,更恨夏寻谦。

曹夫人喝得醉意熏天,将夏寻谦屋子里的东西摔了一地。

最后因为动静太大,邻居报了警,两人都被带去了看守所。

夏家的人过来接曹夫人回去。

警察来问夏寻谦,愿不愿意和解。

"家人有吗?"

这话实在讽刺得让夏寻谦觉得可笑,他闷声道:"没有家人。"

夏寻谦苦涩抿唇,家里人……他哪里来的家里人?

听着对方的话,夏寻谦突然就想起半年前在封家祠堂见到的那个男人,封麟……

夏寻谦看向身旁的询问人员,眼中尽是复杂的神色。

半年前,封麟说要离开夏家的时候给他电话,他没有打那通电话。

夏寻谦没有开口回答询问人员的话,淡淡的瞳仁在灯光下无声流转,波澜中是窥看不见的心思。

"那朋友呢?"警察再次问道。

过了许久,夏寻谦再次闷声道:"没有朋友。"

询问人员轻轻叹了口气,曹夫人是出了名的跋扈,谁理亏他心里大抵是有底的。

男人给夏寻谦接了一杯热水:"本来也不是什么大事,我建议和解。"说罢便出了门。

夏寻谦坐在询问室的长椅上,记忆中封麟的模样像裹着朦胧的雾让人难以看清。

夏寻谦苦笑了一声,寄人篱下的活法好像注定搅扰着他的命格。

不知道夏厉同曹夫人说了什么，曹夫人居然答应了和解。

但夏寻谦没想到外面有人在等着他，离开派出所后，他根本来不及反应，就被推搡着上了车！

"放开我！嗯……"夏寻谦奋力挣脱着，倾侧的身子被车上的人按得死死的，动作尽是徒劳。

车快速行驶离开，夏寻谦甚至没看清几人的容貌。

不知道过了多久，夏寻谦被拖下车，扔到了一处绵软的沙发上！

夏寻谦眼神冰冷地望过去，是夏厉！

夏厉一脸笑意地凝望着夏寻谦，声音冰冷："上次我被打的事，是不是你做的？"

夏寻谦被绑着没办法起身，他撑着身子，强装镇定："不是。"

"少撒谎！不是你还能有谁，你让周嵊做的是不是？"

夏寻谦呼吸沉得厉害，他从不在夏家任何人面前示弱。

即使现在，他依旧拖着病弱的身体与之针锋相对。

夏寻谦拉扯着绳索，所有的害怕都掩盖在浅眸之下。

夏厉的手拽着夏寻谦的衣裳正要揍下去时，门口的敲门声便响了起来。

"夏老板！封先生到了，要去迎接。"

夏厉闻言，好似立即对夏寻谦失了兴趣。

"等我回来再收拾你！"

夏厉站起身往门外走去。

夏寻谦心跳得厉害，手心出了一层薄汗。

门被大力关上，门边隐隐约约传来夏厉的质问声，调子闷而沉："封先生什么时候来的？"

"刚刚。"

大门关上之后，屋内昏暗到了极致，一丝微弱的光亮不足以让人看清楚眼前的景象。

夏寻谦此刻像是他人砧板上的鱼肉，任人宰割是最轻的结果。

夏寻谦奋力地撕扯摩擦着绳索，奈何这只让自己的手腕红得愈发明显。

不知过了多久,房间的门被人从外面推开,特制的隔音门发出闷响:"嘎吱……"

屋外的光亮背光照着那人,强大的压迫感瞬间充斥了整间屋子。

夏寻谦没看清,那人一步步地靠近夏寻谦,那张脸在极致的暗沉中让人找不到焦点。

夏寻谦蜷在皮质沙发上,下意识地往后退缩,挣脱之间颈子露了大片出来,温润的气息绕在周遭,一切都是湿的,那点虚伪的自尊心依旧让他觉得此刻死了更好。

夏寻谦蜷缩着身子往后。

夏寻谦身子虽然瘦弱,那张脸没什么表情,纵使乖巧瞧着也像是在佯装。

门口的人离夏寻谦越来越近,夏寻谦也抖得越来越厉害。

当男人走到沙发旁的时候,夏行谦借着屋外的光看清了面前人的样貌,是封麟……

他为什么会在这里?

封麟眼神聚焦在夏寻谦身上,他方才在这个会场谈生意,路过这间屋子听着动静异常便推开门来看,却不想居然看见了夏寻谦。

封麟见面前的人抖得厉害,直接打开了屋内的灯。

封麟上下打量着夏寻谦,眼中满是探究,细微的错愕掩饰得极好,他没想过会在这里遇见夏寻谦。

门一打开,屋外的烟酒味便弥漫了进来,封麟注视着夏寻谦,眼神怪异。

夏寻谦呼吸微急促。

少年眼睛氤氲着水汽。他咬紧牙关,挣脱着绳索,表情有几分苦涩:"封先生来会场……是找人的吗?"

封麟眉尾微曳,他听过太多趋炎附势的人恭恭敬敬地喊他封先生,夏寻谦的这句话可丝毫没有敬畏之意。

封麟眼神落到夏寻谦身上,那窄腰细得只堪盈盈一握,瘦得要命,面前人绝望的脸蛋也莫名地可怜。

封麟往前一步，在沙发旁半蹲下来。

夏寻谦惊恐得不敢动弹。

封麟眉头微蹙，问："想出去吗？"

夏寻谦听见这话，咬唇，心里也不知是个什么滋味："想……"

封麟抬手解开夏寻谦身上的绳索，他的动作算得上粗暴，当隐隐约约看见夏寻谦手腕上的红痕时速度才放慢了些。

封麟的话带着几分淡漠，禁欲的调子好似带着混响，危险至极："谁带你来的？"

夏寻谦没回答。

重物落地的声音闷沉，封麟的话也是。

手上的绳子解除后，夏寻谦自己急急忙忙解开了脚上的束缚。

夏寻谦望着封麟，手指紧紧地攥着，大胆地试探："封先生……为什么会来这里？"

封麟见他心绪像是平静了些，站起身居高临下地凝视过去。

前些天他听说夏老爷子死了，若不是现在在这里遇见夏寻谦，他都快忘了这回事了。

予人恩情，果敢大义，生意人喜欢做表面功夫，夏寻谦，确实该他带回去。

一个病秧子，养不活自己。

封麟看着夏寻谦，对方那副乖顺的模样又回来了。他狭长漆黑的眼眸敛下，问："你觉得呢？"

夏寻谦指尖颤了一秒，抬眸说出来的话是封麟没想到的："我不知道。"

封麟："你希望我是来做什么的？"

夏寻谦唇瓣紧抿："履行承诺。"

夏寻谦知道自己的处境，更清楚自己想做什么，他就是要去封家。

夏寻谦眼神淡漠地抬起头，眼里的晦涩无人能懂。

封麟神色黯淡地转身："走吧。"

封麟的声音不大，轻震着夏寻谦的心脏。

"去哪里？"

"你不是说履行承诺吗？"

夏寻谦呼吸冗长，他望着封麟的背影，那宽厚结实的肩膀要他自己靠近。

身后是肮脏的恶臭之地，发烂发臭的深渊黑潭，他要好好地活着。

封麟走到门口的时候回头看了一眼夏寻谦，见他没有起身，从怀中掏出一张银行卡扔到了门口的桌子上，寡淡的调子如常："或者你想怎么活，都随你。"说着便转身离开。

他没有回头，会所内燥热的滋味封麟一向不喜欢。

封麟走得极快，到门口的时候夏寻谦追了上来。他一步一步跟在封麟身后，怯懦，却没有退缩。

九月的晚上微凉，风卷着发丝轻舞。

夏寻谦清冷的面容上既没有柔情也没有讨好。倘若封麟说一句别跟着他，身后的人都会立马离开。

封麟的司机将车停在门口，见封麟过来，立即发动了车子。

封麟走到车旁的时候，回头看着跟着自己的夏寻谦。

"封家的规矩多，比你在夏家更吓人，你想好了吗？"封麟问他。

冷冽的话裹着寒风，连尾调都是危险的。

夏寻谦步子顿了顿，沉静的调子要细细地听："封先生……会管我吗？"

"你父亲与我父亲有过命的交情。"封麟打开车门，"只要你不做违法犯罪的事情，我都会给你兜底。"

他眼睛上下审视面前单薄的少年，会所外的灯光照得人半明半暗："不过我看你也没什么闯祸的本事。"

"只要你乖。"封麟眼神中带着探究。

"我会履行承诺，保证你后半生衣食无忧。"封麟的话从头到尾都冷冰冰的。

他总归是将夏寻谦当作一件工作上待办的事，此刻不带任何情绪地处理着，像文件需要签字盖章，再无其他。

夏寻谦踏着步子走到封麟身边，将刚刚桌子上的银行卡递给封麟，而后上了车。

封麟眼神流转，也跟着坐到了车后座。

上车之后封麟便开始闭目养神，夏寻谦规规矩矩地坐着。

司机也没有开口说话，车内的氛围十分压抑。

夏寻谦望着车外闪过的灯光又急又快，路旁的路牌崭新，是这两日刚换下来的，车辆开往新泊城路。

司机开着车继续往前行驶，开到一处拐角的时候，视线盲区突然有一截断树的枝丫直直地拦住了去路！

障碍物来得又急又快，司机猛地踩住刹车侧转避险！巨大的后坐力使得车辆急速侧转！

后座的封麟与夏寻谦一时间难以找到支点稳定身形，车辆晃动着。

封麟睁开眼的时候看见的是夏寻谦闭着眼眸一脸惊恐地扶着自己。那模样，更像是因为自己闭目养神，夏寻谦下意识护过来的。

夏寻谦的力道往后压着，更加让封麟确认了夏寻谦确实是在护着自己。

封麟垂目下去，觉得好笑，明明自己怕得要死，倒还想着别人。

夏寻谦还没反应过来，他紧紧地拽着封麟的西装，裁剪完美的定制款西服被他捏出褶皱。

因为贴得太近，夏寻谦身上淡淡的橙叶香气悄无声息地钻入鼻腔，和半年前一样的味道。

真是奇怪。

前座的司机侧过头，他一直跟着封麟，遇事还算冷静，但毕竟让人受了惊吓，此时脑袋低垂："先生，您没事吧？"

司机跟了封麟多年，深知封麟此人狠绝至极，不同任何人讲情面。外面多少人想傍封先生的身，封麟来了性子倒是能与之说两句话，但他这人有洁癖，不喜欢他人近身。

面前这个哆嗦的小白兔，胆子倒是真不小。

"刚刚树枝跌落得急，撞上去怕是待会儿开不走了。"司机沉声解释道。

封麟轻嗯了一声。

夏寻谦这才反应过来，他抬起微颤的眸，旋即飞快放开了封麟的衣裳，自己规矩地坐到一旁。

封麟窥看了夏寻谦一眼，躲得倒是够快。他往车头望去，前方的路已经全然被树挡住。那树木还不算小，一个人都难抬得起来。

这无风无雨的，那么大的树怎么说断就断？实在有趣得很。

司机厉声啐道："封先生，今儿个二爷一个劲儿地把你往外支，现在还无风断树，摆明了就是想让您晚些回去！"

封家家大业大，门庭大了加上封老爷子惹的一身情债，可不是个安静的地儿。

生意场上的事情费神，封家内院更甚。

这条路是回去唯一的路线，封麟眼神微眯："下去处理一下。"

司机下车之后，封麟也下了车。夏寻谦本以为他会放下身段去帮忙，谁料封麟非但没有出手，反而靠在车旁抽起了烟。

封麟修长的身影靠在车窗一侧，裹着寒气的白雾绕着，给那张冷冽的脸增添了几分慵懒矜贵，与年龄相符的冰冷阴鸷尽在眼底。

有些人天生便会让人生惧，比如封麟。

夏寻谦见状打开车门下了车，他侧目看了封麟一眼，而后走向前面的断枝去帮司机移树。

司机见夏寻谦蹲下来就要动作，立马阻止。

"哎，我自己来，这树周遭有些毒叶藤，你不认识，小心割着手，我来。你和封先生在那边等着，毒叶藤割着手很疼的。"

夏寻谦没动，继续处理着地上的小枝丫："我认识的。"

"哎！旁边站着啊！"见夏寻谦不听，司机急了一句。

夏寻谦一瞧便不是个做体力活的身子，还是封先生带上车的，怎么能做事！

夏寻谦没有搭理司机。

当夏寻谦走到另一头准备去搬大树的躯干的时候，突然有一只手抓住了他的手腕。

封麟拽起夏寻谦，看了一眼身后的车，朝夏寻谦道："没听见吗？让你去旁边站着。"

夏寻谦身子微微往后，想再往前却被封麟的眼神震住。

"你……没比我大几岁……"

封麟眼神敛下,在夏寻谦面前脱了外套,递给夏寻谦:"拿着,弄脏了赔新的给我。"

夏寻谦下意识地接过衣裳,树枝近处都是水渍,湿叶枯枝,风一吹便要脏了身子。

夏寻谦赶忙转身抱着衣裳往车旁走去,隔得远了,他听不清那边的动静。

司机见人走了,终于没忍住问出了口:"爷,这人是您……"

他跟了封麟多年,这样的玩笑偶尔敢开,今天的话也算是大着胆子问的。

封麟抬手去抓地上的树枝,因为司机的话一个没注意就抓到了缠绕在树干上的毒叶藤。

他眉头蹙了蹙,尖锐的刺立即让指腹破了皮。

封麟捻了捻指腹:"是什么?"

司机咳嗽了一声:"之前没见过。"

封麟眼神乖戾,接的话风马牛不相及:"我记得你家小孩十六岁了。"

司机点了点头,看了远处抱着衣裳的夏寻谦一眼:"是,比他还高呢。"

封麟和司机合力将树枝挪到路边后,他再次点了一支烟,眼神从夏寻谦身上折回:"那你说,他这种该怎么养?"

司机愣了片刻:"怎么养?那……要看封先生当他是什么人了。"

封麟眼神微眯,狭长的眼眸晦涩:"自然是封先生罩着的闲人。"

司机眉头蹙了蹙:"这人对封先生有恩?"

封麟侧目,烟雾从口腔弥漫,半晌吐出一个字:"算。"

司机明了,嘴角微微上扬:"那便带着出席几个活动,让大家认识认识便可。您重视他,旁人自然不敢亦不会怠慢。"

封麟转身朝车的方向走去,边走边向司机交代了些事。耽搁了半个小时左右,车才从断树路段开过去。

夏寻谦安静地坐着,发现封麟一直摩挲着左手指腹。

封麟虽然面色冷冰冰的,但瞧着越来越不耐烦。

017

夏寻谦垂眸望向封麟的左手指腹，那红肿的状况明显就是被毒叶藤刺了。那东西动物见了都得绕道走，碰着肌肤浑身跟针扎一样疼，安静的人也能变得毛躁。

夏寻谦之前被那玩意儿刺过，封麟的反应委实算得上情绪稳定了。

夏寻谦突然伸手过去抓住封麟摩挲的手指指节，仔仔细细地端详了片刻："我看看。"

夏寻谦抬眸与封麟对视一眼，清冷的眼里盛着几分担忧，他轻轻用力按了按封麟被刺指腹的边缘。

夏寻谦松开手的时候，眼睫垂着，说："血要弄出来，这个有毒。"

封麟收回手，瞥了一眼自己的指腹，刚刚那股躁人的滋味好像好了不少，面色淡漠地说："你应该少管别人的事。"

夏寻谦抬眸，清泉般的瞳孔清澈却勾人："先生管我，所以我也会管先生。"

封麟眸色微沉："我管你是因为我有能力管你，你有什么？"他直直地与夏寻谦对视，那股无形的气氛跌到谷底。

夏寻谦抿着唇，只闷声道："我是无用之人……"

封麟侧目望了一眼车窗，两人之间的气氛因为夏寻谦的话变得微妙起来。

前面的车窗开着，夏寻谦的话刚开口便被风带着吹跑了。封麟好像没听清，但又没再问。

车辆经过刚刚的小道之后又过了几条长巷，最后到达了封家。

封家老爷子传统，一直住的是祖上的宅子。

整个院落比夏家大不少，是个正经的家族大院。院前华贵宽敞，庭院绿荫层叠，这封家大院可谓奢靡。

这一日，夏寻谦从一座大院到了另一座大院。

进屋的时候，封家二爷在门口靠着，像是在等什么人。

封见珏见封麟过来，嘴角勾勒出一抹玩味的笑意。他站在门口的灯笼下："三弟，今天怎么这么晚才回来？"

话落之际，封见珏看见了站在封麟身后的夏寻谦。封见珏眼神中带着探究，封麟没带过外面的人回家。

封麟朝门口走去，冷漠地勾唇："路上耽搁了。"

封见珏双手插着臂弯，眼神落在夏寻谦身上："三弟这是………"

封见珏是泊城有名的"笑面虎"，他看着夏寻谦的怪异眼神让封麟面色微沉。

封麟侧目看了夏寻谦一眼，发现他抬手抓着自己的衣角。封见珏这种满脸恶意的人，夏寻谦害怕倒也没什么稀奇的。

封麟看向夏寻谦，眼神温和，带着灼热。他没有回答封见珏的话，而是温声对夏寻谦道："走吧。"

他的动作算是回答了封见珏的话。

封见珏回身望着封麟牵着夏寻谦的身影，抬手摩挲着指尖，真稀奇。

到家之后，封麟让人给夏寻谦安排了屋子，就在东边的小院。他给底下的人交代得很清楚："要什么都给他。"

"去医院查一下他之前吃的是哪些药，买最好的给他。

"给他买新衣服，按他自己喜欢的来，他的吃穿用度都从我的私人账户里扣。

"如果他想出去玩，找个用人带出去便是。"

突然想到什么，封麟面色晦暗："他父亲说他活不过三十岁，别亏待了人，什么要求都尽量满足便是。"

管家将封麟的交代一一记下："我瞧那孩子挺乖的。"

封麟抬眸，夏寻谦那张脸没有预兆地映入脑海，是很乖。

封麟眼神流转，无谓淡漠："太乖了，是护不住自己的。"

管家颔首："是是是。"

封麟在书房给管家交代清楚之后便又出了门。

夏寻谦第二日起身的时候，管家给他端来了早餐。他在屋外的院子里坐着，望了管家一眼，试探地问道："封先生呢？"

管家笑了笑，说："您是问封先生吗？他去云洲出差了，昨天晚上走的。"

昨天晚上就走了吗？夏寻谦神色暗了几分，细微敛目："先生有说什么时候回来吗？"

"约莫是三天。"管家笑着应声。

"您看看早餐合不合胃口,喜欢吃什么就告诉我。这里能买到的,我可以给您单独做。"半白了头的管家话语规矩又和蔼。

夏寻谦望了一眼桌面的早餐,看得出来是用了心的:"谢谢您,我喜欢的。"

吃过早餐后,夏寻谦找管家要了些画纸和笔墨,他喜欢作画,静心又静神。

管家听了,直接给夏寻谦拿了块上好的画板,以及最好的画纸颜料。

夏寻谦见管家费心费力地摆弄画板,有些微怔,这让他有点羞赧:"不用这么好的东西,我画着玩的。"

管家应了一声,说:"这不算好,云洲有一家专门卖水彩墨料的,那才叫好,都是矜贵的好东西。"

"您要是喜欢,给封先生打个电话,他准给您带回来。"管家盈盈笑着。

夏寻谦眼尾微微挑起,旋即又带着几分落寞地敛下:"不用了……先生忙。"他不是什么重要的人。

这两日夏寻谦待在院子里,日子随着他的心意过。

东院的门口有一棵石榴树,下方便是可以乘凉的木桌。夏寻谦将画板架在石榴树下,一片阴地恰巧晒不着人,他无事了就会安安静静地琢磨他的画。

夏寻谦身子单薄,但身上那股子名望大家风范的劲儿是在的,犯而不校。他比例优越,腿长窄腰,此刻就那么站在画板后,即使只是穿着简易的衬衣长裤,也依旧气质极佳。

风绕着他身边过,白柳似的俏生生。

封麟不在的这两天,夏寻谦没去过正院。封家家大业大,不是没有人带人回来过,旁人见了夏寻谦只当没他这个人。

封麟带回来的人,还是不要招惹的好。

第三日的时候,夏寻谦听管家说封麟晚上会回来,便换了身衣裳去了门口,他想等封麟。

八点的时候管家说快到了,夏寻谦七点半便在门口等着。

九月的风微凉,吹得夏寻谦喉咙燥痒。约莫八点左右,封家门口

驶来一辆黑色的车。

夏寻谦望向车门,浅色的瞳孔多了几分莹亮,他下意识地往前走。

走了两步之后车门打开,夏寻谦的步子顿住。

下来的人不是封麟,是封见珏。

夏寻谦指腹微微蜷缩,眼神黯淡,又往后站了些。

封见珏下车抬眸之际便看见了夏寻谦,他嘴角勾起往门口走过去。

夏寻谦没看他,自己站在角落里,只当没他这个人。

封见珏没有进屋,而是一步一步靠近夏寻谦,浑厚的声音挑逗意味明显:"怎么?在等我?"

夏寻谦冷着脸没回答。

封见珏的视线在夏寻谦身上上下审视着,眼里的玩味越来越重。

他遇人无数,夏寻谦这种吓不得的猫咪也不是没见过。但不知怎么的,就是总觉得他心机深沉。

夏寻谦来封家,当真只是想寻个遮风避雨的地方吗?封见珏的眼神落在夏寻谦脸上。

刚刚下车封见珏见夏寻谦那失望的神色倒是明白了些什么,他再次朝着夏寻谦靠近一步,两人的距离变得近在咫尺。

夏寻谦往后挪动,眼神冰冷地回望封见珏:"封二爷有事吗?"

"你站在我封家门口,问我有什么事?"封见珏脑袋动了动,犀利的眼神怪涩,"搞清楚立场了吗?把自己当主子了?"

封见珏朝着夏寻谦勾唇:"封麟最近回不来,你要是想出去玩可以找我,我带你去。"

说着封见珏看向夏寻谦的脖颈,他的脖颈一侧生了一颗痣,衬得他的肤色愈发白皙,一掐怕是会红一整天。

正想说几句侮辱人的话呢,突然被远处来的车灯晃了眼睛。封见珏侧目回望过去,然后微微倾身靠近夏寻谦:"你真可怜,到哪里都不能靠自己活着,你以为封麟真的会管你的死活?"

夏寻谦站得笔直,淡雅的眸光尖锐至极:"他管不管我的死活,我说了算。"

封见珏被夏寻谦突然的眼神变化细微地震住,有趣,实在有趣。

封见珏只觉自己又小看了夏寻谦几分。

门口车门关上的声音传来，封麟从车上下来的时候，恰巧看见封见珏站得离夏寻谦极近。

封麟狭长的黑眸微微眯起，神色不悦，冷着脸朝门口走去。

夏寻谦看见封麟的时候面色旋即好看了不少，他从封见珏的身侧往封麟身边走过去。

"封先生……"夏寻谦走到封麟身侧，步子往后躲，是一副被欺负惯了的姿态。

封家宅院的灯亮得不明朗，阴沉沉的灯光照得人半明半暗，风吹动少年的发。

十九岁的夏寻谦怯懦又规矩。

夏寻谦攥紧手站在封麟身侧，他的手触着跟冰块似的，浸入透骨。

"三弟，我还当你今天回不来呢。"封见珏审视着封麟，挑眉道。

封麟侧头看了夏寻谦一眼，面上带着几分训诫的意味："站在这里做什么？"

夏寻谦抬起眼，纤长的睫上下敛动，脸蛋被吹得微红："等先生……"

封麟眼神沉了沉，手上力道微聚。

封麟带着夏寻谦往前，走到封见珏身边的时候冷声接了他的话："你想不到的事情还很多。"

封麟的话寡淡，那阴沉的调子却莫名让人觉得瘆人。

说完封麟便将夏寻谦拉进了大门，封见珏注视着两人，眼中玩味更甚。

夏寻谦看起来是个比表面可怕的人。

封麟与夏寻谦一路往内院走去，夏寻谦跟在他身后，身上的寒意渐渐散去。

封麟即使风尘仆仆，依旧灼热温和。

步伐之间细密的声响从夏寻谦的腕上传出，两人走到内院的时候封麟突然顿住步子，他蹙着眉抬手撩起夏寻谦的衣袖。

少年的手腕上是一个雕着柚子花的银镯子，里面镶嵌了铃铛，动弹起来声音稍微大点便会叮当响。

夏寻谦见封麟盯着自己的手腕看，垂眸侧目抽回了自己的手。

这镯子不刻意大力动弹是不会响的，方才一直被封麟拽着，夏寻谦为了跟上封麟走得又快又急，免不得发出声响。

夏寻谦另一只手的指腹遮盖住镯子细细地摩挲："我喜欢这个……就戴着了。"

封麟的眼神落在夏寻谦的脸庞上，夏寻谦脑袋垂着，看起来有几分紧张。

"喜欢便戴着。"封麟淡淡地说了句。

封麟瞥向门口，封见珏此时已经走了，他抿着唇："封见珏刚刚跟你说什么了？"

夏寻谦敛了敛衣裳，抬眸看了封麟一眼，调子压抑："封见珏不是个好人。"

封麟嘴角微微勾起，眼神探究："他也是封家的人，我以为，你会讨好他。"

院内的风从四面八方来，侧屋的灯暗，少年手指蜷缩着。夏寻谦咬着腮帮子，神色阴沉落寞了几分："我并不想和他有什么瓜葛。"

"先生当我是什么人？为了活下去给谁都能赔笑脸的人？"夏寻谦的调子有些高，莫名没有规矩。

封麟没想过夏寻谦会如此厉色地回他的话。

"谁让你这么和我说话的？"封麟冷着脸敛目，迫人的气氛让周遭的气氛凝结，"回屋。"

夏寻谦听了这话，二话不说便转身往东房的屋子而去。

封麟有几分错愕地凝望着夏寻谦的背影："脾气倒挺大。"

第二日的时候，封麟愈发确认夏寻谦生气了。

他本意是带夏寻谦去些商业活动混个脸熟，这日恰巧有个酒会。

夏寻谦上了车后规规矩矩，昨日的刺挠一丝也瞧不见了。这种情况无非两种，知道自己错了，或者生气更甚。

封麟在车上侧目看了夏寻谦一眼："闷着做什么，我欠你的？"

夏寻谦抬眸与封麟对视："我平日里就这样，先生不喜欢看便别看。"

封麟眉头锁起："你吼的我，你生什么气？"

夏寻谦："我没生气。"

封麟眼神探究，看着贴着车窗坐着的夏寻谦："没生气你坐那么远做什么？"

夏寻谦不答，兀自挪动屁股坐到了中间位置，但人依旧闷着。

封麟思绪沉乱，终是先开了口："倘若封见珏下次再欺负你，可以骂也可以打，不用留脸面。"

夏寻谦眼里闪过一丝光："先生说的。"他强调道。

"自然。"封麟强势接话。

夏寻谦听见这话，怔怔地看了封麟一眼："谢谢封先生。"

封麟双目微眯，一瞬间怔愣了一刻。待他反应过来，夏寻谦已经乖乖地坐在自己身侧。

封麟敛目望向窗外，面色冷淡，倜傥的五官因为难察难懂的神色多了几分烟火气。车窗外的冷风灌进来，依旧炙热。

夏寻谦的语气认真，安安静静又清透如溪流凡泉，他清楚明白地告诉封麟："感谢封先生给我一个容身之所。"

封麟轻笑一声，目光探究地看着夏寻谦。

细腻的气氛仿若有形，是夏寻谦抓不着握不住的，封麟的眼神侧目之间变得冰冷。

山河与海相望，也注定只能与海相望，要得太多，到最后，什么都不会剩下。

夏寻谦没再说话。

车辆一直往前，最后在一个宴会厅停下。

今日是泊城最大的商业宴会，各个有头有脸的人物都会到这里来，外场的迎宾小姐穿着价值不菲的礼服，规矩而专业。

封麟推开车门，头也没回地对夏寻谦道："跟着我。今天你需要做的，只是让他们认识你。学会调整心态，掌握主动权，执行反馈，熟悉环境，适应环境，多看、多听、多观察，少说话。"

这是封麟一口气对夏寻谦说过最多的话，夏寻谦知道自己要什么，封麟更知道应当给他什么。

夏寻谦跟在封麟身后，他的脊梁挺得笔直，眼神淡漠，眼底虽然没有商人的冷冽果断，但那股风雨不动的韧劲让他瞧着莫名有种能招狂风，亦能毁之的对峙力道。

封麟走在夏寻谦身前，那宽阔的双肩与他手中的权势从不属于任何人。不必拥护，不必觊觎，它只在封麟手上，也只会在封麟手上。

夏寻谦穿得不太正式，衣裳是一件白衬衣，与整个宴会都显得有几分格格不入。

封麟的西装熨烫得规整，持重、矜贵、气势压人。

这次的宴会涉及各方翘楚，整整两层，茶水、吃食、酒类都是行业内顶级的公司供应的。

更有人高价买了入场券，只为和想攀附的人添些交集。

两人入场后，宴会内的人便纷纷过来讨封麟的巧。

"封先生终于来了！"其中一个男人笑意盈盈地拿着红酒朝着封麟过来。

"我们刚刚还说到您年纪轻轻的便压我们这些老头子一头呢。"

"是啊是啊，今个儿就是听说您来，我才想来讨您一杯酒喝。"另一个老板也凑了过来。

封麟被簇拥着，他从边上酒侍端着的托盘上拿了一杯香槟，看似规矩有礼，实则淡然无波："诸位抬爱。"

只要有人敬酒，封麟总不会推辞，但说到正经事上，他总能找各种理由搪塞过去。

其中一人一脸谄媚，恭敬地对封麟说："封先生见识广，丰城那边想要德国进口的医疗器械，听说您手上的价格不错，不知什么时候有空去我们公司坐坐。"

封麟嘴唇抿着："那批器械不够成熟，上市还早，老先生可以多看看新闻。"

"其他的货源呢？"那人道。

"封家的场，不会让大家失望。"封麟模棱两可地应着。

一路敬酒的人不断，更有含泪装可怜的。

夏寻谦一路跟在封麟身后，见他一杯一杯酒下肚，面色微变。

他望着周遭的人，一个个心思不纯。但生意人，得罪人的事情需要少做，免不得人家抱团拿乔对付。

封麟呼吸之间是淡淡的酒味，他眼望四周，嘈杂的宴会谈笑声不断。

封麟突然侧身看了夏寻谦一眼："纸醉金迷的权利名誉场，如何？"

夏寻谦回答他："先生是金字塔尖的人，刻板难接近，没有怜悯之心是应当的。"

封麟眉头一皱："为何这么说？"

夏寻谦回望封麟："先生不是生来便在顶端。"

封麟："你倒是通透。"

夏寻谦："自然没您想的愚笨。"

封麟嘴角勾起一抹淡淡的笑意，他往前走，进了宴会场到餐食区，各类糕点熟食应有尽有，琳琅满目，自助取食。

封麟拿了一个餐盘递到夏寻谦手上："我现在要去二楼，你在这里吃点东西。"

夏寻谦明白了封麟的意思，他从刚刚的谈话中便听明白了，这次宴会二楼来的才是核心人物。

封麟的意思也明确，那便是让他别跟着。夏寻谦抿着唇，嘱咐道："先生……少喝些酒。"

封麟俯视着夏寻谦："这不是你该管的事。"

夏寻谦瞳孔暗沉一度："喝死你算了。"

"嗯？"封麟错愕了一秒，随即开口，"你今天翅膀硬了？"

夏寻谦："这里这么多人，您尽管凶我，立立威风。"

封麟顿时有一种谈生意被人抢了主动权的挫败感，叹了一口气便转身离开。

封麟走后，夏寻谦看都没看一眼。他望着面前的食物，刚刚没吃饭，确实是饿了。

夏寻谦从小胃口便不大，只有遇到喜欢吃的东西才会多吃一点。他绕着走了一圈，也没看见自己爱吃的。

走到热菜区的时候，夏寻谦瞧见了热气腾腾的蒸螃蟹。

螃蟹，他爱吃，但不能吃多，容易发病。这里的蟹都是肉肥鲜嫩的新鲜货，看得出来的鲜美。

他拿了一只,正准备拿第二只的时候,手被人抓住。

夏寻谦侧目过去,封麟不知什么时候下来了。

他抢过夏寻谦手里的餐盘,而后递给身旁的服务人员:"给他切半只就行。"

夏寻谦抿着唇,这会儿是正经的委屈:"为什么……"

封麟神色淡然:"我讨厌这个味道,所以你少吃。"

夏寻谦接过服务人员切好的半只螃蟹道谢后,一脸的不服气:"我讨厌酒味。"

封麟转身朝二楼的方向过去:"我少喝。"

夏寻谦凝视着封麟的背影,哑声道:"先生骗人。"

封麟没回头,但回答了他的话:"我不骗人。"

封麟的话带着那么一股子随性,顺着秋风一般飘进他的心里。

封麟上楼之后,夏寻谦才收回眼神。

他端着餐盘,眼神又落在一只只摆放整齐的螃蟹上。

若给他一个人慢慢悠悠地吃,他可以吃五六只螃蟹。

夏寻谦垂目看着自己的餐盘,半只……还没切均匀……好可怜,他默默地又拿了一块糕点端着盘子找到宴会厅的角落坐下。

宴会厅内的嘈杂被夏寻谦自动屏蔽,空气中弥漫的酒味闻久了也让人头昏脑涨。

夏寻谦才吃了两口螃蟹,便感觉自己身前的亮光被什么人挡住了。

他本是垂着脑袋,但奈何那人没有要离开的意思。

夏寻谦不爽地抬眸,倒是没想到遇见了熟人——夏家的熟人。

夏寻谦眼神流转,夏厉在这里遇见自己,觉得不可思议的人该是他才对。

而夏厉也确实如此,惊讶,诧异,一脸愕然,整个人都呆愣了两秒。

"夏寻谦!你怎么在这里!"夏厉面色扭曲,居高临下地质问,那凶狠的神情与他一身正式的西装身份十分违和。

夏厉刚来,本来想找封麟,听旁人说封麟上了楼便在楼下等着。他怎么也没想到会在这里遇见夏寻谦!

上次根本就什么事都没办成,这封家,根本就是封麟在管事!封

027

见珏根本没有什么话语权!

夏厉被曹夫人骂了一通之后,暗地里不知道啐了多少次封见珏。

夏寻谦他也懒得管了,但他没想到夏寻谦今日居然莫名其妙地进了这里!

夏寻谦面色淡漠,他环顾四周,冷声应道:"狗都能来,我自然能来。"

夏寻谦的话夹枪带棒,情绪淡漠的调子最是能让夏厉跳脚。

夏厉一听,顿时便恼了,手腕上青筋暴起,声音大了些:"你说谁是狗呢!"

"说你呢,你看,你不是听懂了吗?"夏寻谦眼神晦暗,寡淡的调子锋利如刃正中某人眉心。

"啪!"夏厉抬手狠狠地拍在桌面上,"你算个什么东西!敢这么跟我说话!"

夏寻谦望着夏厉那张凶狠的脸,这些狠话他倒是听多了。

往日里听了他不生气,甚至配合,但今日夏厉的口水喷在他的螃蟹上了,很扫兴。

夏寻谦凝眉抿唇,唯一的半只螃蟹……也没了。

夏厉俯视着坐在餐桌前的夏寻谦,他在思索夏寻谦为什么会出现在这里。

这场宴会多少人挤破脑袋想进来,夏寻谦如何能来?

观察着夏寻谦的脸,夏厉突然间倒是明白了些什么。

"怎么?"夏厉嘴角勾起一抹轻蔑的笑,"真找到靠山了?"

"哪家的老板?"夏厉抬眸环顾四周,这里的人只要稍微有些名望,身边绝不乏谄媚讨好的人。

如此想来,夏厉对夏寻谦那种瞧乞丐的怜悯神色做到了满分。

夏厉望向夏寻谦餐盘里的螃蟹:"这么好的东西,你之前都没吃过吧?"

夏寻谦看着自己餐盘里的螃蟹,一脸的晦气。他缓缓地站了起来,一步一步靠近夏厉。

夏寻谦走到夏厉身边,侧目过去,将自己餐盘里的半只螃蟹提着脚塞到了夏厉的西装口袋里。

今日的宴会，不说夏厉是来求人的，就算不是，他也不敢在这里撒泼。

曹氏的生意做得不大，夏厉今日能来这里都算有幸。

夏寻谦将螃蟹塞到夏厉口袋里后，嘴角勾起一抹笑意："你喜欢，给你就是。"

夏厉神色惊恐，眼珠子震得都快突出来了！

说话间，夏寻谦在夏厉错愕之际不动声色地回答了夏厉方才的话："我跟着谁，和谁做朋友，都是我的事。"

夏寻谦清冷的面容染上几分狠劲。他的声音算得上轻巧，每一个字却莫名沉金覆重："我背后的老板是谁，你不会想知道的。"

夏厉愣神了两秒才反应过来，掏出口袋里的螃蟹一脸鄙夷地扔下地，旋即一把抓住了夏寻谦的衣襟。

夏厉恼羞成怒："夏寻谦！谁给你的胆子！"

夏厉的声音有些大，此刻一旁的宾客纷纷望了过来。

夏厉虽然浑，但该顾全大局的时候能安静下来，见状立即放开了夏寻谦。

夏厉狠绝地瞪眼，话语犀利地警告："从这里出去，看我怎么收拾你！"

夏寻谦连一个眼神都没有给他："废物。"

这样的回复愈发让夏厉愤然："你给我等着！从这里出去，我让你跪下来求我！"

夏寻谦没再搭理他，侧身从夏厉身旁走过，直接去了一楼侧角的位置吹风。

夏厉也没再去找碴儿，他今日是来找封麟的，若惹了事不太好。

经历如此一遭，夏寻谦也没什么胃口了。

夏寻谦站在围栏后脑袋放空，这势利的宴会，所有人都在算计。

冷风拂过，带起少年的发丝轻轻飘动。

突然，一杯热水递了过来，夏寻谦抬眸望去，是一个样貌温柔的男人，文质彬彬，戴着眼镜。男人眼神精明，瞧着便是个学识渊博的学者。

"您是封先生的朋友吗？"男人轻声开口，是十分规矩有礼的姿态。

夏寻谦没有接男人的水，男人再次友好地示意道："您不要误会，我只是刚刚看你们一起过来，所以斗胆猜测。"

世人皆知封麟鲜少带朋友参加宴会，如今这般情况是个人都能猜出些所以然来，夏寻谦在封家的地位怕是不低。

夏寻谦眼神探究地望了男人一眼，便见男人从怀中掏出一张烫金的名片："这是我的名片，希望有机会可以和封先生合作。"

因为是强塞过来的，夏寻谦下意识地接过，上面写着男人的名字——周京书。

禾甄，一家企业的子公司。

在泊城，没有人引荐，想见到封麟确实有些难。

夏寻谦眼神淡淡地说："我可能帮不了你。"

"无事无事。"周京书展颜笑着，"您能收下我的名片就已经很好了。"

少有人这般由心地尊重夏寻谦，他苦涩地笑了一声，没有再回答周京书的话。

接下来给他送名片的人越来越多，个个谄媚的模样让夏寻谦有些不适。

都打发走了之后，只有周京书依旧没走。

不知过了多久，宴会厅门口来了一群女眷。

侧目之际，夏寻谦看见门口的工作人员带着她们往楼上走去。

"她们是……"夏寻谦好奇地问了出口。

"楼上贵客带来的女眷，应该是怕他们喝多了，不放心，便上去看看。"周京书望向二楼接话道。

夏寻谦长睫轻敛，心思不在。少年浅淡的唇抿成直线，眼睛盯着楼道。

"您不去吗？"周京书突然开口问夏寻谦。

夏寻谦眸光深了几度："先生让我在这里等他。"

夏寻谦自是觉得自己没有任何与封麟谈判的条件，惹封麟生气，于他来说风险太大。

"您是跟封先生一起来的，按道理说，您是有资格上去的。"周书京看出夏寻谦的心思，温声道。

夏寻谦在一楼廊楼位置站了许久，最后还是朝楼上走了过去。

夏寻谦一步一步地往上，手指捏得紧紧的。

夏寻谦走到二楼的时候，厚重的隔门挡住了他的去路。

夏寻谦抬手触碰在门上，冰冷的门却有些灼人。

这道门，于他来说，是天生的鸿沟，无法跨越，无法靠近，本就是应该一生都无法遇见的去处。

可如今走到了此处，夏寻谦用力将其推开。

屋内的场景让人震撼，富丽堂皇的室内是真正的名利场，每个人都在不动声色地谋利。

楼上的人虽然不多，但个个都是泊城有头有脸的人物。

夏寻谦定睛望去，便看见封麟靠坐在那方的红色沙发上。

黑色西装与暗红的高级绒面沙发相得益彰，他矜贵，高高在上，像一头主位称王的雄狮，俯视一切。

封麟抬眸之际恰巧与门口的夏寻谦对视上。

"那是谁？您认识？"有人温声询问。

封麟漆黑的眸凝视着夏寻谦："不认识。"

若不是夏老爷子的关系，夏寻谦确实一辈子都不会有机会和封麟这样的人接触。

两人对视两秒，夏寻谦便垂眸离开了。他甚至带上了门，假装自己没来过。

门关上之后，屋内看见夏寻谦的一个老板没忍住开口问道："刚刚那人是谁带来的？"

"胆子真大，乱往楼上跑。"不知是谁插言了一句。

"傅先生的朋友？"

"我什么时候有这种一脸穷酸样的朋友了。"被点的傅先生望了一眼旁边的男人，试探地问，"您的朋友？"

封麟端起面前的酒杯喝了一口，酒的香与辣裹着唇舌，让他整个人的距离感又多了几分。

封麟晃着手里的酒，不耐烦地放下，玻璃杯碰撞着琉璃桌面，发出声响。

封麟眼神警告地推动酒杯，屋内顿时安静下来。

封麟今日喝得有些多，他烦闷地拉扯着自己的领带，仰着脑袋靠在沙发上开始闭着眼小歇。

夏寻谦下楼之后就没想过再上去，他在楼下的窗户旁站了许久。

直到宴会结束，楼下的人都纷纷离场，人也越来越少，楼上的人依旧没有下楼。

夏寻谦走到刚刚吹风的楼廊位置，望着外面的景色，城市中心灯红酒绿，夏寻谦从来都不是得利者。

他走出宴会厅，站在那处台阶的时候，清楚地知道自己与这里的一切都格格不入。

夏寻谦漫无目的地往前，单薄的身影愈显消瘦，封麟的那句"不认识"在心中晃荡。

今日是他母亲的忌日，夏寻谦本想着待会儿趁封麟高兴之时提个请求，让他去墓地看看。

现在看来，封麟未必将他看在眼里。

不知道走了多久，当他对建筑物越来越熟悉的时候，坐上了一个阿婆的小三轮，跟她说了一个目的地。

他独自一人去了自己母亲的墓地。

快到墓地的时候下起了小雨，温柔的风都能吹着转变雨的方向。

老城区的墓地不大，许多都迁走了，这里便显得格外败落。夏寻谦将母亲墓旁的杂草拔了，在那里待了许久。

曹夫人诅咒夏寻谦，生生世世都不会有人真心对待。

他想，用不着这样的诅咒，因为本就如此。

生生世世，有怖无爱。

夏寻谦答应过自己的母亲，会好好活下去，也答应过夏老爷子，他当然会活着，无论怎样都会活着。

夏寻谦从口袋里拿出三颗荔枝，放到他母亲的墓碑前。

鲜红的荔枝红得跟血似的，十月本是没有荔枝的，夏寻谦从宴会上拿了几颗，这也算是稀罕东西了，也是他母亲生前最喜欢吃的。

夏寻谦看了一眼一旁稍小一些的墓，面上苦涩愈甚。

夏寻谦从墓地出来的时候，雨已经下得有些大了。走到最外面的时候，一个身形高大的男人站在那里。

封麟撑着黑伞，神色阴鸷，没有哪只寄人篱下的猫要主人出来找的。他看着面前头发有些湿了的夏寻谦，那股无形的压迫感时刻都在："过来。"

细密的雨水滑过夏寻谦的脸庞，身后是一片漆黑的墓地，前方是撑着伞的封麟。昏暗的亮光来自外面的车灯，封麟总是站在光亮之下，但夏寻谦从来都不是。

夏寻谦抬起眼眸，晦涩的瞳孔疲累，他没动，就那么看着封麟。

两人对视之间，一人高高在上，一人落魄颓废。

封麟身形笔直地站着，风雨不动的气魄与那张阴沉的脸任何时候都是让人害怕的。

夏寻谦细长的黑睫轻颤，雨水浸湿了全身。

夏寻谦咬着唇，心想，先生如果过来，他便跟先生回家。

他虽生来寄人篱下，可没有人喜欢在他人的掌控之下活着。

夏寻谦站在那儿，萧然的模样让人瞧着好像碰一下就要碎了似的。

"过来。"夏寻谦听见封麟又说了一句，他依旧没动。

封麟捏着黑伞的手紧了一些，他凝视着夏寻谦，那单薄的身子像是随时随地都要栽倒在地一般。

僵持了几秒后，封麟朝着夏寻谦走了过去。步履之间，封麟的鞋被雨水打湿。

夏寻谦在生气，他生气了就会这样，问一句不答，问两句亦不答。

封麟走到夏寻谦身边的时候，少年头顶的雨水停了，身旁气息笼着暖意。

夏寻谦因为寒凉打了一个喷嚏，他摩挲着衣角，眸光哀嗔："先生觉得我是个麻烦对不对？"

封麟挑眉不言，麻烦确实有一点，至少夏寻谦不太听话。

"回家。"封麟沉声道，那调子听不出来是在关心或是其他。

两人离得太近，夏寻谦清晰地闻到了封麟身上那股不属于他的香味,很难闻。

封麟身上的气味本该是一种淡淡的木质香,高级持重,不是这样的张扬。

夏寻谦看了封麟一眼,而后直接从封麟的伞下离开了。

夏寻谦兀自上了车,司机从车视镜观察着夏寻谦的面色:"怎么了?惹你生气了?"

夏寻谦抿着唇,说:"他身上臭。"

不对啊……闻着挺香的啊,平日里封先生都没那么香的。

咦?他不高兴了?能让封麟下着雨出来找的人,他应该算是头一个了。

司机咳嗽了一声:"你敢当他的面说吗?"

夏寻谦侧目看着车外已经快走到车前的封麟,不敢。

片刻后,封麟从另一侧上了车,打开车门的瞬间又扑进来一股寒意。

司机见封麟上了车,便发动了车子缓缓往前。

封麟靠在后座坐着,夏寻谦则一直在看窗外,二人无言。

夏寻谦刚刚淋了雨,又吹了冷风,这会儿到了车内,那股子冷意便全都上来了,他伸手环抱自己的臂弯靠着车窗。

浑身不适的滋味让少年呼吸冗长,夏寻谦摩挲自己的手臂,指节是明显的嫩粉色,那是吹出来的凉意。

这雨和风对于旁人来说是小打小闹,但对夏寻谦来说,稍不留意便是劫难。

封麟眼神流转之间,看见了夏寻谦对轻微地哆嗦着。

夏寻谦鬓边的发丝粘在脸上,因为侧着脑袋,从封麟这处望去,后颈处透着莹亮。

封麟眼神锐利,他凝视着夏寻谦抖得越来越厉害的身子,不免烦躁。

须臾后,封麟脱下了自己的西装外套,当他要如馈赠般搭在夏寻谦身上的时候,却被夏寻谦颤抖着身子推开了。

"不要……"夏寻谦的声音绵软无力,"臭的……"

夏寻谦推搡之间,脸庞无力地往封麟这边侧了一些,这时封麟才看清楚夏寻谦的脸早已经没了血色。

夏寻谦胸部沉沉地起伏着，脸庞和额头上的润意与刚刚淋的雨又有些不同，是汗渍。

封麟眼神停留在夏寻谦脸上，那痛苦的神色不像是佯装的。

封麟朝着夏寻谦的方向挪动了一些，抬手抓住夏寻谦的肩膀，那软绵绵的身子因为封麟的动作轻微地摆动着。他沉着调子叫了一声："夏寻谦？"

夏寻谦此刻已经没有多少力气，封麟的手往哪边动他便往哪边倒。

虽然难受，但夏寻谦依旧清醒，他无力地推了推封麟。

封麟反抓住夏寻谦的手，死死地按住："你的药呢？"他伸手在夏寻谦口袋里摸了摸，"你的药呢？！"

夏寻谦指尖轻颤，呼吸也越来越急促。药早上的时候吃完了，他本想着近日没发病缺个一两日没关系的，所以还没告诉管家。

这倒是巧了，也不知是这风惹的祸还是那闷人的香水味惹的。

夏寻谦心肺如被堵住了一般，那种猛烈的缺氧感让他此刻只能用口呼吸。少年微微张着嘴，脸蛋充血，似被掐住命脉般痛苦地动弹着。

短促的呓语声能听出夏寻谦的无助，可他无法从那铺天盖地的疼痛中逃出来。

夏寻谦颈间的汗越来越多，本就湿了的衣裳此刻愈发黏腻，他不安地动弹着。

司机见状也吓了一跳，开车的速度一时之间不知道是该快些还是该慢些。

"封先生，他这……"司机用言语请示。

"开快些。"封麟眼神在夏寻谦身上没有离开，声音压着。

得到回复的司机车速立即快了。

封麟没有在夏寻谦的口袋里找到药，因为两人离得不算远，封麟的手一直支撑着夏寻谦。

夏寻谦浑身颤抖，封麟脱了外套，里面的衬衣没有染上任何奇怪的味道，是独属于他自己的木质香。那种木质香刻板而规矩，没有丝毫张扬的意味，细细地闻才能闻得到。

夏寻谦在封麟身上不安地轻轻蹭了蹭，他眉头紧锁着，时不时发出痛苦的呢喃。

夏寻谦拽着封麟的衬衣，手心片刻便出了汗。

封麟轻晃着身侧的人，试图让人清醒些："夏寻谦？"

夏寻谦眉毛舒展不开，细腻的发丝裹着汗，他此刻的状态呼吸都难，更别说回答封麟的话了。

夏寻谦的衣裳湿了大片，封麟从车上的备用箱里扯出来一件白衬衣，这是以防出了什么意外，正式场合不得体而一直放在车内的衣裳，虽然有些大，但总比穿湿的强。

从这里回去不算太近，就近更没有医院，只能让人不接着受凉为先。

迷离之间的夏寻谦依旧能做出细微的反应。

推拒，不愿，惶恐，怪异。

封麟没管夏寻谦的推搡。

夏寻谦看起来十分不愿意，痛苦地拒绝的样子让封麟拧紧了眉头。

夏寻谦对他的靠近一直以来都是不抗拒的，封麟觉得他们之间虽然算不上朋友，但也不应该是相互厌恶的程度。

封麟思索着，今日应当是出了什么问题，所以夏寻谦才会如此推拒。

他不想和病人讲道理，大脑短路的状态下，直击要害就行。

封麟看着夏寻谦，唇瓣轻启："我刚刚的话确实有些偏颇，随意回答的，你倒是认真了。"

封麟的话仿若一针安抚剂，夏寻谦拉扯的手立即停了下来。

封麟神色微敛，他果然在意的是这个。

即使发病了，浑身难受，他依旧很乖。

封麟心想，他知道为什么夏寻谦要跑出来了，终归是想要的太多。

封麟面色沉了片刻，将那件干净的衬衣给夏寻谦穿上，而后继续将人扶着，不再言语。

半个小时后，车开到了医院。

医生开了药，吃了药后，夏寻谦的精神渐渐地好转了。

夏寻谦的病来得奇怪，心脏方面的问题大一些，常年吃的药又杂又乱，没有一个笼统的说法。

吃了药后，封麟又给他拿了许多备用的药。

疲累了一整天，回去的路上夏寻谦便睡着了。他在车上左右倒了几次，最后又倒在了车窗上。

封麟轻轻一拉，夏寻谦便顺着力道倒在了封麟肩膀上。

这日是封麟将人扶下车的，他没有叫醒夏寻谦。

封麟带着人去了东院的屋子，将夏寻谦放到床上后扯着被子给人盖上便打算离开，但听着细微的呢喃又皱了皱眉。封麟对听别人讲梦话没有什么兴趣，但夏寻谦的呓语调子逐渐沉重。

少年眼角泛红，长睫沾染上明显的湿意。封麟微微俯视过去，他听清了夏寻谦带着细微颤音的话。

"母亲……"夏寻谦手指紧紧地攥着，看起来有些不安，面色依旧有几分疲惫，此刻挂着泪水的模样倒是无端惹人怜爱，像一只收了爪子的猫。

封麟眼神落在夏寻谦的长睫上，他伸手轻轻抚去夏寻谦眼尾的泪水。

"母亲……"少年的呢喃声再次传来，从黏腻的调子听得出来梦中的夏寻谦此刻无助而迷茫。

封麟的手从夏寻谦的脸上收回的时候，被紧拧着眉头的夏寻谦抓握住。

"小沐……"夏寻谦发烫的手收得越来越紧，熟悉的木质香绕在鼻腔，他蹙着的眉头才舒展了些。

封麟的手指动了动，睡梦中的夏寻谦直接一个拉扯迷迷糊糊地将封麟的手腕抱住了。

封麟无奈地在床沿坐下，他感受着夏寻谦身上的体温，愈发觉得不对劲。夏寻谦的手和脸都烫得厉害，封麟抬手又摸了摸他的额头。

啧，发烧了。

封麟叫了夏寻谦一声，夏寻谦没应。

"这是什么身子，淋个雨就发烧。"封麟凝着眉烦闷道。

他面色阴沉，掀开夏寻谦身上的被子打算将人拖出去。

被子掀开的时候，夏寻谦眼睛几次睁开，待看清面前的人的时候抓着封麟的手便怯怯地放开了。

"先生……"夏寻谦不动声色地咬着嘴唇，眼神飘忽又柔弱。

那副病恹恹的模样，瞧着谁都能欺负一二。

封麟漆黑的瞳孔里情绪复杂难懂。

刚刚去医院的时候医生开了驱寒的药，这会儿又发烧了，夏寻谦的体质到底是有多差？

封麟本以为养个闲人放后院便成了，如今看来，一点也没有他想象中简单。

夏寻谦，很难养。

封麟面色淡漠地俯视着夏寻谦，下任务一般冷淡地道："我让老袁送你去医院。"

夏寻谦声音轻轻的："去医院干什么……"

封麟冷脸："打退烧针。"

夏寻谦扯着被子，眼里是明显的不愿："不去……我睡一觉就好了。"他抓着被子将自己盖住，下一秒便被封麟一手拉开。

封麟侧目，强调自己的话："去打针。"

夏寻谦伸手去抓被子："不去。"

封麟恼了，他的声音里带着几分严肃："夏寻谦！"

夏寻谦唇抿成线，眼神迷离地应了一声。封麟语塞，他是一个没什么耐心的人，在无关紧要的人身上浪费时间更不是他的性子。

封麟长舒了一口气："为什么不去？"

夏寻谦声音闷闷的："我经常发烧，以前都是睡一觉就好了，不用去医院的……"

夏寻谦的话让封麟沉默了两秒，思绪混乱得无法组织语言。

夏寻谦观察着封麟的面色，突然笑了一下："先生……是在关心我吗？"

封麟严肃地回看夏寻谦："你之前都是这样过来的？"

夏寻谦抓着被子，眼神悲鸣："原来先生不是在关心我，是在可怜我……"

少年的话沉沉地坠地，又轻飘飘的让人摸不到。

封麟接不上来夏寻谦的话，明明生得这般淡漠漂亮，这张嘴却厉害得很，随意一句话他都能变着法还给你，病了都能噎人。

夏寻谦窥探了封麟一眼，突然伸出手抓住封麟的衣角："先生，我睡一觉就好了，真的！"他将低底线，"不去打针……"

封麟没有应下来的意思，夏寻谦眼神落寞地收回，拽着封麟衣袖的手也缓缓松开。

正当夏寻谦收回手的时候，封麟冷沉着脸开了口："两个小时之后还没有退烧就去医院。"

夏寻谦嘴角上扬，他在试探，步步试探，更得寸进尺，得尺进丈。

夏寻谦闭着眼睡觉，确切地说是在装睡。

屋外的冷风吹着，淅淅沥沥的雨再次下了起来。雨水拍打着屋外的石榴树，到处都是凉意。

夏寻谦时不时睁开眼睛看封麟，两人对视三次之后，封麟直接厉声喊他："夏寻谦！"

只一个名字而已，那沉冷的调子从封麟口里出来，听起来不亚于生死宣判。

"你好凶……"夏寻谦哑声道。

封麟愣了一秒："再不睡把你扔出去。"

夏寻谦虚目看了封麟一眼，沉着声音问他："先生觉得我这样的人不配认识先生对不对？"

封麟："你又知道了。"

夏寻谦不死心："先生觉得我如何？"

封麟听着这话，眼里漫出轻微的温和，漫不经心地说："难养。"

磁性的调子冗长好听，这句话夏寻谦也记了许久。他眼底薄薄潋色泛起，神色中盛着几分落寞："不难养的……"

夏寻谦缓缓撑起身子半坐在床上，单薄的身子摇摇欲坠。他一直都知道自己想要的是什么，孤舟无帆，难行难桨。

封麟闻到了夏寻谦身上那股若有若无的橙叶香。

封麟承认，夏寻谦懂得分寸，不逾矩，也不卑微，渐渐地不再像起初的那只小白兔了。

封麟狭长的黑眸轻扇。

夏寻谦没有躲避封麟的目光,他只是直直地回望着封麟,眸光复杂,清泉烈日都在其中。

"先生是不是讨厌我?"夏寻谦问他。

封麟嘴角上扬,他知道夏寻谦的性子,这会儿敢说这样的话,实际上心里比谁都怕,但夏寻谦就是敢问。他轻笑一声:"讨厌你不是也要养着你吗?"

浑厚的调子一句一句地钻入夏寻谦的耳畔,二人你来我往之间有几分风雨皆动的错觉。

夏寻谦眼神乖戾地流转,抬眸之际看向了封麟的眼睛。他浑身散发着淡淡的橙叶香,说的话大胆到了极致:"先生可以选择扔下我,生死由命……"

封麟突然抓住夏寻谦的手腕,以眼神警告:"生意人都讲诚信。"

夏寻谦眼神微变,眉头微微拧着,身子几不可察地往后缩:"疼……"

封麟手上的力道轻了些,放开了夏寻谦的手:"我说过会管你,不必试探。"

夏寻谦垂眸抿唇:"我错了……先生……"

被凶了之后的夏寻谦乖了许多,封麟站着:"我看你压根儿就没想睡!"

夏寻谦立即倒下闭上了眼睛:"睡的,要睡的……"

封麟被夏寻谦这迅速又没有预兆的动作弄得忍俊不禁,差点没笑出声来,他发现夏寻谦的性子自己根本就没摸透。

接下来的时间里,夏寻谦紧紧地闭着眼眸,没有再动弹,半个小时后就沉沉地睡了过去。

封麟抬手探了探夏寻谦的额头,烧没退;一个小时后,烧还是没退;两个小时后,夏寻谦身上的灼热才降下来一些。

封麟从夏寻谦屋子里出来的时候已经是凌晨一点了,他揉着自己的手腕去了主屋。

封麟回去的时候遇到了出来熄灯的管家,管家见封麟从夏寻谦屋里出来,盈盈地笑着。

他观察到封麟边走边揉着自己的手腕，便小步走近关心了一下："您的手这是怎么了？"

封麟眉头紧着，半晌，吐出两个字："手麻。"

"啊。"管家笑了笑，"无事，您多揉揉便好了。"

管家说着捂着唇咳嗽了一声："您挺关心寻谦的。"

封麟是个不怎么爱解释自证的人，当他认为解释成本高于沉默的时候就不会去做，愚蠢的人才会做浪费时间的事情。

对任何事，封麟都秉承做生意的那一套——死板规矩，利益至上。

封麟眼神犀利："你还管到我头上来了？"

管家后退半步："不敢不敢。"

封麟看着管家憋笑的样子，难得有些吃瘪："很好笑？"

不敢笑，但憋得嘴疼。那一瞬间，管家将毕生难过的事情通通想了一遍。几秒后，管家还是没忍住笑了出来，甚至转了个身。

这件事情对从小到大一直以自我为中心的封麟来说实在是很好笑。

第二日夏寻谦起床的时候，身上的不适好了八分。

他依旧穿着封麟的衣裳，抬起袖子在鼻尖闻了闻，眼神温和。

夏寻谦推开房门，看见一个人坐在屋外的石榴树下。他嘴角上扬，朝着石榴树下的桌子旁走去。

侧目之间没了遮挡，看清了人之后夏寻谦又收回了步子。那处树下安静，管家听夏寻谦的话会把餐食放在那里，并不用刻意去叫他。

但今日桌旁坐着的是一个女人。女人穿着一身黑红色长裙，漆黑的头发用一根簪子挽着，新时代的装扮中又带着几分古典韵味。

女人看见了夏寻谦，面色淡然，嘴角勾起的一抹笑意并不是友善的。

"薛夫人，您早。"夏寻谦恭敬地叫了女人一声。

夏寻谦来的这几日并未见过封家的女主人。

面前的女人瞧着四十五六岁的年纪，保养得极好，连指甲都是用鲜汁染过的，那副高高在上的劲儿，一般人都是没有的。

如今还刻意来找自己，想来也只有薛云了。

薛云用眼神上下审视着夏寻谦，面前的少年眉眼生的是连女儿家都少有的漂亮,鼻梁上生了颗黑痣,盈盈望去,漂亮得紧。

"怎么?起床了衣裳也不能好好穿,还有没有一点规矩?"薛云眼神阴沉,开口便是毫无顾忌的诋毁厉色。

"我去换!"夏寻谦说着,立即进屋换掉了封麟给他的衣裳。这院子平日里没有人来,夏寻谦便大胆了些,今日遇见薛云,实在难料。

夏寻谦再次从屋里出来的时候便穿了一身合身的长袖,走到薛云面前,规矩地开口:"夫人找我有什么事吗?"

薛云指了指自己旁边的凳子:"坐。"

夏寻谦规矩地坐下,有礼地给薛云倒了一杯茶水。

女人用指腹推开,冷眼望着夏寻谦:"我这个人向来有话直说,虽然老爷子现在不在了,但在封家,我这个正妻说的话还是有几分分量的。"

"您请说。"夏寻谦十分规矩,对于长辈,他向来尊重。

薛云眼尾挑起:"你是老三带回来的对吧?"

夏寻谦摩挲着面前的茶杯,垂眸应声:"是。"

"他拿你当什么?"薛云冷声试探道。

夏寻谦的眼底暗色蔓延:"故人之子。"总之,算不上朋友。

薛云笑了一声,常年的阅历让她知道什么时候该显露锋芒:"你父亲与封麟父亲的交情我不得而知,封家宅院大,但养不得闲人。你可以受封麟庇护,我给你在泊城外找个住处,你自己搬出去,不能住这里。"

薛云的语气没有丝毫商量的意思,是明显的不留情面,以言语驱逐。

夏寻谦猛地收紧手指,掌心微疼:"是……封先生的意思吗?"

薛云眼神淡漠地直视过去,手指敲击着桌面,像是在提醒他:"封家,我说了算。"

"我是让封先生为难了吗?"夏寻谦轻声问道。

薛云嘴角轻蔑地微微勾起:"你一个月的药钱,够封家一个月的伙食费了,这还不够吗?"

"我封家是要脸面的大户人家,养个废人在后院免不得被人家笑话。再者,只是让你换个地方住而已,老爷子既是结了善缘,我封家必然会给你一口饭吃。"薛云探查着夏寻谦的面色,这些天院内背着说夏寻谦凭什么不劳而获的人不在少数。

被封麟领回家就算了,封见珏也明显一副想和他搭上关系的模样。

谁人不知,薛云最在意的便是规矩,恩情也好,人情世故也罢,夏寻谦这样的人,放在哪儿都是危险的。

薛云不会允许夏寻谦这样的人待在封家,她抬手将自己面前的茶推到夏寻谦跟前:"你懂我的意思对吧?"

夏寻谦苦涩地敛目:"我明白夫人的意思。"

薛云皮笑肉不笑:"那最好,也省得我赶你了。"

"去收拾一下吧,我让司机送你出去。出了封家,往后便不要提自己与封家有关的话。"

夏寻谦不安地手握茶杯:"我想……见见封先生……"

薛云一副看穿了的神情:"封麟去公司了,他一个月有半个月都在公司,你要见他恐怕有点难。"说着她轻笑了一声,眼神犀利而尖锐,"还是你觉得,我的孩子会因为一个外人而来忤逆我的意思?嗯?"

薛云的话拖着让人心颤的尾音,夏寻谦声音沉着:"先生带我回来,我……只是想和先生告个别。"

"告别就不用了,不是什么人都能浪费他的时间的。"薛云言语之间便站起了身。

"收拾好了就去门口,我的司机会带你过去。"话落,薛云便淡漠地转身,片刻没有逗留。

夏寻谦放下手中的茶杯,身后的石榴树绿荫透着斑驳,明明是个好天气,瞧着却莫名阴沉沉的。

他在石榴树下坐了半晌,而后进了屋。有些东西,并不是强求便能得来的。

夏寻谦站在屋内望着四周的摆设,窗户的位置有一个简易书桌。这间屋子虽然不大,但干净,也没有霉味,风吹过来有股石榴的香气,他很喜欢。

他就那么在屋内站了一会儿,眼底的情绪从来都没有人可以参透。他走之前打了一通电话,接电话的人声音低沉,磁性的调子里透着严肃。

"有住的地方吗?"沉沉的声音传来,"封麟有对你起什么疑心吗?"

夏寻谦面色淡然:"帮我查一下夏厉在哪儿。"

挂断电话后,夏寻谦的面色又变得温和。要得太多的话,就会什么都没有,这句话他又明白了一些。

夏寻谦抬起自己的手腕,白皙的腕上戴着的是封麟送给他的那只银镯子。

现在大家都喜欢用腕表来彰显身份,封麟给他银镯子,像是哄小孩,没有男人会戴这种东西。

但不知怎么的,那银镯就是十分适合夏寻谦的那双白腕子,淡雅的气质衬得少年的手纤长漂亮,藏在衣袖下,再好不过了。

戴着银镯,就是有人要的孩子了。

夏寻谦抬手拿下了手腕上的镯子,拨弄之间手镯发出细细的声响。

他将银镯放在手中摩挲。

不知道过了多久,夏寻谦将银镯放在靠窗口的书桌上,旋即转身离开。

清脆的声响是银器独有的,好听且脆耳。

施舍来的东西, 夏寻谦不要。

他走到封家大门口,上了薛云司机的车。司机从面上看便是个凶狠的角色,夏寻谦没和人搭话。

目的地是泊城郊区一间破旧的老房子,车开到那里后,司机递给了夏寻谦一把钥匙。

司机走后,夏寻谦便把钥匙扔了,扔进了一个廉价的垃圾桶内。

他从封家出来什么都没拿,身上有两百块钱,是管家之前给他买吃食的。

夏寻谦往外走,走到主街后买了一份报纸。他看了许多份工作,一个一个打电话去问。

他会如实地说明自己的身体状况,显而易见,得到的只有拒绝。

"工薪没关系的,有住的地方就行……"

"我今年十九岁……认识字的……

"我学东西很快的……

"也不是会经常请病假……您可以考虑考虑……

"是……英文也会一些……

"抱歉抱歉……打扰您了……"

少年的话音一次比一次落寞，声声自救，却也无可奈何。

夏寻谦走到公交站台坐下，细长的发绕在鼻头，没有焦距的眼眸透着颓废。

他望着面前的车，看着其中一辆和封麟的很像，面容苦涩地呢喃了一句："封麟，期待我们下次相遇。"

## 第二章
## 下次相遇

封家老宅。

薛云坐在餐桌吃饭的时候，站着的人给他汇报着夏寻谦的事情。

"他没住您给他找的地方，钥匙也扔了。"

"哼。"薛云明显没想到，"一个病秧子要那些个没用的气节做什么？"

"愚昧。"薛云嗔道。

"他现在在找工作，打了挺多电话，看起来是没有要回来的意思。"司机规矩地站在薛云身后继续道。

"嗯。"女人应了声，"这几天封麟忙，别什么事都告诉他，那东院他一般不会去。一个无关紧要的人而已，过段时间说不定他自己就忘了。"

司机颔首回应："是，听夫人的。"

当天封麟回来的时候已经是晚上十一点了，不知怎么的，他莫名地心烦。

他路过东院的时候，夏寻谦的屋子里没有开灯，漆黑一片。他看了看时间，没多想便去了自己的房间。

连续两日都这样，封麟才开始起疑。

第三日，封麟回来得很早，东院的屋子依旧紧闭着，没有一丝光亮。封麟这次没有离开，而是直接朝屋子走去。

他推开门发现，屋内安静沉闷。他打开房里的灯，床榻上空无一人，只有叠得整整齐齐的被子。

凉薄的风吹动着床帘，借着屋外的月光，窗户下方的书桌上那个银镯散发着清润的光泽。

封麟的眼神瞬间变了。他走到窗口，那个银手镯是自己给夏寻谦的，他记得夏寻谦说很喜欢。

封麟伸手拿过手镯捏在手中。

封家的人一个个都要反了天了！他带回来的人也敢动！

封麟拿着手镯出门的时候，怒意燃烧，脸色阴沉得吓人。他最忌挑衅，没有人能犯他的忌讳。

封麟看着屋外的石榴树，莫名想到了夏寻谦那张脸。

此刻脑海中的想法来得古怪，不像他自己。

"夏寻谦那么弱的身子，一个人别死在外面了。"这个想法蹦出来的时候，封麟愣神了一秒。他好像总会可怜夏寻谦，但他觉得自己此刻更多的怒意是权威被挑衅了。

封麟去找了管家，管家支支吾吾地垂着脑袋，一个字也说不出来。

让人将夏寻谦送出去的命令是薛云下的，封家内院的主事，封麟根本不管，薛云让他当作什么都不知道，管家又哪里敢吱声。

"封先生……我……那孩子是夫人送出去的。"管家抬手擦着额间的汗，他一个用人，谁都怕，谁的话都得听。管家脑袋垂得越来越低，瞧不见个正脸。

封麟冷着脸，言语呵斥让人不由得心颤："你是老糊涂了吗！这个院子，只要我封麟还活着，便是我说了算！"

管家被骂得根本一个字都不敢说，封麟也不想同这人多说，直接去了薛云的屋子。

薛云屋子的门开着，她此刻正在外室喝茶。

世人皆知，薛云不是封麟的生母。

自封麟母亲死后，薛云便执掌了内院，她一心为自己的儿子谋利谋财。

封家的万翻集团是封老爷子成立的，如今虽是封麟掌权，但依照遗愿，万翻的股份薛云和封见珏手中都有大头。封麟知道他们二人的野心，一直以来都睁一只眼闭一只眼。这也是封麟时常会回来的原因，他只是想时刻提醒他们，谁才是主子。

无用的蛆虫而已，但他们应该有自知之明。驱逐夏寻谦，便是触及了封麟的红线。

"麟儿回来了啊。"薛云看见封麟，面上笑着。

封麟跨进屋子，轻蔑地敛目："姨娘什么时候也来做我的主了？"

浑厚的调子带着压迫，气氛凝聚成冰。

薛云怔了怔："你说东院那个人？封家容不得那种只会花钱的废物。"她听出封麟的不快，言语直了些。

"废物？"封麟鄙夷地转动眼眸，"姨娘都进得，他为何进不得？

寻谦可比您干净。"封麟冷目挑衅步步不让。

"你！"薛云被封麟的话噎住，她拍了拍桌，"你反了天了，封麟！我是你母亲！"

封麟轻蔑地转身，言语冷若冰霜："你最好祈求我今天能找到他。"

夏寻谦这几天都睡在旅社，一间屋子里住十二个人，上下铺，没有窗户，都是些来城里谋生的人。屋子里各种味道混合着，夏寻谦晚上最后一个进屋，最先一个起床。

因为没有地方肯雇佣他，才三天他就已经入不敷出了。

他这日走到一个会所门口，上面的招聘工薪十分诱人。

是一个送酒和水果果盘的岗位。

夏寻谦打电话去问，得到回复："年纪可以，你先上楼，我们老板要看看五官是不是端正。"

夏寻谦得到回复后，踏着步子往二楼的会所走去。他到前台的时候，看见正在清账的老板。

待看清人的一瞬间，夏寻谦往前的步子便退了回去，飞快地转身就要离开。

身后的声音厉色急切："夏寻谦！原来是你啊！"

夏厉没想到能在这里遇见夏寻谦，上回在宴会上受的气他正愁找不到人撒回去呢！真是巧了！

"来啊！给我抓住他！"夏厉话落的瞬间，识趣的安保人员便直接从侧方过去拦住了夏寻谦的后路。

现在是晚上八点，会所内十分嘈杂，夏寻谦连呼救的机会都没有。

夏厉此人睚眦必报，还蠢钝如猪，动不了半点脑子。

反正也跑不了了，夏寻谦便直直地站着："你想干什么？"

夏厉扭动着手腕朝夏寻谦走近："干什么？你说我想干什么？你敢明目张胆地羞辱我，早就该料到会被我报复回来！我正愁找不到你，没想到你还送上门来了！"

夏寻谦攥紧拳头，他听明白了夏厉的意思，夏厉的产业多，泊城许多地方都有他开的会所。

今日在这里遇见，算是可悲又可笑了。

"夏厉，我劝你别招惹我。"夏寻谦的调子里带着警告，尖锐的刺护着自己。

"哈哈哈……"夏厉笑出了声，"你都沦落到这种地步了，在我面前还装什么啊？"

他眼神戏谑，示意拦着夏寻谦的众人："给我教训一下！"

夏寻谦心慌地后退至会所大厅巨大的陶瓷花瓶前，他直接将那价值不菲的花瓶推倒在地。

那一声脆响贯彻整个大厅。

话语之间，夏寻谦已经被会所的人按在了地上。

"放开我！放开我！"夏寻谦努力挣脱着，抬起脚便踹到了其中一人的腰间！

夏寻谦轻蔑地凝视着面前一个个凶神恶煞的人，眼神冷漠而惊惧。他下意识地抬手护住自己，神色惊慌地退缩着往后。

他的手在颤抖，浑身都在颤抖，眼尾红得厉害。他被按着肩膀，无法动弹，好似他的命运，被恶鬼缠绕，千万只手压着他逃不出泥浆。

本以为撕心裂肺的疼痛没有到来，身旁的风也透过人群吹了过来。

"啊啊啊！"一侧有闷喊声传来。

夏寻谦面容呆滞。

他睁开眼的时候，看见的是封麟正拽着刚才那个男人的衣领，拳拳到肉地揍着！

"封先生……"夏寻谦那些无人在意的满腹委屈终于找到了倾泻之处。

眼前迷离的画面像是在梦中，又像是现实中，夏寻谦有些分不清。

他的呼吸又沉又长，反应片刻整个人依旧是呆滞的。

他眼神发涩，凝望着封麟因为揍人而变得微红的拳头。

此刻，站在一旁看热闹的夏厉愣神地站了半分钟都没反应过来。

从封麟上来，再到不分青红皂白地打自己的人，夏厉的面色越来越惊恐。

见一旁的人打算动手，夏厉立即呵斥："住手！都住手！别伤着封先生!"

一旁的人听着夏厉的命令,没有一个敢上前。

封麟冷冰冰地环顾四周,并没有要收手的意思。

"封麟……"一个细微的声音传来。

夏寻谦手抓着封麟的衣角,细看能看出来因为太过用力手背有淡淡的经脉微微凸起。

他害怕自己力道稍微轻一些,封麟一推便推开了。

封麟垂目,少年眼眸带着那么一股子坚忍,那副看淡生死又拼命要活着的姿态是夏寻谦独有的。

冷得像风,又热得似火。

"别怕。"封麟说。

他低醇的声音与往日不同,在这一刻,封麟的话是温和的,没有那股刻在他骨子里的冰冷。

封麟眼神晦暗地回望四周,刚刚的一众人似乎全都哑了。

夏厉更是对面前的场景瞠目结舌。

他那低贱的弟弟,居然和泊城的封先生如此熟识。

他可是变着法地想搭线和封先生搞好关系,自己攀不上关系的人居然在这里为了夏寻谦干架?!

"封先生……您……您今日怎么有空来这里……"夏厉是个脑袋转不过弯的,此刻脑子里乱得很,出口的话恭恭敬敬却感觉哪里都不对劲。

封麟面色阴沉,眼神犀利地上下审视着夏厉。

封麟认识夏厉,夏厉是夏寻谦同父异母的二哥。

上次在会所遇见夏寻谦,他本以为是什么巴结封见珏的人刻意塞进去的,现在看来,怕不是这个夏厉的手笔!

之前封麟对这件事没多大兴趣,遇见了带回家便了事,所以就没去细查。

突然间,封麟就有些明白为什么夏老爷子临死前要那么处心积虑地给夏寻谦谋活路了。

夏家的所有人,都没将夏寻谦当人看待。

封麟感受着夏寻谦微弱的呼吸，在封家祠堂，夏寻谦的顺从听话，应该也不过是想活下去吧，他学的尽是讨好人的方式。

封麟冷着脸将夏寻谦打量了一眼，夏寻谦瘦得有些离谱，封麟觉得喂养方式可能需要调整一下。

封麟并没有回答夏厉的话，而是眼神轻慢地游走在屋内的人身上："今日，在座的每一位，都跑不掉。"

警告的语气里带着无尽的审判意味，夏厉被封麟的话震得一哆嗦。

待他反应过来，封麟已经带着夏寻谦离开了。

夏厉眼皮跳得厉害，他咽了咽口水，沉声道："快快！快备礼去赔罪！"

话语之间，众人乱成一团。

封麟扶着夏寻谦往楼下走，舒缓的呼吸让封麟的心安定了下来。

他将人带上了车，封麟今日是自己开车来的，他直接拉过安全带将夏寻谦固定在副驾驶座上。

而后他脱下了自己的西装外套，脱下之后莫名其妙地放到自己的鼻尖闻了闻，不臭，应该不会又被嫌弃。

封麟将自己的西装外套搭在夏寻谦身上，做好这一切后才坐到了驾驶位上。

他知道刚刚夏寻谦是因为惊吓过度所以才晕了过去，去医院的意义不大，所以直接将车开回了封家。

半个小时后，封麟的车在封家门口停下，他将夏寻谦带下车。

这次他没再把人放到东院，而是让他搬去了自己主卧对面的屋子。

东院离封麟住的地方较远，不刻意路过的话，委实要走一会儿才能走到。

但这里不一样，一开门对上的便是自己的屋子，时时刻刻都在自己的眼皮底下，什么动静他都能一清二楚。

封麟出门的时候吩咐管家找人将屋子打扫出来，回来的时候打扫的用人还没从里面出来。

封麟冷着脸回了自己的屋子，把夏寻谦放到床上的时候，人恰巧醒了。

封麟松手的速度极快，夏寻谦迷迷糊糊地望着封麟，刚刚那股无助心慌的感觉猛烈地袭来。

"先生……"夏寻谦嗫嚅出声，不知是在自救还是在求救。

窗外的风徐徐作响，窗帘被吹得剧烈摆动着，凉意绕着二人，却没有人觉得冷。

封麟的指尖几不可察地微颤，夏寻谦红着眼睛看他："您别赶我走……我害怕。"

夏寻谦肩膀上的红痕惹眼得很。

夏寻谦的话苟且，痛苦，谋讨生计，眼底的坚忍却不复存在。

封麟没见过这样的夏寻谦，他虽然体弱，但依旧有自己的节气，高傲且毒舌，不是像现在这样的。

夏寻谦要封麟别赶他走，是因为惧怕，又或者是利己主义的试探。

夏寻谦太缺乏安全感了，但他没有任何东西可以为之交换。他唯一的资本，微不可计。

夏寻谦不是任人拿捏的软柿子，但此刻他别无选择。

封麟出于责任照顾夏寻谦，他要的无非只是不随波逐流的命运，自己给他便是了。

夏寻谦望着封麟离开的背影，眼神没有停留，兀自转身裹着被子抱着。

第二日起床的时候，夏寻谦完美地错过了早餐。他起身找了身干净的衣裳，继续在趴床上睡觉。被子上有一股淡淡的香味，很好闻。

夏寻谦没规矩地一觉又睡到了中午。

房间的门被人从外面推开，夏寻谦趴着回头看了一眼，而后撑着身子起身："先生……"

封麟用眼神观察着夏寻谦："过来。"

夏寻谦垂着的手捻了捻衣角："干什么？"

见人明显没有要听话过来的样子，封麟嘴角微微勾着，眼神凝上几分冷色，眼神再扫过去的时候，夏寻谦便乖乖地过来了。

夏寻谦看着面前之人拉了拉自己的衣袖，因为衣裳破了，他今日

053

又没出房门,所以就在屋里找了封麟的衣裳穿。

夏寻谦拨弄衣袖的样子实在有些蠢,封麟嘴角几不可察地微勾:"夏寻谦,你胆子变大了啊。"

夏寻谦垂下眼眸:"我的衣裳破了,才穿的先生的。"

封麟的衣裳对夏寻谦来说有些大,领口肩膀位置撑不住便自己往下滑,颈侧锁骨上还有昨日被打的痕迹,泛着淡淡的青紫。

"先生的衣裳有些大……"夏寻谦沉声道。

封麟背着手站着,居高临下地望着夏寻谦:"先生许你穿吗?"

夏寻谦紧张地舔了舔唇,抬眸与封麟那双漆黑的眸对视上。既是有疑,自然问本人最好,他伸手抓住封麟的衣裳:"先生……许我穿吗?"

封麟语塞,伶牙俐齿的夏寻谦又回来了。但封麟莫名觉得此刻的夏寻谦比昨日拼了命讨好的那副姿态看着顺眼多了。

封麟眼神闪动:"许不许你穿,你都已经穿了。"

夏寻谦识趣地远离了一步,两人距离拉开。

"先生……没有要赶我走对不对?"夏寻谦轻声地试探道。

封麟思绪沉下些,夏寻谦难养,若放在外面,免不得养死了。

封家内宅也不太平,薛云现在看着是老实,可日后的日子还长着。封见珏也在家中,夏寻谦除了那点子硬气身上什么也不剩,总归是难倒封麟了。

"薛云让你走便走,是觉得我管着你要看他人的脸色吗?"封麟突然开口问了出来。

封麟觉得夏寻谦虽然手无缚鸡之力,但头脑是聪慧的,以他那倔强的性子,应当先找自己问清楚才是。

让他走便走了,真不像是他能做出来的事情。

"薛云是您的母亲,封见珏……封见珏……"夏寻谦言语停顿,但眼里的意思明确。

封麟眉头拧起,眉眼厉色了不少:"他在调查你。"

夏寻谦攥着手:"随他。"

封麟轻笑出声:"觉得自己够可怜?够清白?"

夏寻谦再次与封麟对视,屋外的风透过窄窄的缝隙吹进来,带着一股清凉:"先生觉得是,便是。至于封见珏,他觉得我别有用心。"

"那你呢?"封麟问,"你是别有用心吗?"

"我只想活命。"夏寻谦微微后退了半步,眼神落在封麟的口袋上,那儿有一个东西硌着,看着有些突兀。

"先生……拿的什么?"夏寻谦头一次这般探究意味地追问封麟。

封麟没答。

那形状,看起来像药。夏寻谦再次问道:"先生?"

封麟还未开口,夏寻谦直接探出手到封麟的口袋里摸索。

"夏寻谦。"封麟扬声出口。

夏寻谦大着胆子没搭理封麟,将封麟口袋里的东西拿了出来。

拿出来的瞬间,夏寻谦没忍住笑出了声。

无法想象,封麟这样一个一本正经的人,口袋里竟然放了一块哄小孩的桃木!

夏寻谦从封麟口袋里掏出来的是一把桃木做的小刀,约莫半个巴掌那么大。

"这个好可爱。"夏寻谦笑过后摩挲着木头做的小刀爱不释手,"先生哪里得来的?"

封麟眼眸闭了闭:"路上捡的,随手拿着了。"

"先生看起来不太喜欢。"夏寻谦似笑非笑地试探道,"要不然给我吧,我喜欢。"

还没等封麟拒绝,东西便进了夏寻谦的口袋,旋即夏寻谦再次问道:"还有别的吗?"

封麟:"别的什么?"

夏寻谦:"我手疼,昨日你说要给我拿药膏的。"

半晌,封麟从口袋里掏出一小盒润脂膏递给夏寻谦。

夏寻谦接过封麟手里的药膏,突然就来了勇气:"我有话问先生。"

封麟神色严肃,锋利的眉眼没有一丝人情味:"说。"

夏寻谦捏着药:"先生拿我当什么?"

封麟目光晦涩:"你说我该拿你当什么?"

夏寻谦紧抿着唇:"自然是朋友。"

055

封麟看向他，讨好奉承，谄媚还迎，那只是他自保的方式。他要的是避风港，就算不是封麟，谁都一样。

夏寻谦回视过去："我很感激先生救我于水火。"

封麟淡漠地转眸："如果封家是封见珏做主，你会如何？"

夏寻谦面色暗了一度："先生不必试探我，我虽命不好，却也择路。"

夏寻谦的神情看起来又置气又难过，明显是生气了。

封麟没答，两人对视两秒后，封麟转身出了屋子。

"穿好衣裳，出来吃饭。"

封麟的调子变成了与往日无异的淡漠，细听，又不一样。

夏寻谦也不恼，他走到门口望着封麟的背影："可以和先生一起吃吗？我想和你一起吃饭……"

封麟侧目没有拒绝："动作快些。"

夏寻谦抓着门沿，细小的门缝嘎吱作响："我没有新衣，可以穿你的衣裳出去吗？"

封麟头也没回地拒绝，疾言厉色："不能。"

"那先生可以给我找一身合身的衣裳吗？"夏寻谦试探着。

封麟眉头微蹙："夏寻谦，你把我当用人吗？"

夏寻谦声音弱了些："我没……"

说着封麟便冷脸离开了。

五分钟后，封麟从拐角过来，拿了一身干净的衣裳递给夏寻谦。

夏寻谦换好衣裳之后出了门，他给自己抹了药，但位置没抹对，还弄了一手。

出来的时候，封麟恰巧与他对视上，看到了夏寻谦指腹上的药。

夏寻谦忙去院中的水凿里用流动的水洗了洗。

洗好手后，夏寻谦跟在封麟身后，步子极慢。

封家的院子大，第一次来没个人指引迷路了都不奇怪。封麟见人越跟越远，步子顿住，敛目回望过去。

"你是蜗牛吗？"封麟开口道。

夏寻谦隔着几米，莫名就闷急地抿唇，话又毒又烈："您快，您咋不上天？"

封麟眉宇间的川字并得愈发厉害，他冷着脸就那么站着，等夏寻谦一步一步走过来。

夏寻谦走到封麟身边的时候，封麟直直地拦住去路："你刚刚说什么？"

夏寻谦心虚地转目："我说我腿颤……"

封麟冷着脸转身，步子兀自放慢了些。

到达餐桌的时候，夏寻谦才算明白为什么封麟今日要同自己一起吃饭。今日餐桌上封见珏和薛云都在，还有一个年纪小一些的女孩。

那人夏寻谦是第一次见，早知封麟有一个妹妹，想来就是她了。

封麟神色冷淡地走到餐桌旁坐下，并且拉动自己一旁的椅子示意夏寻谦坐下。

夏寻谦乖顺地坐到封麟身旁，饭桌上的气氛因为夏寻谦变得异常怪异。

薛云手里的筷子立即啪地扔到了餐桌上。

"封麟！封家的餐桌不是什么阿猫阿狗都能坐的！"薛云眼中绕着怒火，"你把他带回来我没说什么也就罢了，但不是让你乱性子坏规矩的！"

夏寻谦目光低垂，餐桌下的手紧紧攥成拳头。突然间被一双大手包裹住，温暖的触感让人安心。夏寻谦愣神片刻，余光瞥了封麟一眼，默默收紧了手。

封麟轻蔑地嗤笑一声："我爸死了，那我现在就改改这规矩。"

封麟双目幽沉，明明再平常不过的调子，听起来压迫感十足："受人恩惠，理应要还。姨娘，你知道的，我这个人从小脾气便不好，见不得自己的东西被别人觊觎，所以您以后多担待些。"

薛云听见封麟的话，眼神犀利起来。她同封麟在同一屋檐下生活那么久，怎么会不了解他的性子。封麟和封老爷子一样，重情义。

看着封麟护着夏寻谦的架势，薛云突然就觉得他心中可不仅仅是被挑衅的怒意。

薛云哼笑出口，盈盈的眸中尽是试探："老三，你不会真的想让这个废人住在封家吧？"

"管这些闲事做什么？"

"你父亲的遗愿是让你跟顾家女儿顾笙结婚，被这样一闹耽搁多久了？"

封麟冷着脸："我自然会结婚生子，这些事情不劳姨娘费心。"

话音刚落，一直审视着夏寻谦的封见珏突然开了口："老三确实是喜欢多管闲事呢。"

封见珏一副看戏的模样，转头对夏寻谦说，"你来封家到底是为了什么？应该不止表面那么简单吧？"

薛云生生地拍桌而起，犀利的眼神如看野狐狸一般注视着夏寻谦。

"封家不欢迎你！识趣的就自己离开。"薛云谩骂着，而后愤然甩袖离去。

薛云离开后，夏寻谦面色淡淡地起身，也离开了餐桌。

这一遭，无端的不欢而散。

封见珏的眼神落在封麟身上，一本正经地开口："老三，你可别太小看他了，我昨日亲眼看见他在你书房翻资料呢。"

封麟眼中卷着旋涡，抬眸之际十分吓人。

一旁的封渝这时突然插言道："别乱冤枉人，昨个儿是我带他去的书房。"

夏寻谦往回走的时候，在院子里遇见了薛云，也不知道薛云是不是刻意在等他。

屋檐清风拂人，偌大的院子里死寂一片。

薛云见夏寻谦过来，五官拧着，开口就是警告："夏寻谦，我告诉你，不要以为现在封麟护着你你就可以无法无天了！我警告你给我安分点！离封见珏远点。"

夏寻谦轻蔑地微微勾唇，思绪千万。

"我在他眼里就是杂碎，我这人惜命，哪敢惹他。"两人擦肩而过的时候，夏寻谦头也没回轻描淡写地留下这句话便离开了。

薛云恶狠狠地望着夏寻谦的背影："你最好是不敢！"

夏寻谦踏着步子往前，不做停留。

夏寻谦往封麟的主屋走去，走着走着就到了那棵石榴树下，看见管家在那里锉着什么东西。

管家看见夏寻谦,面色和悦:"小少爷来啦。"

他喜欢这么叫夏寻谦,夏寻谦说了多次管家也没改过来,他便也不再说了。

"您这是在做什么呢?刘叔。"夏寻谦有些好奇道。

管家收了自己的锉刀站起身:"您平日里睡觉都不安稳吗?"

这话问得蹊跷,夏寻谦有些摸不着头脑:"什么?"

管家见状,眉头蹙了蹙:"早上封先生找我说您睡觉一直不安稳,我给了他一块桃木,他给您了吗?"

"啊。"夏寻谦唇瓣张了张,神色顿了一秒,"桃木……"

夏寻谦摸了摸口袋,把那把可爱的木头小刀拿了出来,问:"是这个吗?"

管家眼里含笑:"是是是,是这个。"

"封先生找我讨的,我听说是给您的,就削得厚实一些。封先生拿着都不太自在,还训我不是哄小孩的。"

"但我给小孩削桃木都是这样削的,驱邪气保平安,放在枕头底下好睡觉。"

夏寻谦摩挲着手里的桃木,面色细微地变化着,颔首道:"谢谢您。"

"做噩梦了?"管家笑嘻嘻地八卦起来。

夏寻谦凝眉思考,好像是有……上次发烧一直睡不安稳,昨日迷迷糊糊好像也听见封麟嫌自己不安静。

"赶紧睡。"脑海中突然蹦出封麟的声音,原来这句话不是做梦听见的,是真的被凶了……

"先生……他……"夏寻谦言语断断续续,也不知道要说什么。

"封先生他不坏的。"管家笑着接话。

夏寻谦唇瓣轻启,突然就问了封麟的私事:"封先生是有婚约的对吗?"

听见这话,管家没有如夏寻谦想象中的避讳,反而如常地开口:"有的,顾氏集团的千金和封先生是有口头婚约的。"

管家走近夏寻谦,眼神沉了沉:"没有人能阻止封先生一直养着你,你是个好孩子,只要安安静静的,少去正院,躲着夫人他们,日子总归是好过的。"

夏寻谦听着管家的话,嘴角勾起一抹苦涩的笑。

在管家的眼里,不逾矩是自己该守着的红线。

夏寻谦收了手中的桃木小刀:"我让他为难了。"

管家叹了一口气,似乎听懂了夏寻谦的意思:"您父亲救过我们封老爷子,是天大的恩情。"

"我知道。"夏寻谦回答得淡漠。

封家是个什么地方,封麟的伯父和小叔个个都盯着这块肥地,封家四兄妹没有一个是同父同母的血脉,个个心思深沉。封见珏母子俩一直想法子给封麟使绊子,封麟若不娶妻生子,封家早晚被他们瓜分得一干二净。

但这些并不是夏寻谦所担心的。

封麟住在这老宅都只是因为想时时刻刻瞧着那些心思重的人,他又怎么可能会让万翮集团断送在自己手里。

夏寻谦不愚昧,他明白,他什么都明白。

封麟足够聪慧。

夏寻谦又同管家说了两句闲话后便去了封麟的主屋,他没进去,而是在门口等着封麟。

封麟过来的时候,恰巧看见夏寻谦在门口站着。他本以为夏寻谦是生气了,但现在看起来好像又没有。

"先生……"夏寻谦叫了封麟一声。

封麟一步步地朝着门口走近,他不屑去做讨好别人的事情。对于刚才的事情,夏寻谦连生气的资格都没有。

"在生气?"封麟淡淡地开口问道。

夏寻谦摇头:"没有。"

夏寻谦从早上到中午一口饭都没吃,昨晚又劳累得很,这会儿精神状态看起来不太好。

"在等我?"封麟眼中闪过一丝诧异。

"嗯。"

"等我做什么？"

夏寻谦直视着封麟，忽然开口道："谢谢封先生。"

谢？封麟不太明白。他眉头微蹙，而后站直，觉得自己可能没将东西藏好，只好将背在身后的手伸出来，手里是一团用油纸包着的东西。

夏寻谦瞳孔怔愣了一秒，两人根本不在一个频道上。他下意识地接过油纸，里面是一块糕点和一只蒸熟的螃蟹。

"给我的吗？"夏寻谦顿了一下，朝封麟笑了笑，"封先生，谢谢您。"

"我在封家是不是让先生为难了？"夏寻谦问封麟。

封麟眼神中带着探究："倘若是呢？"

"我不想让先生为难。"夏寻谦手上力道收紧，"这世上没有谁离了谁活不下去，先生不必守着老一辈的承诺护着我。"

封麟侧身回望夏寻谦："你如何活？"

仅仅三天，都能走投无路地去会所找事做，夏寻谦离开了自己，当如何活？

夏寻谦眼神幽深，说得无畏又随性淡然："活不了便死，反正本来也是个短命的。"

封麟面色沉了几分，声音阴沉带着压迫："夏寻谦。"

夏寻谦目光颤了颤："嗯……"

封麟直视着夏寻谦，漆黑的眼里情绪复杂："我现在管着你，我不管你是怎么想的，要是你再像上次一样一声不响地跑出去，我便打断你的腿！在封家，听我一个人的话就行，我没有时间去考虑怎么看你，所以你要乖一点。"

若换作旁人听到封麟说这话怕是腿都要软了，可夏寻谦面色淡然。

他抬眸注视着封麟，很多时候夏寻谦都看不懂他，威胁一样的语气，难听的话，说的却是他想听的意思。

夏寻谦朝封麟靠近半步："会的。"

那日后，夏寻谦便住到了封麟房间的对面，一打开门便能看见封麟是否起身，穿的是什么颜色的衣裳，晚上几时才回来。

因为有了封麟的警告，薛云极少来找夏寻谦的麻烦。

国外的经销商出现了一些问题,封麟连续忙了十几日。

整整一周多的时间,夏寻谦都没见到封麟。

这日吃了早餐,封渝来找了夏寻谦。

封家唯一的女儿封渝完美地继承了他父亲的话痨属性,模样也俊俏。在封家,大家都有几分怕封麟,只有她不怕。

她与夏寻谦同岁,性子却天差地别,封渝的自信是从骨子里透出来的,活泼开朗,没心没肺。

自那日餐桌上不欢而散后,封渝便经常来找夏寻谦玩,一来二去,夏寻谦倒是能同她说上两句话。

"小阿谦!"封渝突然从拐角过来叫了夏寻谦一声。

夏寻谦坐在屋前的院子里发呆。

见人无神落寞,封渝喷了一声,双臂交叉靠在一旁的柱子上:"你在发什么呆?"

夏寻谦闻言有了反应:"先生今日回来吗?"

"我带你去见他。"封渝扬声道,"今天三哥去参加慈善晚会,顾笙姐姐也去,我们也去玩啊。"

封渝眼神严肃:"你这样待在家里怎么行?要多出去走走。"

夏寻谦眼神暗沉。

"我们不应该去。"夏寻谦的调子冷冰冰的,淡然的话莫名阴沉。

封渝一把就将夏寻谦拽了起来:"欸,走走走。"

夏寻谦被拖拽得一个踉跄。

封渝鄙视地瞪了夏寻谦一眼:"再坐在家里你都快和外面的世界脱节了。"顿了顿她又继续道,"我哥去的宴会都好玩着呢。"

将夏寻谦拉扯着到门口的时候,封渝一只手掏出车钥匙,朝着夏寻谦眨了眨眼:"刚考的驾照,你是第一个敢坐我车的人。"

夏寻谦眉头蹙着:"我不敢。"

封渝假装没听见,直接将人推上了车。

接下来一路惊魂。

车快开到的时候,夏寻谦面色十分踌躇:"封麟没让我来,他会生气的。"

"他最近这么忙,都没时间回家,你怎么知道他看见你会不高兴?"封渝严肃道。

夏寻谦:"你哥哥很凶。"

封渝一副恨铁不成钢的模样:"他凶你你就凶回去啊。"

夏寻谦没有一点儿迟疑地接话:"不会。"

半个小时后,两人到达会场。

封渝开了车门,两人从车上下来。封渝看着面前的宴会楼,拍了夏寻谦一下:"我带你走侧门。"

封渝带着夏寻谦轻车熟路地来到了晚宴的二楼,二楼是专门为客人准备的休息区。

封渝推开了其中的一间房门,夏寻谦看了一眼,门上面写着2104房。

把夏寻谦塞进去之后,封渝笑道:"你在这里等着,我让我哥来带你玩。"

话落,封渝直接关上门跑了!

夏寻谦看着关上的门,半晌没有动作。

不久后,开门声便传了过来。

当夏寻谦看清来人,面上的喜色立即暗淡下来,旋即转化为惊慌!

"夏寻谦?你怎么会在这里?"封见珏今日喝了酒,见夏寻谦站在屋内,只觉得自己浑浑噩噩更醉了,还以为出现了幻觉。

夏寻谦眼神警惕地观望四周,惊恐地轻颤。

"怎么是你?从这里滚出去!"夏寻谦厉色呵斥着。

封见珏满身的酒气,烈性的酒味刺鼻,越近越醉人。他一步步朝着夏寻谦靠近,丝毫没有听进去夏寻谦的话。

"这间屋子是封麟的?"封见珏浑身酒气,额角的经脉细微地跳着,"你又想在这里找什么东西?"

封见珏的步子快了些,夏寻谦下意识地后退:"封见珏,我警告你,滚出去!"

"哦?"封见珏嘴角勾起一抹戏谑的笑,"不要以为封麟愚昧,我就和他一样蠢钝。你说,你来封家到底是为了什么?"

封见珏一把抓住夏寻谦的手："想要什么？嗯？"

封见珏满脸的嘲弄之意，直接从身后抓住了夏寻谦的头发，猛地一个后拉，夏寻谦便被拽到了他的身前！

酒味在屋子里弥漫，焦急间，夏寻谦回过身抓住门口鞋架上的装饰，没有预兆地朝着封见珏的脑袋砸了过去！

响声震耳，碎玻璃四散，夏寻谦动弹之间因为没穿鞋，脚背被划了一道细小的血口子。

夏寻谦狠狠地看着封见珏，猛地甩了他一巴掌："我警告你，少招惹我。"

封见珏额头位置被夏寻谦砸破，刚刚夏寻谦的那一巴掌也用尽了所有力气。

封见珏震惊地愣了好几秒，待他反应过来后，立马掐住了夏寻谦的脖子！

"你敢打我！夏寻谦！你活腻了！"封见珏眼里满是怒意，"我给你脸了是吧？"

夏寻谦被掐得呼吸急促，混乱之间，脚上的血口子又多了两道，虽然都不深，但疼痛并未减少丝毫。

"嗯……"少年闷哼出声。

夏寻谦被推搡到门口，试着反手开门。

他突然抓起鞋柜上残留的琉璃片比到了自己的下巴上，眼神犀利，有几分鱼死网破的滋味："我要是在这里出事了，你也脱不了干系。"

夏寻谦的手用力地后收，锋利的刃正要触碰到肌肤的时候，封见珏瞳孔睁大了些。

夏寻谦有封麟庇护，他还没搞清楚夏寻谦的目的，正要去夺夏寻谦手里的琉璃片的时候，休息室的门再次被人从外面打开！

封麟推开门，脸色阴沉至极。

门口位置一片狼藉，地上碎裂的琉璃片染着血渍，书籍也掉落一地。

封麟怒气冲冲的，一脚便踢开了封见珏！

砰的一声闷响，封见珏直接后背抵住身旁的柜子，而后顺着摔落在地。

封麟没有时间听各种各样的解释，方才夏寻谦的最后两句话他在屋外听得清清楚楚。

封麟冷眼凝视着地上的封见珏，冷冽的声音透骨般寒凉："封见珏，今日你的胆子是顾氏集团给的吗？"

闻着这一屋子的酒气，封麟倒是明白了些什么。

封麟审视着夏寻谦，夏寻谦好似被刚才的事情吓到了，目光有些呆滞，看见封麟的时候呼吸急促微颤。

封麟朝夏寻谦轻轻摊开一只手，宽大的大衣敞开了些，声音比刚刚柔和了三分。

"过来。"

封麟的话总带着几分不容反驳的强势，与他那张让人看着便紧张生怯的脸完美契合。

夏寻谦长睫轻扇，听见封麟的话，宕机的大脑好似才反应过来，往封麟身边靠近一步。

"封麟……"

夏寻谦的身子有些抖，手紧紧地抓着封麟的西装，在看见封麟后好似找到主心骨一般，面色缓和了一些。

封麟身上清淡的木质香今日浓烈了些，除了这个味道，他身上还有几种其他的香水味，夏寻谦鼻子灵，一闻便闻出来了。

封麟感觉到了夏寻谦的怪异，眸色微转，答案来得极快："试品会上喷的，很多，很杂。"

万翱集团一直在云洲做香水生意，这个回答显而易见是认真的。

保镖这时也到了门边，封麟眼神冰冷地看了封见珏一眼："把他带下去醒醒酒。"

"好的，封先生。"保镖应声后便进屋架着封见珏出去了。

保镖进屋的时候，夏寻谦下意识地后退，他不想被人看见自己狼狈的样子，而封麟的衣裳也恰巧可以严严实实地挡住他人的视线。

夏寻谦贴着封麟的胸膛，强劲有力的心跳声不快不慢，却响得厉害。

被拖拽着走的封见珏嘴里就没干净过："放开我！你们找死吗！敢抓我！"

架着封见珏的几个保镖一脸冷峻:"封先生说带你去醒醒酒。"

封见珏的咒骂声越来越小,半分钟后,走廊和屋子里都安静了下来。

人都走了以后,封麟的眼神相比刚刚探究的意味更多了些。

封麟往夏寻谦的脚上看去,少年白皙的脚上看不见划痕,但地上染了些血迹。

他看着地上的鲜血,脸色瞬间沉了下来。

夏寻谦的脚掌心被划了几道小口子,流血不多,但痛感强烈。

封麟余光瞥向夏寻谦带着血迹的脚,随即将人带到了屋内的沙发上,又将屋内的紧急医药箱拿了过来。

夏寻谦嘴角不自觉地微微上扬。

封麟打开药箱,将里面的消毒水和消炎药拿出来直接扔到了夏寻谦面前:"自己擦。"

夏寻谦没动。

封麟只好拿着消毒液给夏寻谦擦拭之后,又仔仔细细给他抹了药。

夏寻谦则一直认认真真地注视封麟,专注于一件事的封麟严肃冷淡,于他来说,开会和给夏寻谦擦药没有什么不同。

屋内的灯光照射在封麟的侧脸上,半明半暗地投射出阴影,那张无可挑剔的脸更完美了三分,冷峻的面容即使半蹲着,浑厚的气势依旧会让人生怯。

包扎好后,封麟将药箱放至一旁,而后站在沙发旁,目光审视地望着夏寻谦。

夏寻谦身上淡淡的橙叶香清新淡雅,沁人心脾,不是夏日里被烤炙的橙叶香,是寒冬被雪覆盖的冷中沁出来的味道。他甚至让云洲的研发部门去复刻过那样的香味,但都差之毫厘,谬以千里。

宴会结束已经是晚上,封麟让夏寻谦留在二楼歇息。

第二日夏寻谦醒来,便去找了封麟:"封先生今天会回家吗?"

封麟听着夏寻谦试探的语气,目光审视:"怎么?"

夏寻谦侧目,眼神黯淡宛若一摊死水:"没什么。"

夏寻谦那样的人,坚忍又带着刺,他说出这样的话又如何会让人觉得虚假。

封麟穿好衣裳走到夏寻谦面前，两人对视一眼。

"我明天要出差。"

夏寻谦黑眸动了动，声音闷闷地应了一声："哦。"

封麟望着夏寻谦，犀利的眼神不像是在呵斥，但就是不爽："大点声，我听不见。"

夏寻谦抿着唇，声音大了些："我知道了。"

封麟此刻浑身都带刺，只觉得哪儿哪儿都不对劲。他在生意场上都从没遇见过么难以捉摸的人，夏寻谦和所有人都不一样。

封麟冷冷地望着夏寻谦，夏寻谦不是猫，是狐狸，如果再有点心眼子，身子好些，封麟觉得自己可能斗不过他。

他想要的东西，总是能得到。

夏寻谦穿着一件较为简单的内衬和毛茸茸的开衫，搭配他那张脸，活像个高中生。

夏寻谦穿好后，瞥了一旁的封麟一眼。封麟正在系领带，他走过去，抓住了封麟的领子："我帮你。"说着他便认真地给封麟系起了领带。虽然他没有出入过什么正式的场合，但系领带这种事情还是会的。

封麟漆黑的眸子里带着探究："说吧，想要什么？"

毕竟，封麟不缺钱。

夏寻谦想要的东西，封麟会给。

夏寻谦听见封麟的话，浓密的长睫轻微抖动："封先生不会答应的。"

封麟眉眼轻挑，眼神里藏着几分不悦。

整个泊城，该没有他弄不到手的东西才是。

"想要什么就说，我没有精力去猜你的心思。"封麟直视着夏寻谦。

夏寻谦伸手抓住封麟的衣角："先生可以带我一起去吗？"

封麟神色严肃了些："去哪儿？"

夏寻谦："出差。"

没有人比夏寻谦更懂得寸进尺，封麟嘴角微动，这次只是去市场调研而已，带着夏寻谦没什么不行。

"为什么想去？"封麟敛目看着夏寻谦。

夏寻谦伸："我可以帮你。"

封麟微顿。

半晌。

封麟忘了自己是怎么鬼迷心窍说出同意的，当他反应过来的时候，只瞧见夏寻谦那双充满希望的漂亮眸子。

算了，下不为例。

夏寻谦侧目看向一旁，在封麟看不见的地方嘴角微微上扬，个中情绪，任何人窥不见分毫。

当两人走到电梯的时候，看着镜面的门，夏寻谦第一次看清了自己和封麟站在一起的样子。

先生很高，宽厚的身形甚至能遮挡住自己的身子。那一身昂贵的西装穿在封麟身上，无比合适。

夏寻谦注视自己，他和封麟好像在两个平面，明明是站在一起的，那么近，却怎么都不像是一个世界的人。

夏寻谦眼神晦暗，他明白一切。

封麟是一个利益至上的生意人，清醒这个词，从出生便刻在他的脑子里。

片刻后，电梯门打开。

## 第三章
## 他的计划

从电梯里走出来的人让夏寻谦瞳孔骤然一缩！

感受到夏寻谦的异样，封麟抬眸望去。

来人是一位面容和善的男人，看着约二十五六岁的年纪，戴着一副眼镜，身上的西装外套脱了，仅着衬衣与马甲，整个人散发出一丝文雅又高级的散漫气息。

夏寻谦看见来人，神色变幻莫测。

封麟深邃的眼眸里染上几分探究。

下一秒，从电梯里出来的男人看着封麟的脸，神色暗了好几度。

两人视线交汇，封麟没明白对方哪里来的敌意。

"寻谦！"男人从电梯出来，错愕惶然地站到了夏寻谦面前。还没等人反应过来，男人直接拽着夏寻谦的手便往一旁的楼道口走去！

男人面上带着明显的怒意，夏寻谦也没有反抗的意思，拖拽之间被男人拉到封麟的视线范围以外。

封麟直直地站在电梯门口，他之所以不呵斥也不去追，是因为夏寻谦根本没有挣脱那人的意思。他甚至是主动放开了自己的手，并且没有坚定地站在自己面前。

封麟看着被侧墙挡住的两人，轻蔑地哼了一声。

换作从前，自己身边的人心甘情愿地同别人走了，封麟只会轻蔑地无视，乖巧的宠物随时随地都找得到。

但今日实在是惹到了封麟，他的余光不自觉地往拐角处看去。

他们的声音不大，封麟一个字也听不见。

夏寻谦被男人拽到封麟的视线盲区，两人对视之间，夏寻谦一直在躲闪。

"你疯了吗？寻谦！"男人神色愤怒。

夏寻谦直视面前的人。

倘若问夏寻谦有没有朋友，周嵘算一个，还是个愿意接济他的朋友。

周嵘告诉过夏寻谦，夏老爷子死后自己可以保障他的生活。可夏老爷子入土当日就因为周嵘没去夏家，之后便再没找到过夏寻谦。

"我不是告诉你我会管你的吗？你为什么还要去封家？！"

周嵘认识封麟，又或者说，泊城的生意人没有人不认识封麟。

他听夏寻谦说过封麟,那时候夏寻谦还在夏家,他以为夏寻谦说的只是玩笑话,不会去找封麟。可如今看着两人同进同出,周嵊脸上的神色犀利至极。

"封麟是什么人?你如何斗得过他?你在他身边,什么时候被嚼碎了、撕烂了都不知道!"周嵊的呼吸重了些,但话语是压着的。

周嵊不是一个意气用事的人,他规矩有礼,只有面对夏寻谦时,才会难得地失控。

夏寻谦抬眸看过去,语气和面色都淡淡的:"这是我自己的事,我愿意。"

"你愿意,你愿意什么?就你这身体在外面折腾个什么劲?!"周嵊的话带着飞腾的白雾,肉眼可见地歇斯底里。

夏寻谦直视周嵊:"那你把我带回周家啊。"他语气中带着几分对自己的嘲意,"周嵊,你周家又有几个人能容得下我?"

周嵊被噎住,他指腹猛地攥紧:"至少我可以接济!"

"你不能和封麟待在一起!"

夏寻谦往后退了一步,那双眸子戏谑中盛着寒意:"我自有分寸。"

周嵊愣住,神情呆滞。

夏寻谦的话再次响起:"我们以后尽量保持些距离。"

"夏寻谦!你真的疯了!"周嵊呵斥出声,话落的瞬间,他再次抓住夏寻谦的手,"我带你离开,去哪里都好!"

夏寻谦挣脱了:"我刚刚跟你过来只是想和你说清楚。"

周嵊失望地看着夏寻谦。

两人对视了两秒,旋即周嵊眼中的那份失望又转换为心疼与自己无力的谴责之意:"寻谦,你听话,我问过权威的医生了,你的病是有机会治愈的。我找了你很久,我今天就带你走好吗?"

"封麟他不是什么好人,你在他身边讨不到任何好处,到头来受伤的还是你!"

夏寻谦长睫眨得极慢:"无论什么样的结果,都是我自己的选择。"

周嵊对夏寻谦的话一个字都不信:"少撒谎!别以为我不知道你打的什么主意!你真的是疯了!"

夏寻谦眼神如深渊般难以捉摸："不，我没疯。"

"我带你走！寻谦，不要去赌，封麟他真的不是什么好人！"周嵘呵斥出声。

这时，侧面的脚步声逼近，封麟过来的时候整张脸都是阴沉的。

他一过来，看见的便是周嵘满眼担忧的模样。

"夏寻谦。"封麟的语气里像是蕴藏着尖锐的刀，明明声音不大，却极具压迫感。

"不介绍一下吗？"封麟的目光充满审视地落在周嵘身上，话却是对着夏寻谦说的。

见封麟过来，夏寻谦愣了愣，随即心虚地朝封麟走过去："他……我哥哥，叫周嵘。"

"哥哥？"封麟无声轻嗤，慵懒的姿态看起来有些无谓地端着，"哪里来的哥哥？"

"是一起长大的哥哥。"夏寻谦闷声回答。

夏寻谦又看了周嵘一眼，想介绍一下封麟："他……他……是……"

夏寻谦话语顿了顿，他与封麟的关系，什么都算不上。

"是……我老板。"

封麟眼神晦暗，面上怒意明显，话刺骨微凉："好一个老板。"

封麟与夏寻谦对视的时候，夏寻谦明显慌张。此刻的封麟眼神太凶，夏寻谦侧目躲避。

周嵘的面色便更阴沉了："封麟！你这么吓他很好玩吗？！"

周嵘怜悯地望了一眼夏寻谦，少年站在封麟面前全然就是一副任人拿捏的模样。夏寻谦一个病秧子，怎么可能斗得过封麟？到时候被他卖了还替他数钱！

封麟眼神微敛，一脸淡然地凝视周嵘，那股轻蔑此刻到达了极致："怎么？"

封麟戏谑地嗤笑，无声的笑意里充满审判意味："我吓他、骂他、打他，我对他做任何事，都与你没有任何关系。"

说完封麟冷眼看向夏寻谦，声音中充满寒意："三分钟内自己解决好，你这位哥哥瞧着也是个有钱的主，想跟他走便走，我也乐得轻松。"

『顿了顿又补充道……』
『封麟的声音忽然响起……』
『长命百岁。』
『生日快乐。』

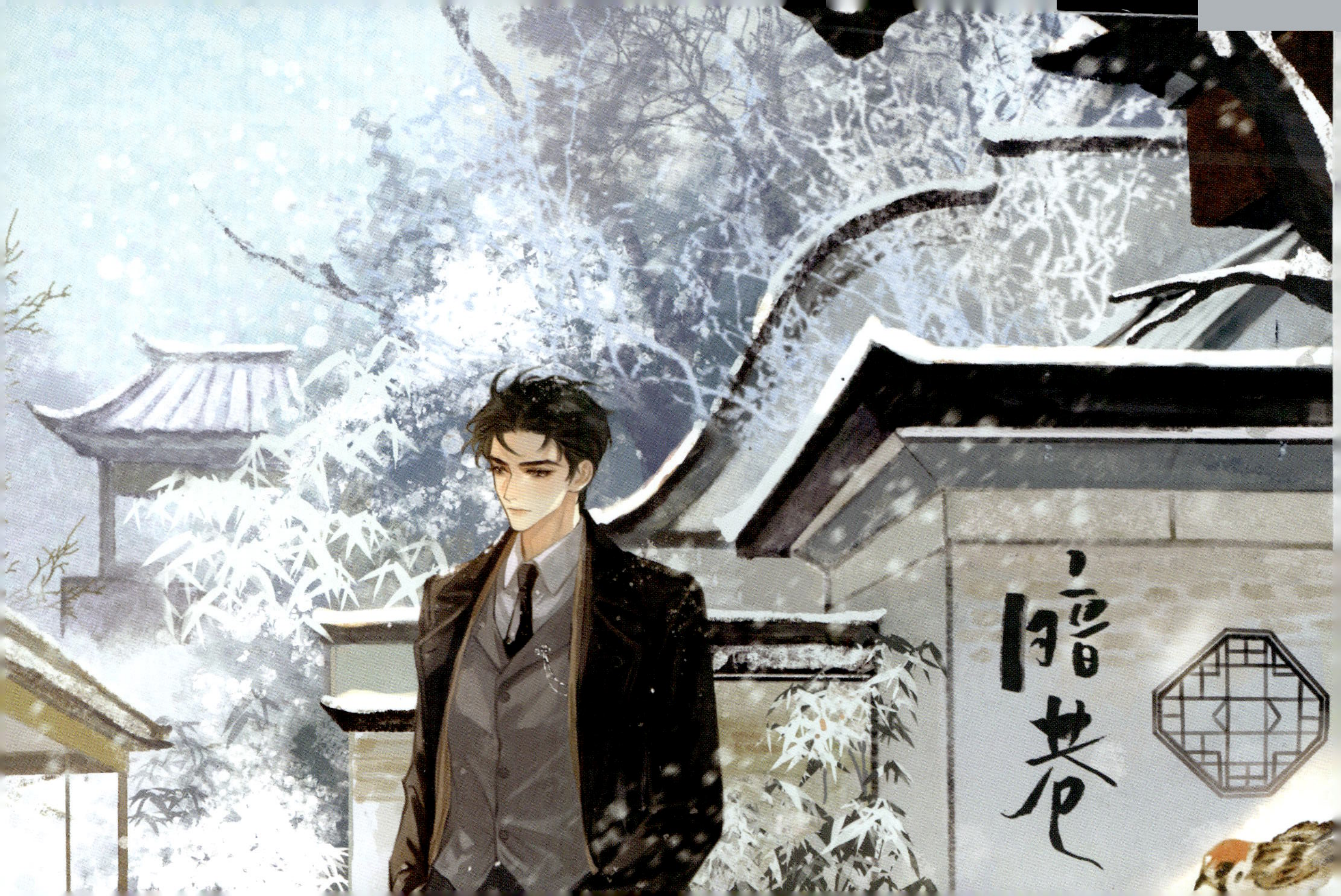
暗巷

封麟说完转身走了，夏寻谦下一秒便跟了上去。

封麟听着身后的脚步声，没有回头。

当两人再次走到电梯门口的时候，夏寻谦想开口说些什么，却不知道该从何讲起。

电梯门打开后，夏寻谦跟着封麟走进去，侧目看了封麟一眼，对方的脸色依旧冷得吓人。

到车旁，夏寻谦与封麟一起坐到后座。

刚一坐下，夏寻谦的肚子便有些隐隐地疼了起来。他昨日晚上没吃多少，今天早餐也没吃，现在饿得慌。

夏寻谦往封麟身边挪了一些，想找个话题，便直言不讳地开口："我饿了。"

封麟上了车便拿起晨报在看，许是入了迷，听见夏寻谦的话也没有回答。

夏寻谦见人不搭理自己，并没多少不高兴的情绪，又往封麟身边靠近一些，重复了一遍："我饿了。"

封麟突然收了手中的报纸，恶狠狠地看了夏寻谦一眼，心想：饿死你算了。

夏寻谦眼珠子转了转，明明封麟什么话都没说，他却觉得封麟骂得很难听。

"你生气了。"夏寻谦认真地道。

"夏寻谦。"封麟的声音不大，但莫名让人害怕。

还没等人说出些什么来呢，夏寻谦直接道了歉，那双眸子垂着。

夏寻谦："周嵊是唯一对我好过的人，我知道他很担心我，所以才去和他说两句话。我们只是普通朋友，并没有不尊重先生的意思。"

封麟冷眼凝望夏寻谦："你是猪吗？"

夏寻谦双眸微闪："先生，为什么骂我……"

封麟对上那双明亮的眼睛，恍惚了一瞬。他抬手捏住了夏寻谦的肩膀："你这张嘴，也不知道骗了多少人。"

封麟这时看了开车的司机一眼："找个餐厅吃饭。"

"好的，先生。"司机恭敬地回话，兀自将车往市中心的方向开去。

车最后停在一家高级餐厅门口，是一家法式餐厅。

那门头与装修看起来便价值不菲，与封麟的气势倒是吻合。

夏寻谦并不想吃，刚刚又被封麟刻意给了个下马威，于是抿着唇不情不愿地说："我不想吃这个。"

封麟难得高兴，听见这话，神色淡然："那你想吃什么？"

夏寻谦的声音小了些："老城区西街有一家馄饨店……"

封麟眼睛微微睁大："你不是在外地长大的吗？怎么泊城老城区的馄饨店你都能知道？"

夏寻谦的手紧了些："我九岁之前都在老城区。"

封麟没再多问，他没太多的兴趣去揭别人伤疤。

他眉毛轻挑："有好处吗？"

夏寻谦："我请你。"

封麟许久没听见这样的话了，纵使旁人在他面前抢着买单他也不会听见请这个字，最多的是感谢与谄媚。

封麟觉得不错，他想到什么，有些好奇地问夏寻谦："请我，你身上有多少钱？"

夏寻谦："反正够了。"

封麟一副明白了的表情，他瞧了瞧车门玻璃，话是对着司机说的："去他说的地方。"

"好好好。"司机笑着点头，而后调转方向。

那里是个门口连车都没有地方停的小巷子，从路边可以看见店名，但要往里走一段路。

位置不太好，至少对于封麟这种商人来说，倒贴都不会要。

店铺门面不大，外面是一块广告牌，白天灯箱没插电，灰扑扑的。

司机将车停在巷子口，夏寻谦便下了车。他的眼眸盈着笑意，整个人莫名轻盈快乐。

夏寻谦走到对面给封麟打开车门："先生，快下来。"

封麟看着夏寻谦的模样，倒是从未见他这般轻松过。

封麟面无表情地下了车，看着前面的环境顿了一秒，有些不敢置信地开口："你就请我吃这个？"

夏寻谦:"等我有钱了再请您吃好的。"

封麟还未开口,夏寻谦便带着他往巷子里走去。

他们到的时候已经过了饭点,封麟看着推拉式的玻璃门上贴着的广告,眉头又拧紧了些。

夏寻谦推开门把人推了进去,推着封麟走到饭店内一个靠窗的角落。现在不是饭点,但屋内的人依旧很多,嘈杂声此起彼伏。

封麟坐下之后,一个系着围裙笑意盈盈的女人便过来询问:"二位吃些什么啊?"

夏寻谦认识店主,但他已经多年没来了,所以现在算个生人。

女人虽然觉得夏寻谦眼熟,却也只多瞧了两眼,没多问。

夏寻谦望了封麟一眼,指了指前面的菜目表:"先生,您吃什么?"

封麟没回答,看起来也不像是想点的样子。

最后夏寻谦点了两碗馄饨,另外给封麟点了一碗排骨汤。

封麟看着冒着热气的后厨和忙前忙后的服务人员,无统筹也无规矩,十分典型的家庭作坊,干净卫生全取决于老板的为人与性格。

夏寻谦给封麟倒了一杯热水,封麟喝了一口,问:"你小时候住在这里?"

夏寻谦点了点头:"那里拆迁了,现在没了。"

封麟没再说话。

屋内的温度有些高,封麟脱掉了自己的外套,他观察到夏寻谦手指指节微微有些泛红。

封麟的调子冷冷的:"这两天有些冷。"

夏寻谦:"嗯。"

封麟:"我的意思是让你多穿点。"

"啊?"夏寻谦愣了一下,没反应过来,"好。"

接下来两人无言。

几分钟后,他们点的馄饨和排骨汤端了上来。

夏寻谦给封麟拿了筷子和勺子:"先生,趁热吃。"

夏寻谦吃馄饨的样子很认真,认认真真地吹凉再认认真真地吃掉,微微鼓起的腮帮子是难得有食欲才会有的样子。

075

封麟尝了一口,味道确实不错。

他将放在自己面前的排骨汤推到了夏寻谦面前。

夏寻谦也没客气,喝了,反正是他请客。

最后吃完了封麟起身,夏寻谦立即走到了他的前面。

找回钱的时候,夏寻谦还呢喃了一句旁人听不见的话:"怎么还涨价了啊……"

出了门,封麟眉头紧皱:"涨了多少?"

夏寻谦:"之前一块五,现在两块……"

封麟的步子快了些,真是"太贵了"。

封麟望了望夏寻谦的口袋:"这么贵,你的钱不得花完了?"

夏寻谦回望了封麟一眼,轻声细语道:"还有的。"

封麟:"多少?"

夏寻谦:"您笑话我是吧?"

封麟嘴角微微上扬,步子快了些。

今天算得上一次奇怪的经历,至少从来没有人请他吃过两块钱一碗的馄饨。

夏寻谦跟上封麟的步伐。

两人上车之后,封麟看了一下时间,淡淡地对夏寻谦道:"我让司机送你回去。"

夏寻谦往封麟身边挪动了一些,明显不愿意,淡漠的眸落寞了几分:"我很乖的。"

封麟闻言,眉宇蹙起:撒谎精。

"先生答应了带着我的。"

封麟眉眼微动,这倒是记得清楚:"明天早上我让司机去接你。"

夏寻谦:"那今天呢?"

封麟调子沉了些:"不该问的别问。"

夏寻谦兀自坐好,半晌又开口:"封见珏在家……我怕他。"

封麟神色顿了顿,脑海里思绪乱了一刻:"他没喝酒便不敢去招惹你。你很讨厌封见珏?"

夏寻谦没有避讳,但也没有回答。

"我与他并无不同。"封麟突然淡漠道。

"他不配与你相比。"夏寻谦回答道。

"有何不同？"

夏寻谦顿了一秒。

封麟便轻哧出来，果然，自己在他心里也就那样。

须臾后，夏寻谦的情绪淡了些，说："先生除了脸臭脾气大，动不动就甩脸子，不会关心人，不懂规矩，不会讲话，其他都好。"

封麟眉头一紧。

"先生洁身自好。"半晌，夏寻谦又添了一句。

夏寻谦余光瞥向封麟，又撑着身子往他身旁靠近一些："您带着我，我不会打扰您的。"

封麟无语："你是觉得你刚刚给我夸高兴了？"

夏寻谦立即认错："我嘴笨。"

封麟语塞。

"撒谎精。"

"封麟……"夏寻谦讨好地叫了封麟一声，"我不想回去，封家不是我的家，我会算账，先生，让我帮你吧。"

车内安静了一会儿，夏寻谦的声音越来越弱。不知道过了多久，只听见封麟突然开口："去公司。"

"好的，先生。"司机没回头，应声后把油门又往下踩了一点。

夏寻谦看了封麟一眼。

封麟冷声道："坐好。"

夏寻谦往另一边车门挪了过去，两人之间的距离能再塞下两个成年人。

半个小时后，车开到了万翮集团的总部。

封麟看了夏寻谦一眼："我没有时间管你，自己去休息室玩，听明白了吗？"

"我知道了。"夏寻谦眼神落寞地垂下头。

封麟下车后，夏寻谦踏着步子走在后面。

夏寻谦望着万翮公司的办公大楼，那股无形的压迫感让人没来由地紧张,弱小的滋味会让人觉得自己只是沧海一粟。夏寻谦虽然寄人篱下,但他骨子里并不是一个自卑的人,与在封麟面前的迁就委蛇不同,此刻的夏寻谦清冷淡漠,冰冷得不能接近。

在公司里,恭恭敬敬跟封麟打招呼的人比比皆是,连带着封麟身后的夏寻谦也没人敢小瞧。

上楼后,封麟直接将夏寻谦带去了休息室。

"在这里玩。"

夏寻谦望向休息室,茶几、沙发、办公椅和墙后一堆的书籍,其他什么都没有,能玩什么?

"除了这里呢?"夏寻谦问道。

"六点之前,我能在这里看见你就行。"封麟神色寡淡,说完便关上了休息室的门。

封麟走后,夏寻谦也推开休息室的门走了出去,看到办公楼里来来去去的工作人员。他在走廊观望了一圈,最后在会议室门口一侧公共咖啡区的沙发上坐下。

封麟在会议室里开会,透过玻璃望过去能看清里面的人,但听不见声音,封麟看起来脸色极差。

这个时候,一侧来了个穿包臀裙的女人,身形绝佳,肤白貌美。她在夏寻谦对面坐下,而后带着命令的语气敲了敲面前的桌子:"去给我倒杯咖啡。"

夏寻谦没动,对方这才眼神狠厉地抬起头:"你聋了吗?!"

夏寻谦不喜欢被人命令的滋味,但依旧语气极好地开口:"你自己不是有手有脚吗?"

女子闻言便怒了:"你什么意思?你知道我是谁吗?"

夏寻谦点了点头:"你能在这里这么耀武扬威,应该是姓顾吧?"

顾笙眼神变了变:"你不是这里的员工?"

夏寻谦上下审视了顾笙一眼,说:"不是。"

顾笙的面色旋即好了许多。

"顾小姐是来找封麟的吗?"夏寻谦开口问道。

顾笙警惕地看了夏寻谦一眼:"你是他朋友?"

夏寻谦没有回答："不算。"

"那是什么？"

夏寻谦的声音淡漠，自述一般："什么都算不上。"

见人安静下来，夏寻谦再次开口问道："听说你和封先生有婚约是吗？"

顾笙眼眸明暗交错，像是想到什么，突然与夏寻谦对视："你知道的倒是挺多。"

"您喜欢封先生？"夏寻谦没来由地问。

顾笙一脸嫌弃："姐不喜欢他，那么凶，谁要啊，我不要，我怕他家暴。"

夏寻谦："你不喜欢他？"

顾笙："不喜欢。"

"为什么？"夏寻谦觉得她倒是有趣。

顾笙："你别管。"

夏寻谦凝着眉："不喜欢为什么要嫁给他？"

顾笙起身去接咖啡："他可以救顾氏集团。"她语气淡淡的，"我自然愿意嫁给他。"

她过来的时候，给夏寻谦也带了一杯咖啡。

夏寻谦有些疑惑地瞥向顾笙："你刚刚那么凶是装的吧？"

"嗯？"顾笙杏眼轻眨，"不是说封麟喜欢那种性格的吗？我装得很辛苦。"

夏寻谦一开始就觉得不对劲，还真是。夏寻谦扶了扶额："应……应该不是说这种吧……"

顾笙看着夏寻谦，一下子就来了兴致："那是哪种？"

夏寻谦抿着唇，说："顾氏集团需要资金周转？"

顾笙一本正经："五千万。"

"你真的不喜欢封麟？"

顾笙一脸诧异地望向夏寻谦："现在都什么年代了，哪个女人会为了男人要死要活的，多读些书都知道志在千里，要不是因为顾家的事情，我不会在封麟面前讨好应付。"

079

"封麟是什么人？谁都斗不过他，我心里清楚。"

夏寻谦突然有些欣赏顾笙："顾小姐是个聪明人。"

顾笙坐在沙发上，手摩挲着咖啡杯，嘴角轻轻上扬。

"顾小姐真不愧是新时代女性，有学识还通透。"夏寻谦淡淡地道。

这时，会议室内的声音大了些，顾笙见封麟扔掉了手里的资料，面色愤怒。

"看看，看看，凶死了，那野猪。"

夏寻谦眼神微闪："你别这么说他。"

"啊……"顾笙意识到什么，"抱歉啊抱歉。"

夏寻谦接得很快："但他确实挺凶的。"

这时，轻轻的推拉声响起，会议室的门打开，封麟从里面出来。

顾笙立马换了一副姿态，踩着高跟鞋就往封麟身边去："封麟哥哥，人家等你好久了……"

顾笙夹着的声音又柔又腻，夏寻谦全程紧皱眉头。

封麟见顾笙过来，躲了过去。

顾笙是什么人他再清楚不过了，现在为什么往他身边贴他心里更是清楚，演技拙劣而不自知。

顾笙见人躲了，看向夏寻谦："封麟哥哥，这人是谁啊？他刚刚欺负我。"

封麟的眼神落到夏寻谦身上，公司里的员工顾笙个个都给过下马威，夏寻谦欺负顾笙这话一点也不可信。

"你不欺负他就不错了。"

顾笙抿着唇："你居然不相信我？"

夏寻谦扶额，真的演过了啊。

这时顾笙给了夏寻谦一个眼神。

夏寻谦立即咳嗽了一声，神色委屈了两分，调子含糊："我没欺负她……"

顾笙望着夏寻谦，不懂为什么他演得就那么自然？！

封麟一人凶了一眼！这两人，他一个都不信。

封麟之所以对顾笙有所顾忌，主要是担心顾笙到时候兔子急了咬人,去和封见珏在一起,与顾家对立对他没有任何好处。虽然顾家现在有危机,但几十年的产业不是说没就没的,封见珏也不是拿不出五千万,这件事情似乎是个死结。

"回家去。"封麟冷冷地对顾笙说了句。

"那他呢?"顾笙指向夏寻谦。

封麟看向喝了一口咖啡仿佛戴上痛苦面具的夏寻谦,一脸淡然地说:"少管。"

封麟一个眼神过去,顾笙立即变得乖乖的,没再敢说一个字。

过了半晌,她才开口:"封麟哥哥,我是来找你吃晚饭的。"封麟望向顾笙,她的声音再次响起,"我都打听好了,你今天就一个会议,刚刚也都开完了,不会没空的!"

封麟面色严肃了些:"顾笙,我不会言而无信地取消我们的婚约,所以你不用在我面前佯装。"

顾笙眸子亮了些:"真的?如果是这样的话,你放心!我们两个互不打扰!"

封麟上下审视了顾笙一番,他明白顾笙的心思,有了封家做靠山,顾家的投资给面子的人会更多。一个将感情放在脚下的人又怎么会不精于算计,顾笙也是一个利益至上的生意人。

她要钱,要权,所以依附封麟,这样对她来说是划算的。

而封麟也需要顾氏。

封麟细细想来,自己与任何人结婚,夏寻谦都免不得被欺负。但若是顾笙,却是不同的。

这种微妙的平衡到了顶点,被完美地支撑着。

封麟是一个取舍利己的人。

对于夏寻谦,他自认为足够容忍,也做到了不让夏寻谦早亡且能轻松快乐地活着这一点。

封麟目光晦暗阴沉,把手中的资料扔到一旁的茶座上,从口袋里掏出一张卡递给夏寻谦,夏寻谦下意识地去接。

"自己去买几身衣裳,对面就是商场,买好了在公司楼下等我。"封麟沉声道。

夏寻谦神色诧异:"我有衣服穿。"

"你明天就穿这身娃娃装陪我去见人?"封麟的言语莫名恶毒。

夏寻谦扯了扯自己的衣裳:"这不是……"

封麟朝夏寻谦靠近半步:"你这样别人还以为我欺负未成年人呢。"

夏寻谦语塞:"我下个月就二十岁了。"

封麟轻笑了一声。

夏寻谦五官清冷,心里装的事情又多又沉,那双眼里丝毫没有涉世未深的少年那种懵懂,多的反而是风雨骤来的锐利与深不可测。

夏寻谦的衣裳其实并没有什么不妥,因为身体瘦弱的原因,整个人总是给人一种若即若离之感。

最后,夏寻谦拿着卡离开的时候问了句:"先生喜欢什么颜色?"

封麟:"黑白。"

他依照封麟的意思去商场买了两身衣裳,价格不能低于单件多少是封麟给的要求。

因为是优质客户,工作人员都十分热情。

夏寻谦在商场二楼走着走着,路过一家定制西装店,上面是法文,是一家法国的定制西装品牌。

夏寻谦站在门口看了好一会儿,门口的店员观察夏寻谦手里提着的购物袋都是价值不菲的品牌,热情得很。

"先生,您可以进来看看。"

夏寻谦望着店内玻璃展柜的人形模特,那身板正的西装瞧着便能让人想到矜贵与权利,能让人想到封麟那样的人。

夏寻谦朝店里走了进去。

"先生可以随便看看,如果等不了工期的话,成衣也有您的尺码。"

"多谢。"夏寻谦说完,走到了领带的区域。

摆放整齐的领带上面都标注着价格。

夏寻谦摸了摸自己的口袋。

管家每周会给夏寻谦两百块钱零花钱,上次回来的时候管家莫名其妙地多给了些,夏寻谦身上现在一共是七百块钱。

这里的领带最低价五百八十八,是他唯一买得起的东西。

夏寻谦一眼便看上了其中一条藏蓝色暗纹的领带，很商务严肃，十分适合封麟。

"我想要这个。"夏寻谦有礼道。

"先生，这款您戴的话可能有些严肃了。"工作人员温和着笑道。

夏寻谦望着那条领带："给我朋友买的。"

工作人员十分认真地给他包好，另外还装了一个送人的礼盒，整个过程中都戴着白色手套，那小小的礼物好像也因此变得珍贵了起来。

"先生您拿好。"工作人员双手递上购物袋，眼中含笑。

夏寻谦清楚自己讨好封麟为的是什么，一个活命的机会，一个斡旋的机会，一个拿起刀刃的机会。

反正他会死在年少时，等一切结束便好。

夏寻谦轻声说了句谢谢。

他从商场出去之后手里提了三个购物袋，走到路口等红绿灯的时候，遇到了人生中第一次抢劫！

一辆摩托车猝然从他身旁跃过！一秒不到的时间便将他身上的三个购物袋全部扯走并逃逸！

夏寻谦的瞳孔骤然一缩，手被拽得生疼。对方拉扯的力道太大，车又是往前开的，他差点被拽到了地上，而身后又是一辆飞驰而来的小车！

抢走东西的摩托车骑得飞快。

夏寻谦几乎是下意识就在脑海中做出选择，从被抢到跨步去追，整个过程不超过半秒。

"找死！"夏寻谦的面色阴沉，他身板虽弱，但这话从他嘴里说出来却莫名狠厉，让人不觉得是玩笑话。

夏寻谦往摩托车开走的方向跑去，嘴里喊着抓小偷，心中烦闷异常。

前面的男人车速越来越快，车流来之前直接从花坛拐角的掉头区域去了马路对面。

他飞速往前，因为体力问题，呼吸有些粗重。

夏寻谦正面色焦躁地追着呢，突然间被人抓住了手臂！

"夏寻谦，你疯了？"封麟的声音在身侧响起，愤怒中的叱责带着压迫感。

"就你这个身体,在马路上狂奔,你是嫌命长吗?"

夏寻谦望向封麟:"我的东西被抢了!"

封麟刚从公司出来,就看见夏寻谦在四车道的马路上横蹿。

封麟闻言更怒了:"被抢了就被抢了!顶多就几千块钱的东西,你没见过钱吗!"

夏寻谦嗔怪地看了封麟一眼,而后用力推开他,继续往前追去。

看着少年的背影,封麟没来由地烦躁。他上了自己的车,启动车辆的时候依旧满腔怒火。

当车辆开到夏寻谦面前的时候,封麟再次打开车门呵斥他。

"上车!"

夏寻谦没有犹豫,虽然别扭,但他依旧以最快的速度上了后座。

封麟的车技不算好,确切地说是因为开得不多,加之此刻的速度又快,夏寻谦好几次差点被甩出去。

当小路快走到尽头的时候,封麟看见了那辆扎眼的摩托车。之所以扎眼,是因为那几个奢侈品购物袋。

封麟转动方向盘,快出巷子的时候猛地一个侧弯,车就到了另一条小道上。

一分钟后,他的车从大街上穿梭过去,封死了摩托车的去路!

封麟从车上下来时,摩托车车主直接转进了只有摩托车才能通过的小路。

封麟没去追,就那么站在小路路口。

那条路昨天刚封的,里面的老宅封麟前两天才买下来。不出所料,男人进去没半分钟便骑了出来。

出小路之际,封麟拽着男人的肩膀猛地一个拉扯,男人连人带车直接摔落在地!

巨大的闷响声伴随着摩托车的引擎声轰隆隆地响。

封麟拽住男人的衣襟,夏寻谦迅速走到跟前,怒气冲冲直接给了男人一拳外加一脚猛踹!

夏寻谦第一次在封麟面前骂人:"你一个有手有脚的年轻人不学好,

做这些偷鸡摸狗的事情!"

地上的男人面带嘲意:"你以为你比我强吗?同样都是败类!"

男人说完,夏寻谦又是一拳砸到男人脸上,紧咬着腮帮子怒吼:"滚!"

封麟眼睛逐渐睁大了些,夏寻谦还会骂人呢?打人也会?

见男人有要还手的意思,封麟狠狠给了男人一拳。

封麟的力道是夏寻谦的几倍,一瞬间男人的鼻梁骨便肿了起来。

"他那个力气,打你又不疼,急什么?"封麟的声音卷着寒意,话落又是一拳。

地上的男人看封麟的样子,明显是个练家子,也不敢有什么动作:"两位先生,我错了!求你们别报警!我下次再也不敢了!"

"我真的错了,东西都还给你们!"说着男人将车上的东西一股脑往夏寻谦身上推去。

"求求你们放过我吧,不要报警。"说着他直接就跪下了,欺软怕硬说的就是他这种人。

夏寻谦没有心思去管地上的男人,他仔仔细细翻看着包装盒里的东西,衣服在,领带也在。

但夏寻谦现在不打算给封麟了,现在的封麟只有一分,等一百分的时候才给他。

封麟警告了男人后,再次呵斥道:"你应该庆幸没给我造成损失。"

刚刚夏寻谦在车流中跑的时候,封麟的脑子有些麻木,现在想起来,失去夏寻谦好像并不是一件让人高兴的事情。

至少,有那种可能的时候,都不是让人高兴的。

男人在地上蜷缩着喊叫的时候,封麟站起身,望着夏寻谦仔细检查的样子,目光便聚焦在那张清冷的脸上。

封麟不喜欢贪慕虚荣的人,夏寻谦好像也有这个缺点。但这并不难办,那就允许夏寻谦有这个缺点好了。

封麟愣神的几秒间,地上的男人找准机会跟跟跄跄地跑了。

封麟站在车前,从口袋里掏出香烟,点燃了一支。白色的烟雾遮挡住视线,少年蹲在地上,将购物袋上的泥水擦拭得干干净净。

封麟视线飘忽,开着豪车去追一个抢劫犯,做梦都没那么离谱的事情,自己是怎么能做出来的。

封麟抽着烟,满脑子的思绪都是乱的。

夏寻谦半蹲着。

巷子两边都是高墙,历史气息浓厚,韵味雅致。头顶是蔚蓝的天,下方一人站着,一人蹲着收拾着自己的宝贝。

因为都是贵重的物件,包装盒里三层外三层,里面的东西都没有弄脏,夏寻谦这才心安了些。

夏寻谦将购物袋收拾好,封麟的烟也抽完了,两人眼神对上。

封麟就那么直视着夏寻谦,等着他开口。

夏寻谦抿着唇:"我错了。"

两人目光交汇,少年眼中更多的是淡漠与尖锐。

"错哪儿了?"封麟面色和悦了两分。

夏寻谦:"不该横穿马路。"

封麟本就看起来距离感强烈的脸此刻更冷漠了,他将手里的烟头愤愤地扔进垃圾桶!

"你的意思是你为了一个歹徒跑几条街是对的是吧?"

夏寻谦一本正经地回答:"是。"

封麟闻言,目光严厉地呵斥起来:"夏寻谦,你是猪吗?"

"你以为那些抢东西的人会是什么好人?你追上了他就会把东西给你了吗?你有没有想过那样的人手里都是拿着棍棒的?你有想过后果吗?

"你什么身子自己不清楚吗?你没脑子吗?"

夏寻谦指腹收紧,他确实回答不了这样的话,被骂就被骂吧。

"事情不是已经过去了吗?"

封麟大脑宕机片刻,眼神落在夏寻谦的手上,担忧的话脱口而出:"命重要还是那点东西重要?"

夏寻谦:"都重要。"

"你还认为自己没错?"封麟的声音大了些,就这想法,下次碰见同样的事情也这般傻乎乎地往前跑?

夏寻谦眼神微动:"我刚刚不是说了吗?我错了。"

"我跟你说的是一件事吗?"封麟一脸气急的模样,他觉得自己没办法说过夏寻谦。

夏寻谦虚虚地窥探了封麟一眼:"我下次不会追了。"

封麟有些没听清楚,只见夏寻谦转身,声音越来越小。

封麟注视着乖乖上车的夏寻谦,觉得自己又谈了一笔失败的生意。

封麟上车后,透过车内的镜子看了一眼身后的夏寻谦。

夏寻谦面无表情地坐着。

"坐前面来。"封麟突然开口道。

夏寻谦抬眸,又乖乖下车坐到了前面。

封麟余光看着自己系安全带的夏寻谦,好像没生气……

封麟的眼神毫不避讳地望着夏寻谦,细碎的波澜里盈着探究与怪异,渐渐地又有了几分别的味道。

"先生别生气。"夏寻谦唇瓣轻启。

封麟没有回答,夏寻谦跟了他那么久,又怎么会不了解他的性子。

封麟此刻只是在思考夏寻谦的心境,他在任何事情上都绝对是占主导地位。

"安静。"

两人开车回到封家的时候,已经是晚上十点了。

睡到半夜的时候下了一阵雷雨,闪电的亮度跟屋外掌了灯一样,雷鸣轰响就在头顶,让人只觉得屋子都在震动。

屋外的雨滴大如黄豆,人走半米都会浑身湿透。

院子是敞着的,角落蓄水缸里的水已经漫出来,植物被拍打得断了枝丫,屋檐的雨水淅沥如泉。

夏寻谦整个人瑟缩了一下,空气潮湿让他轻微地咳嗽了起来。

夏寻谦熟睡后,嘴里呢喃着什么,雨声太大有些听不清楚,那话绵嗔又绕着太多太多的情绪。

"小沐……小沐……"

夏寻谦的身子渐渐蜷缩了起来,手在睡梦中不自觉地捂住了自己的耳朵，黏腻的调子与那神色明显就是受到了惊吓。没一会儿，他的额间便起了一层薄汗。

过了一会儿，夏寻谦猛地睁开眼，瞳孔放大，发疯似的往屋外跑去。

他动作太急，将屋内的玉瓶打碎了。

剧烈的声响在雨声中不算突兀，却十分好辨认。

封麟被惊醒，披着外套往屋外走去，看见踉跄倒地的夏寻谦，急忙上前。

当看见眼前人的那一刻，夏寻谦好似还未从梦魇中清醒过来。他惊恐地推开封麟，而后踉跄着后退跌落在地！

夏寻谦看着封麟的眼神就好似看见了什么可怕的东西一样，拼了命地想躲。

那种心慌害怕是由心而来的，好似那噩梦延续到了现实。

夏寻谦踉跄着往门口跑去，他想逃离，逃离这里，逃离这间院子，逃离封麟与此处的一切。

封麟看着雨中的人，心骤然一紧。那双眸子里写满了逃离二字，就好像他才是夏寻谦一直在躲避的噩梦一般。

封麟想知道夏寻谦究竟做了什么梦，他对自己究竟是依附还是犹如半醒不醒刚刚那般的惧意才是真的。

"夏寻谦，你清醒一点。"封麟追了上去。

夏寻谦像是没听见封麟的声音似的，打开房门就要往外去。

夏寻谦跑到院子中央的时候人才清醒了过来，风夹杂着雨毫不留情地拍打在少年身上。

封麟追出去的时候，夏寻谦已经晕倒在了院子里的水缸前！少年的身上裹着泥泞，整个人都没了意识！

封麟将夏寻谦扶起来，少年面色苍白，连指尖都没有血色。

"夏寻谦？"封麟试图将人叫醒。

封麟不是一个喜欢麻烦的人。

但这日威风凛凛的封麟有了第一次伺候人的经历。

封麟背着夏寻谦进了屋。

因为是半夜，又有雷雨，封麟叫来了管家。

管家年轻的时候是个中医，往年封老爷子还在开药铺的时候便是他在管，对于各种病症都清楚。

虽然多是土法子，但大多说得准又管用。

封麟将夏寻谦身上的衣裳换了一套，管家来的时候没多问，看了看夏寻谦的瞳孔、口舌和脉象，最后给夏寻谦扎了一针。

"小少爷这是被吓到了，一时间惊恐严重。"说着他望了望窗外，"许是怕这雷雨。"

"为什么会这样？"封麟压着声音疑惑地问道。

"可能之前受过惊吓，同一情景下记忆会有些错乱，这可不能小瞧了，我老家就有人被惊吓过度得失心疯的。"

封麟神色微怔："他现在怎么样了？"

管家拉过被子给人盖好："人没事。"

"什么？"封麟松了口气，神色有些不解。

管家站直，话直白了些："应该过一会儿就醒了。"

管家将银针从夏寻谦手腕取了下来，收到自己的家伙事里："这么听话的孩子，真是可惜了。"

管家的语调里带着无尽的惋惜，他看向封麟："封先生，他病得厉害。"

"不病得厉害，不至于连自己都养不活。"

管家轻叹一口气，认真地望向封麟，说："您不在封家的这些天，寻谦天天来问我您什么时候回来。他无事的时候就喜欢摆弄他的画，寻谦喜欢画风景，难得的几张人像画的都是您。"

封麟愣了愣。

管家的话还在继续："二爷来找他讨画，您不在，他又倔得很，前日寻谦那些画全都被二爷烧了，连那架子也是，我还没来得及给他买新的……"

"二爷知道他不会跟您说这些，所以欺负起人来也就肆无忌惮了。"

封麟听着管家的话，漆黑狭长的眸晦暗阴沉，眼神重新落在夏寻谦身上。受了委屈能还回去就还回去，还不回去就自己受着，这倒是符合夏寻谦的脾气。

"笨。"封麟啐道。

管家抿着唇："小少爷好像不是很喜欢待在封家，待在这里一日一日的也是想等您回家。你们回来的时候我去给寻谦送被子，他说您今天生气了。"

封麟突然想到夏寻谦跟管家告状的样子，嘴角几不可察地上扬："他还会告状呢。"

管家眼眸抬起："他说你们昨天在街上遇到抢劫的人了，您知道他为什么非要去追吗？"

封麟眼神微变："为什么？"

管家瞥了床上的夏寻谦一眼："我每周都会按照您的要求给他零花钱，他几乎没动过，昨天在商场他用攒下来的所有钱给您买了一条领带。"

封麟瞳孔放大，掩藏的情绪里多了几分错愕。

管家继续接着自己的话："他说第一次给您买礼物，刚出商场就被抢了，去追那人只是想把领带拿回来而已。"

封麟思绪流转，难怪昨天夏寻谦把其中一个购物袋擦了又擦，宝贝得很。

封麟："他没给我。"

管家："他不想给你了。"

封麟："嗯？"

管家得意了几分："寻谦说您骂了他，又欺负他，所以不给您了。"

"哦对。"管家喷了一声，"好像是说等您有一百分了再给您。"

"呵。"封麟一脸无畏嫌弃的模样，幼稚！

管家笑了笑，不打算再与封麟说其他的了。

"我老了，熬不了夜，您自己照顾一下。"

封麟跟在管家身后，管家有些受宠若惊："您送我吗？"

"我关门。"封麟面无表情地冷声道。

到门口的时候管家跨出门，封麟抓住门沿，他的话问得风马牛不相及，但就是能让人听懂。

"我现在多少分？"

封麟的声音嗡嗡的，让人听得不清不楚。

"啊？"管家神色诧异。

封麟："八十？"

管家侧目往前："一分。"

第二日，夏寻谦醒来的时候，封麟不在屋内。

夏寻谦浑身无力，他缓缓撑起身子，看了看自己的衣裳，和昨晚的不一样。

夏寻谦摸着自己的喉咙，忍不住咳嗽起来，胃里翻江倒海的滋味一点也不好受。他掀开被子下了床，慢慢起身走到屋内的茶桌旁时看见上面放着一杯热水，下面压着一张字条——喝了。

上面的字迹笔锋挺立规矩，走势看得出来很随性，是封麟写的。

留张字条也跟下命令似的，夏寻谦拿着杯子喝了一口，封麟，减一分。

水杯刚刚放下，卧室的门便被人推开。

夏寻谦下意识站直，进来的确实是封麟，他手里还端着一碗粥。

夏寻谦朝着封麟走了过去："先生。"

封麟眼神毫不避讳地打量着夏寻谦："好些了？"

夏寻谦的声音很轻，带着浓重的鼻音："嗯。"

封麟将手里的粥递给夏寻谦："喝了。"

夏寻谦接过粥就准备往外走。

"去哪儿？就在这儿吃。"封麟的声音沉了些。

"哦。"夏寻谦转身又走到了屋内隔间的小桌子旁。

夏寻谦喝粥的时候表情怪异。

封麟观察着，没忍住问了出来："难吃？"

夏寻谦虚虚地看了封麟一眼："先生做的？"

封麟："你觉得可能吗？"

不可能。夏寻谦又吃了一口："那封家的厨子可以开除了。"

封麟面无表情地看着夏寻谦把粥喝完："不好吃你还吃？"

夏寻谦脑袋抬起："因为难吃，所以可能是先生做的，会吃完。"

没见过这种脑回路的人，封麟冷声道："你想多了。"

091

话音刚落,门口的敲门声便响了起来。管家推开门,手里拿着一个炖盅,震惊地询问:"封先生,您把我的炖盅烧炸了!是你干的吧?"

"人离开厨房要把锅端下来,你把锅赔给我!"

"扑哧……"夏寻谦看着管家拿着破炖盅的样子,直接笑出了声。

他手里的粥其实没什么粥的香味,是米烧煳了的焦味。

"你笑什么?"封麟站得笔直,一副事不关己的严厉模样。

见人如此,夏寻谦立即收了笑容:"……没。"

封麟转身朝门口走去,狠狠地瞪了管家一眼。

管家:"您瞪我也得赔啊。"

屋内的笑声再次传来。

封麟回头望过去的时候,夏寻谦抬手扶着额头,笑声没了,整个脑袋往一边转。

封麟从屋里走了出去,管家抱着自己的破炖盅跑得飞快。

"不赔也行……"

人走后,夏寻谦也从屋内走了出来。

"您吃早餐了吗?先生。"夏寻谦假装刚刚的事情没发生过,柔声问封麟。

封麟侧身往书房走去,也没回答夏寻谦的话,真丢人!

"先生待会儿走的时候记得叫我。"夏寻谦还记得这回事,封麟答应了要带他一起出差的。

封麟回头望夏寻谦的时候,他已经往小厨房的方向去了。

半个小时后,夏寻谦端着一碗饺子去了封麟的书房。

夏寻谦进去的时候封麟正在看资料,他将饺子放在封麟面前:"刘叔说您没吃早餐。"

封麟瞥向桌面上冒着热气的饺子,说:"我不爱吃饺子。"

夏寻谦眼神垂下,恍然又失落地哦了一声,问:"那先生喜欢吃什么?有喜欢吃的吗?"

封麟敛目:"没有。"

夏寻谦捻着指腹,兀自暗暗嘀咕:"饿死你算了。"

封麟抬眸看向夏寻谦:"声音太大了,我能听见。"

夏寻谦垂头不言。

"你做的?"封麟突然开口问道。

"嗯。"夏寻谦推了推碗,眼中闪过一丝期盼。

封麟拿起筷子尝了一个,漆黑的眸里藏匿着情绪:"你小时候经常做饭?"

夏寻谦没否认:"每天都是自己做。"

封麟捏着筷子的手微顿:"吃什么?"

夏寻谦一脸淡然:"剩什么吃什么,菜梗、菜头、白萝卜梗和芹菜叶都是可以吃的。"

封麟的眼神落在夏寻谦身上,夏寻谦体格单薄瘦小,一只手扛肩上都能扛走了,和夏家几兄弟的高大完全不能比,所以他从小是怎么过来的呢……

封麟眼底的探究更多了些。

没喝过咖啡,没喝过牛奶,一件白衬衣穿烂了也舍不得扔,会计较馄饨店涨价的五毛钱……

封麟再次尝了一口饺子,莫名问夏寻谦:"下个月过生日你想要什么?"

夏寻谦愣了一刻:"您在可怜我。"

封麟眉头蹙起,他没有这个意思,但在这种情况下讲出来,好像是极其讨巧的。

"我的意思是,你可以向我提条件。"封麟说。

夏寻谦站在书桌前:"比如什么?"

"一切可以升值的东西。"

"我不要钱。"夏寻谦回答道。

封麟的眼神幽深莫测:"我只有钱。"

夏寻谦的话里带着几分质问:"先生只能给我钱是不是?"

封麟答得很快,丝毫不拖泥带水:"没错。"

夏寻谦手指紧紧攥着:"先生觉得我拿了您的钱从封家出去,夏厉会放过我吗?曹夫人又会放过我吗?"

"不会,他们都不会放过我,并且还会成为我遗产的继承人。我不要您的钱,我只感谢您收留我,给我饭吃。"

封麟听着夏寻谦越来越激动的语调,面色犀利了几分。

"那你要什么?"

"在意。"

"夏寻谦,你知道你现在的语气很有问题吗?"

夏寻谦往后退一步:"我去浇花。"

人走后,封麟愣神了几秒。

"莫名其妙地找我吵架,他倒还委屈上了。"封麟看着门口的方向,余光瞥向桌面上的那盘饺子。

说得好好的,一句话没对,后面都不对!

封麟拿起筷子夹碗里的饺子吃,越吃越气,越气越吃。

夏寻谦不会离开封家,不管是害怕外面的尔虞我诈,还是害怕封麟说会打断他的腿那样的话,他都不敢离开封家。

封麟神色复杂。

他想不通夏寻谦莫名其妙的情绪是从哪里来的。

以往封麟在家里,夏寻谦会往他这里走得勤快,或是端茶,或是就在旁边看着,不会像今日这样刻意回避。

过了许久,夏寻谦也没见回来。

封麟从书房走了出去。

昨日刚刚下过暴雨,此刻的屋檐庭院都裹着一股湿乎乎的气息,泥泞的地面看得让人心生烦闷。

这时拐角过来一个身影,对着封麟有些不高兴地道:"三哥,你是不是和寻谦吵架了?"

封渝语气里带着质问,气冲冲的。

封麟朝封渝走了过去:"他人呢?"

封渝一脸试探地问:"我看他眼睛红红的往那边走了,没敢和他搭话。你是不是凶人家了?!"

"你怎么回事啊,就知道欺负人。"

想到夏寻谦,封麟也没好气:"我凶他?我对他已经足够容忍了,没少他吃也没少他用,还容着他那小性子,他算个什么东西?也敢给我甩脸子!"

封麟怒意来了说话恶毒得很,封渝听完这话立马就恼了:"三哥哥!你说什么呢!寻谦他做错什么了你这么讲他?"

她仰头看着封麟,整个封家就她一人敢这般带着呵斥的语气跟封麟说话。

封渝的眼神恶狠狠的:"你是不是就仗着他从封家出去了就没有去处,所以才这么肆无忌惮地欺负他啊?"

封麟长长地叹了一口气,他不想跟封渝浪费时间,语气平和了许多:"那你来告诉我,我哪里错了?我已经在尝试着对他好了,我护着他在任何人那里都受不了委屈,整个泊城谁敢像他那样在我面前讨要?没有人敢!他夏寻谦就只差骑我头上了!"

封麟眼眸里的恶与怒交织在一起:"我对他还不够好吗?他要什么我不会给吗?让刘叔给他买最好的东西,我什么不是紧着他用?我昨天照顾了他一整夜,他起来后有问过我一句吗?"

封渝愣了愣,抬手摸了摸鼻翼,说:"你们两个都有问题!"

"我没问题。"封麟面色冷淡。

"你问题大着呢!"封渝看着封麟转身就要走的架势拦住了他,"阿谦他性子韧,吃软不吃硬,你有必要这样吗?你多担待点不行吗?"

封麟被封渝拦住去路,脸色越来越难看。

"要是阿谦来找你和好,你跟他和好吗?"封渝忍不住问了一句。

封麟愣住了。

见人不回答,封渝嘴角憋笑,她可太了解封麟了,死也拉不下脸的人,要是现在夏寻谦来找他,他指定会当什么都没发生过。

"你说啊?和好不?"封渝再次问道。

封麟往另一边转身:"他不会来的。"

封渝:"那你去找他认错啊,你肯定吼他了。"

封麟:"你知道自己在说什么吗?"

封渝喷了一声,一脸教训人的模样:"你就会享受人家带给你的好。每个人都是有缺点的,他会生气还不是因为在乎你?他怎么不对别人好就对你好啊?"

封渝一句不让地说着:"你总是把你对下属的那一套拿来对阿谦,他根本就没把你当看见了需要卑躬屈膝的领导,你们两个当然就得吵起来了。"封渝再次两步过去拦到封麟面前,"你去给他道歉。"

封麟神色严肃:"让开!"

"不。"

封麟抬手看了看时间,眼神中是掩盖不住的怒意。封渝见封麟如此,说不胆怯那是假的。

"凶什么凶!"她让出路来,"你不是说今天带他一起去吗?"

封麟步履往前:"他不乖,不带,夏寻谦的性子需要压一压,我已经够迁就他了。"封麟语气疏离。

说完,他便朝着门口的方向走去。

封渝一脸怨气地看着封麟的背影:"你真是没救了!"

封麟说不带夏寻谦,便没有带夏寻谦。

那日出了封家的大门,他便独自上了车。

封麟是一个只会站在自己利益上思考问题的人,主动权都在他。

夏寻谦已经在他的底线上试探了多回,足够放肆了。

封麟此次出差从海市辗转云洲,在云洲又待了一周多。

封麟推开酒店房间的门时,发现里面坐着一个女人。他毫不客气地将人撵了出去,然后去浴室洗了个澡。

裹着浴巾出来的时候,房里的电话响了起来。封麟走过去接,是泊城来的电话。

"封麟。"封麟沉声道。

"欸!打通了打通了!寻谦快来接电话!"对面的声音活跃,是封渝。

封麟已经十来天没听见夏寻谦这个名字了,他握着电话的手紧了一些,注意力莫名集中了些。

"快啊!来啊!阿谦!"对面封渝的声音大了些。

一分钟后,夏寻谦依旧没来,封渝一个劲地让封麟别挂电话。

"你别挂啊,哥,阿谦他想和你讲话。"

封麟就那么握着电话半晌,三分钟后气愤地挂断!

封麟站在桌前抽了一支烟,真是反了天了。他扔掉烟头便直接上了床,天暗下来的时候,电话再次打了过来。

封麟起身去接,望着窗外的景色,直接呵斥道:"封渝,能不能别打过来了,我很忙,没空陪你玩!"

对面很安静,正当封麟打算挂断的时候,夏寻谦的声音响起,声音如春风一样:"先生。"

封麟指腹微微蜷缩,一侧的窗帘轻荡着,起先有声,此刻却极其安静。

夏寻谦的声音明明不大,封麟却听得格外清楚。

封麟面上看不出什么情绪,只觉得指尖发酥,顿了半晌也没说句话。

"……先生睡了吗?"对面人的声音再次传入耳中。

夏寻谦的语气已经和他出差前的厉声厉气不同,没有了生气的意思,反而有几分不确定性的试探。

"给我打电话做什么?"封麟的语气极淡。

对方顿了顿,说:"没什么。"

封麟捏着电话的掌心像猛地钻入一股电流快速在他身上走了一圈一样,他将电话拿得远了一些,再次开口的时候语气好了不少。

夏寻谦就该仰视自己。

封麟的嘴角勾起一抹寡淡的笑意,夏寻谦应该在极致的冷漠中学会乖巧。

封麟喜欢这种掌控一切的滋味。

夏寻谦匍匐垂首,他便可以像之前一样养着他,给他最好的东西,往最矜贵了养。

"我一周后回来。"封麟开口道。

"我……"夏寻谦的声音很轻,"我上次不该和先生吵架。"

夏寻谦的话认真中夹杂着几分害怕,封麟可以轻易掌控他的心境。

夏寻谦很聪明,他能想清楚一切。

封麟:"我没生气。"

夏寻谦的调子韧了几分:"骗子。"

封麟愣了愣,这两个字在夏寻谦那里已经算很脏的脏话了。

"你是在骂我吗？"

夏寻谦："我不敢。"

"你有什么不敢的？"封麟听着对面的声音，漆黑的瞳孔微动，"你在哪儿？"

夏寻谦的声音小了些："没在哪儿。"

"夏寻谦。"封麟沉着地叫了夏寻谦一声，每回如此直呼其名的时候都震慑感十足。

夏寻谦听见封麟叫自己名字，立马改了口："在先生屋里。"

"你胆子倒是又大了。"封麟闻言，倒是没有责备的意思。

夏寻谦："先生屋里有电话。"

封麟无话可说，看了一下时间，语调严肃："去睡觉。"话落他又继续道，"挂了。"

"等等。"夏寻谦的声音再次响起。

"什么？"封麟疑惑道。

夏寻谦的声线温和："祝先生顺利。"

"自然。"下一秒，封麟毫不避讳地开口，那话音沉着，却格外可信。封麟本来也没想真挂电话，"封见珏最近有去找你的不痛快吗？"

夏寻谦："没有。"

"胖了还是瘦了？"封麟问道。

夏寻谦："先生问谁？"

封麟："撒谎精。"

夏寻谦那方稍顿了一会儿，说："不知道，先生回来看看就知道了。"他就不该问这种没意义的话！

封麟："药有按时吃吗？"

夏寻谦："吃的。"

封麟的声音磁性又好听："想要什么？"

夏寻谦有些惊讶："不过节也可以要礼物吗？"

封麟："封先生开心的时候都可以要礼物。"

夏寻谦只无声地笑了笑，说："我不要礼物，先生出远门要很久才能回来，我不想再和先生生气了，我以后都……会乖的。"

"是觉得自己错了？"封麟问他。

夏寻谦的回答与封麟想的不一样："不觉得自己错了，只是不想这样。"

"你在委屈。"封麟的话语里探究意味明显。

"是。"夏寻谦直言不讳，话落他又改了口，"我错了，我不该和先生顶嘴，想和先生和好。"

封麟："真的知道错了？"

夏寻谦："嗯。"

封麟："还有呢？"

夏寻谦："最近读了先生的商报，很敬佩您。"

不得不说，从夏寻谦那张嘴里说出夸奖是难得的，因为难得，所以觉得好听极了。

说完夏寻谦又跟封麟说了一些小事，封麟一件件听着。

封麟也一直没听出来夏寻谦有想挂电话的意思。

封麟听着对面轻蹭的声音，呵斥道："夏寻谦，你是不是把电话抱床上去了？"

夏寻谦趴在封麟床上，电话就在自己耳畔："嗯……在您的床上。"

夏寻谦根本无所畏惧，继续趴在床上和封麟打电话。最后因为越来越困，人睡着了电话还在通话中。

听着对面逐渐平稳的呼吸声，封麟眉头蹙起。

多少人想给自己打电话还得经过公司内部预约转机，还都得确认好几次，夏寻谦倒好，说些下雨了、石榴树枝丫断了的家长里短后自己睡着了！

夏寻谦睡着后，封麟不知过了多久才挂断电话。

第二日的时候，云洲和泊城的报纸上都出现了封麟的身影，标题为——万翻集团董事私生活混乱！

各大媒体纷纷前来凑热闹。

封麟极其厌恶这种卑劣的手段，商场与娱乐领域不同，但一时间激起的舆论也会有不小的负面影响。

根基永在，但因为舆论丢掉一个合作却是不划算的。

自证清白这件事很麻烦,但要让别人证明自己不清白更麻烦。

封麟并不觉得这件事情能给他造成多大的影响,可封家的早报晚报日日不断,莫名的,他倒是有几分怕夏寻谦瞧见那恶心人的报纸。

刚刚缓和的关系又冷了下来,可不是一件让人高兴的事情。

至少,以封麟的性子,他不会跟夏寻谦解释一个字。

封麟知道这次是有人想搅黄自己的合作,新闻可以压下去,但时间不会那么快。

当天封麟就给家里拨了一通电话,接电话的人是夏寻谦。

"早上的报纸看了?"封麟直接开门见山。

夏寻谦声音闷闷地嗯了一声。

封麟:"看到什么了?"

夏寻谦话里的情绪难懂:"没什么。"

本以为夏寻谦是相信了,封麟眸光幽深,正要开口说话,夏寻谦的话再次传入耳畔。

夏寻谦:"我不信,先生是洁身自好的人。"

夏寻谦就是这么相信的?!封麟语塞,听夏寻谦继续说:"别做恶心的事情。"

"你反了天了是吧,夏寻谦?"封麟声音大了些。

"挂了。"对面人调子冷冷地说完便挂断电话。

封麟没被人这么噎过,他此刻只觉得浑身上下都不自在,夏寻谦的语气根本就是半信半疑。

半信半疑也就算了,他还给自己下马威!那刚刚给自己道歉的夏寻谦到底有几分真?

封麟愤恨地再次将电话拨了过去,两秒后接通。

"夏寻谦!"封麟莫名呵斥了夏寻谦一声。

对面人的声音响起,并且立即认错:"我错了。"

认错倒是挺快!

"哪儿错了?"

夏寻谦:"顶嘴了。"

"还有呢?"封麟语气里盛着寒意。

"挂您电话了。"夏寻谦接道。

封麟一肚子闷火莫名其妙，夏寻谦是道歉了，可封麟就是觉得自己还是被他噎着了。

封麟长舒了一口气："你让封渝去一趟公司，我晚两天回来。"

夏寻谦的调子落寞了两分："知道了。"

须臾，夏寻谦没忍住开口问道："晚几天？"

"大概两三天。"封麟说。

对面安静了下来。

风绕着帘子无声地动着，夏寻谦面色淡然地出了门。

因为这件事情，封麟在云洲多待了几天，他清楚是封家的人故意为之，回去的时候已经是一周后了。

封麟的车开到封家的时候，他抬眸望向前面的院子。

阴雨天地面有些潮湿，台阶上也是湿的，夏寻谦站在最外面，整个人非常引人瞩目。

他果然在门口等着，封麟嘴角微微上扬，司机则直接开了口："寻谦在等我们。"

封麟眼神中淌着几分傲慢："是吗？"

封麟在车内用余光看着门口的夏寻谦，倒是觉得他比之前要乖了不少。

车停在门口后，封麟下了车。

夏寻谦的喜悦浮上眉目，他并未迫不及待地跑上前，而是就那么站在门口，矜持地往前走了一步。

少年单薄的身影随风动，一身简单的白衬衣，封麟觉得自己从未见过把白衬衣穿得比他更清风霁月、干净明媚的人。

两人抬眸之际四目相对。

封麟的心情没有人可以探究，夏寻谦不敢太放肆。

"封先生。"夏寻谦笑着叫了封麟一声。

封麟一步步地朝着封家的大门走去，老式的门庭，巍峨的大院里有着无穷无尽的糟粕。

封麟走到夏寻谦面前的时候，那结实的身躯正好可以遮盖住少年的影子。

两人面对面站着。

淡淡的木质香区别于刻意喷洒的香水，在让人安心与害怕中找到极致的平衡。

"瘦了。"半晌，封麟在夏寻谦的耳畔开口道。

进屋后，封麟从司机拿回来的东西中扔了一件衣裳给他。夏寻谦有些惊讶地接过，问："先生给我买的吗？"

封麟否认："秘书买的。"

"哦。"夏寻谦垂目转身。

等他换好衣裳出来的时候，看到封麟在门口等着。

夏寻谦站在门口，不安地摩挲着衣角："好……好看吗？"

封麟转头看过去，面上没什么变化。这件衣裳与夏寻谦平日里穿的都不一样，设计时尚前卫，有些薄。

封麟蹙眉："不太适合你。"

夏寻谦有些失望："为什么啊？"

封麟："有点薄。"

"那我去换一下！"夏寻谦刚转过身去，却被封麟拉住。

"把外套穿上就行了。"封麟淡然道。

夏寻谦点了点头，而后穿上外套，不死心地又问道："好看吗？"

封麟转身向前："笨。"

夏寻谦："笨是好看还是不好看？"

封麟没答。

夏寻谦跟在封麟身后，封麟刚刚的意思夏寻谦也明白，就是一起吃饭。

两人到饭桌的时候菜已经上齐了，因为过了饭点，所以此刻就他们二人。封麟落座后，夏寻谦在他对面坐下。

觉得离得远了，夏寻谦又挪动着往封麟身边靠近了些。

他给封麟盛了饭，又盛了一碗羹汤。

夏寻谦给自己盛饭的时候抖了好几下，最后落了个鸡蛋大小的饭团在碗里。

封麟冷着脸咳嗽了几声,夏寻谦心虚地将饭装满。

刚坐下,封麟便瞥向夏寻谦:"不是饿吗?三岁的小孩都比你吃的多。"

夏寻谦捏着筷子摩挲:"不知道。"

封麟夺过夏寻谦手里的碗,将自己那碗满满当当的饭推了过去。

"夏寻谦,再闹我揍你了。"

夏寻谦听着封麟带着呵斥性的话没再开口,碗里的饭被封麟看着吃完了。

其间封麟给夏寻谦夹了几次菜,夏寻谦吃到最后看向封麟突然打了个嗝。

封麟没忍住笑了出来,旋即神色又转为严肃:"坐好。"

夏寻谦又规矩了些。

两人吃好饭,封麟从怀里掏出一块表递给夏寻谦。

夏寻谦观察着封麟递过来的手表,仔细看了看,十分繁复的手工款式。

"是礼物吗?"夏寻谦问道。

"算。"封麟回答。

夏寻谦摩挲着手表:"这个贵吗?"

封麟目色流转,不知该怎么给夏寻谦比喻:"可以买下你喜欢的那个馄饨铺。"

夏寻谦瞳孔微怔,指腹收紧,问得小心翼翼:"先生为什么给我?"

封麟不明白夏寻谦的问题怎么会那么多,神色染上几分不耐烦:"你不应该高兴吗?为什么这么问?"

夏寻谦直视封麟,即使坐着,封麟那高高在上的气势依旧不减。

"因为想给你买。"

夏寻谦闻言,眼中闪过一丝光亮,而后收了手表。

明明生得一副疏离又清冷的面貌,这会儿居然能让封麟瞧出几分可爱来。

用餐后,两人走到南院一侧拐角的时候,被迎面而来的薛云撞上。

薛云一身珠光宝气，见两人同行，那神色立马就变了。

"封老三！你把封家当什么了！让你把这个废物送走，一直留着他干什么！"薛云胸膛起伏，明显气急，那双犀利的眼直勾勾地盯着封麟身侧的夏寻谦。

怒火一触即发。

"夏寻谦，你自己什么身份自己得掂量清楚！别一天天尽想着真和封家沾上些什么关系！"

封麟眼神冰冷地望向薛云："姨娘，您好像还管不到我身上来。"

"封麟！"薛云被气得不轻，"我告诉你，你现在不把他弄出封家，你一定会后悔的！"

"封家几时容得下一个废物了！你父亲死了，封家的基业便由我来守，你不要太放肆了！"

薛云本来已经许久没来找夏寻谦的麻烦了，每每遇到心里都不痛快。

"我放肆？"封麟的哧笑声传来，"这封家的基业几时又该你守着了？"

"封老三，他会害了你的！"薛云对夏寻谦的偏见已经是根深蒂固了。

封麟一脸淡漠，他最不信的就是这般说辞，上位者的成败无论何时都不是身侧之人能决定的。

"你要是看不惯，可以自己搬出去住。"

说完，封麟带着夏寻谦从薛云面前走过。

薛云气急地回过身，看着封麟的背影，只觉得有些喘不过气。

"封家要完了！封家要完了！"要被一个病秧子搅得一团糟！

偌大的院子好似一座牢笼，有些人拼了命地想进来，有些人头破血流地想冲出去。

而夏寻谦，他究竟是哪一种呢？她眼神颓然地看着。

薛云回过头，恰巧看见走廊拐角的红灯笼掉了下来。

封老爷子是个念旧的人，封家院子里这些老旧传承一直留着。

灯笼落地后直接在地上的泥里滚了一圈，灯油淌落浸了红纸，这样的事情落在薛云眼里便是凶兆!

与薛云争执过后,夏寻谦一路都没有开口说话,直到进了房间,思绪也飘着,坐在屋内的茶桌旁时还在发呆。

"想讲什么?"封麟俯视着夏寻谦,开口问他。

"先生可以把我送出去的,我也不是很喜欢这里,我确实是个废物。"夏寻谦的话是仔细琢磨后得出的,"先生把我放在哪里都可以。"

封麟神色严肃了些:"你以为你把薛云当主子,她就不会找你麻烦了?"他眼神晦暗难测,"更怕她还是封见珏?"

夏寻谦手指收紧,抬眸与封麟对视。两人近在咫尺却又像隔了无数条鸿沟,那无声的距离扭曲再扭曲。

"怕您。"夏寻谦说,"我怕您。"

封麟面色微愣怔了一刻。

夏寻谦说得不错,现在的他,已经把夏家乃至整个封家的人都得罪光了。

封麟甚至听见顾家的用人在打听夏寻谦的消息,没有自己,夏寻谦在泊城举步维艰。

将人送出去是不可能的,封麟在封家守的便是封家的基业,夏寻谦在这里才是最安全的。

顾家现在为了联姻的事情日日有人来催,根基浑厚的顾氏想让一个人消失,可不是什么难事。

封麟思考片刻再看向夏寻谦的时候,少年的脑袋垂得更低了些。

封麟锋利的眉敛起,夏寻谦好像哭了,他的眼泪一直以来都是无声的。

滚烫的泪滴落在少年的手背上,似乎是害怕被人发现,夏寻谦转动着手掩藏住了。

"夏寻谦,把头抬起来。"封麟冷声道。

夏寻谦脸颊的泪痕很淡,眼睛泛红,但那架势明显就是自己强忍着止住情绪的模样。

封麟抬手轻轻抚了抚夏寻谦的眼尾:"哭了?"

"没有。"夏寻谦答得认真。

"真的没有?"

"真的。"夏寻谦说。

封麟望着那水汪汪的眼:"怕我不管你?"

夏寻谦面色坚毅,声音很轻:"先生是没有心的人,我们连朋友都不算。"

"夏寻谦,是我对你不够好吗?"封麟反问他。

夏寻谦泛着殷色的眸与封麟对视:"我与先生有云泥之别,您真的将我当朋友吗?"

"先生是无心之人。"夏寻谦重复了一遍,绵沉无力的话仿若千斤。

"那你说,有心之人当如何做?"封麟不想去揣测夏寻谦的心思,索性直接问。

封麟的面色越来越沉。

天色此刻已经暗了些,轻飘飘的窗帘与床帐一同飞舞着。冷风抚过少年的发,不清楚有几分真几分假。

最后,夏寻谦呆愣地看着封麟。

"知道如果我生气的话,你会有什么样的后果吗?"封麟眼神凉薄。

心中不定,万事不成。在封麟心中,自己容忍夏寻谦的小性子,那是看得起他。

夏寻谦轻笑一声,落寞颓废:"您知道的,我什么都不怕。"

"我要等价交换。"夏寻谦的语气坚定,紧紧地攥着那条从无心的对峙中拔出来的线。

封麟看着夏寻谦的眼神微怔,他不得不承认,夏寻谦很聪明,也知道如何得寸进尺。

"比如说?你现在想要什么?"封麟问他。

夏寻谦长睫半阖:"想要先生不再骗我。"

这话一出,封麟才悟出来夏寻谦的气根本就没消,他还是在意的。

"好。"封麟答应了下来。

"刚刚你说的那些……"

夏寻谦:"您一时半会儿改不了的。"

封麟黑瞳里闪过一丝诧异:"夏寻谦,我已经对你足够好了。"

夏寻谦回道:"不对,我明白先生刚刚的意思,我还可以提一个要求的对不对?"

封麟头有些疼:"想要什么?"

夏寻谦:"什么都可以?"

封麟:"诚然。"

"您之前给了我一个银镯子。"

封麟眼中闪过一丝不解:"你不是不要了吗?"

夏寻谦抓紧衣角,他上次回来就想要回来的:"可以还给我吗?"

"我送出去又被退回来的东西可没有人能再拿回去。"

夏寻谦语调认真:"我以后日日都带着,还给我吧。"

封麟观察着夏寻谦的神色,发现他对那镯子是真喜欢:"那东西并不值钱。"

夏寻谦从身上掏出刚刚封麟给他的表:"我用这个跟您换,这个值钱。"

这块表可以买一千个银镯子!

"就那么喜欢?"封麟望向他的眼睛。

"喜欢。"夏寻谦暗自抿唇。

封麟凉薄的唇轻微勾起:"等我哪天心情好了给你。"

夏寻谦眼神飘着:"我的镯子……"

封麟:"我说了,等我哪天心情好了给你。"

"那是哪天啊……"夏寻谦不死心地追问,见人不答,又说,"反正我又不长命,先生不给便算了。"

活不长……

封麟闻言,神色微顿,终是没说什么。

这时,门口传来窸窸窣窣的脚步声,管家急急忙忙从侧面走廊跑了过来。

"寻谦、寻谦,有人找你!快去门口看看!"管家的声音有些大。

夏寻谦抬眸与封麟拉开距离。

"来了。"

夏寻谦穿好衣裳便往屋外走去,封麟则跟了出去。

107

走到封家门口的时候，夏寻谦眼神中浮现几丝淡然。

来人是夏家的人，夏家长子夏峥，按理来说夏寻谦得叫一声哥哥，曹氏集团最大的持股人便是夏峥。

夏峥一脸温和，那张脸与封麟那种不怒自威的样貌不同，多了七八分书生气。

夏峥站在封家门口，人没进去，身后是五六个穿一身黑衣的保镖。

"大哥……"夏寻谦看见夏峥，开口叫了一声。

当夏峥看到夏寻谦，立即开口道："把小少爷带回去。"

"是。"夏峥身后的人应答之后便直接朝夏寻谦走去。

跟过来的管家见状，急忙上前制止："你们干什么呢！敢到封家来要人！"

管家刚刚见那么多人找夏寻谦，还以为是夏寻谦在外面的债主，觉得让人来说两句给了钱就可以打发走了，没想到对方居然直接就要带人走！

夏峥的话语森然："他是我夏家的人，我自然要带回去。"说完他望向夏寻谦，情绪不明，"走，跟大哥回家。"

夏寻谦眼里拂过寒意，有几分害怕掩藏在其中。

当夏寻谦被身后的保镖推搡着往前快到门口的时候，封麟浑厚的声音在身后响起，强压着怒意："夏大公子是在给我下马威吗？"

封麟的调子阴沉，力道却压人得很。

夏峥的目光落在走来的封麟身上。

他与封麟没什么生意上的往来，攀不上也不想去攀。

夏厉一直想与封家合作，就是为了能在曹氏集团站稳脚跟，夏峥对此一直反对态度，上次去万翮集团也是表明自己不会攀附的立场。

虽然没有利益关系，但封麟的面子夏峥还是要给的。夏峥颔首轻笑了一声："您说笑了，我前段时间一直在国外，不了解家里的情况。但寻谦的事情我都了解了，现在是我夏峥当家做主，我自然要将人带回去的。"

"这段时间多谢您的照顾，我会将我弟弟的花销如数返还给封家。小弟顽劣，多谢您的照看了。"

夏峥嘴角勾起一抹笑意。

这时封麟已经走到了门口，他抬手抓住了夏寻谦的手臂！

夏寻谦回头看了封麟一眼，那眼神中盛着几分难懂的晦暗与冷静。

封麟将人拉到自己身后："夏峥，你以为封家的人是你想带走便能带走的？"

封麟的调子冷冽，带着一股狠劲，那高高在上的姿态此刻展现得淋漓尽致。

夏峥用眼神环顾身前的保镖，意思明确，那几名保镖便撤到了他的身后。

夏峥敛目凝视封麟身后的夏寻谦。

"他可不是封家的人，他姓夏。"夏峥现在确实想将夏寻谦带回去，曹氏集团旗下的一家分公司出了一点问题被查处了，负责人夏厉被带走调查。

而这所有的矛盾点都指向他那手无缚鸡之力的弟弟——夏寻谦！

夏峥不好在封家直接押着人走，这规规矩矩地说着话已经是在控制情绪了。若是不然，他应当直接一脚踹在夏寻谦身上质问他是不是耍了什么小聪明！

旁人不知他夏寻谦，夏峥可看得一清二楚。他的心，比任何人都要狠。

不悲悯，无善意，为达目的不择手段。

至少，夏峥觉得，自己从未见过真正的夏寻谦是什么样的。

不知道他的坚忍是天生如此还是伪装。

"寻谦。"夏峥和悦地叫了夏寻谦一声，"跟大哥回去，之前是夏家的人对不住你，日后我们一家人好好地在一起。"

表面功夫夏峥会做，他不想惹怒封麟，但夏寻谦他必须带走。

封麟静静地听着夏峥的话，旋即问夏寻谦："怕他？"

"不怕。"

"愿意跟他回去？"

夏寻谦从封麟身后站上前，眼神淡漠地与夏峥直视："这是我愿不愿意的事情吗？"

夏家的人什么时候遵循过他的想法？

夏峥凝望着夏寻谦，他觉得夏寻谦唯一不讨厌的一点便是他足够聪明："当然不是。"

来封家，怎么会没点准备呢？正说着，封家巷子前不远处便传来警笛声。

封麟眉头拧起，眼睛微眯。

夏峥听到后，直接便向封麟道了歉："抱歉了，今日夏寻谦无论如何我都是要带走的，他涉嫌一笔巨额资金流动案，我已经报警了。"他神情温和，话语却带着几分警告地继续道，"想必封先生也不想留一个有案底的人在身边吧？在泊城，我们还是都守点规矩的好。"

他的话刚刚说完，警车便到了封家门口，从警车上下来的人直接站在夏寻谦面前。

"夏寻谦是吧？"警察观察着夏寻谦，开口道。

"是。"夏寻谦回得淡然。

"麻烦跟我们走一趟，有个案子需要你配合调查一下。"说着便出示证件，直接将人带上了车。

封麟眼里思绪万千，他不会跟警察起冲突，想要把夏寻谦留下得换个法子才行。

夏寻谦被带上警车后，夏峥朝封麟莞尔一笑。

被将了一军的滋味十分不好受，夏峥十分享受这种暂时得到筹码的滋味。

泊城人人见了都得规规矩矩的封麟难得吃瘪，夏峥则神色暗爽。

"封先生。"夏峥有礼地开口，"虽然我不知道夏寻谦为什么会在你这里，但我得提醒你一句，少招惹他。"

夏峥往后退了一步，他忽然想到什么，给了身后的人一个眼神，身后的男人便去了车里，半分钟后拿出一沓文件递给封麟。

"夏寻谦的心思可比你想象中多得多。"

夏峥递过去的资料里有数张夏寻谦与周崃或其他人站在一起的照片，拍摄手法十分隐秘。

资料最上面是一张光碟。

现在夏峥就怕封麟为了夏寻谦这个可有可无的废物打乱自己的计划，索性拿出一份会让人厌恶的"罪证"给封麟。

夏峥不觉得封麟这样的人会为了一个让他得不到任何利益的人怎么样，至少不屑于如此。那么此番，这件事情便能完美地解决。

封麟垂眸看着夏峥递过来的资料，轻哧了一声。

其他人封麟不认识，但上次在慈善宴会上遇到的那个叫周嵊的，他却记得清楚。

照片上面有日期。

封麟嘴角轻蔑地勾起，还真是有趣得很。

封麟神色如常，将那一张张资料与照片随手扔到地上。

夏峥捡起地上的资料："既然您不要，那我就捡走了，免得脏了封家的门庭。"

二人无形对峙，火花四溅。

夏峥走后，封麟的眼神晦暗得可怕，他侧目看向不知道什么时候站在车前的司机。

司机跟随封麟多年，自然知道其中的意思。两人眼神交汇之际，司机的神色暗了一个度。

"知道了，封先生。"

刚打开车门，封麟的话再次传来："去查一下夏寻谦。"

司机眼波流转："是。"

"要带回来吗？"司机的话没有说得很明白，从何处带回来意思却明确。

封麟敛目，眼底波澜轻起："带回来。"

他跟着封麟多年，平日里别人犯了什么事，封麟可从来不会去管，夏寻谦算是个例外了。

司机将车开走后，封家门口安静了下来。

管家日日同夏寻谦待在一起，最是心疼他，见封麟一脸冷淡的样子，忍不住就开了口："封先生，您快去把寻谦接回来啊！他那么小，身子骨又差，乖得没边，怎么会做那些不好的事情，还平白无故被带走了！您快想办法把他带回来啊！"

封麟回望向管家:"夏寻谦给你灌什么迷魂汤了?"

封麟眼神淡然,直到现在他也并不认为夏寻谦是个多么重要的人。

封麟从不是个离了谁会难过不适的人,有怒意也是因为触及了自己的利益。

"寻谦被带走了您一点也不难过吗?"管家神色有些惊讶,却又在意料之中。

封麟的眼神犀利如鹰:"他算什么?我为什么要难过?"

封麟微微侧目。

"我将夏寻谦往最矜贵了养,也未曾对不起他。"封麟的话冷冰冰的,心口发闷,十分影响心情。

管家胸腔起伏着,所有人都看得出来的事,仿佛只有夏寻谦看不出来,他还傻傻地等着封麟拿几分真心待他!

"您真的不去找他?"管家再次问道。

封麟听着管家句句不让的样子,心里没来由地烦闷:"刘叔的意思是要我亲自去?"

"封先生矜贵去不得,您就是仗着寻谦他迁就您,从不把他当回事。"管家这些日子天天看着夏寻谦,他就是可怜夏寻谦谁都能欺负的性子。

"夏老爷子就是知道夏家的人不会放过他,所以让你看着。如此这般,他来封家和不来封家又有什么区别?"管家越说越生气,他夭折过一个孩子,算着年纪与夏寻谦同岁,以至于他对夏寻谦莫名地要多几分关照和爱护。

今日明眼人都看得出来夏峥是刻意来带走夏寻谦的,他在夏家就没过过什么好日子,现在被夏峥带走哪里会有什么好事。

"前几日您说您两三日就回来,寻谦每日在院子外等着。他读过书也识过字,知道礼义廉耻。"

封麟面色怔了怔,他倒是没想到管家能帮夏寻谦说那么多话。

在封麟心中,他并不觉得自己亏欠了夏寻谦,这件事情如何做都可以,但要他亲自去将人带回来……

封麟看向管家:"你很喜欢他。"

管家眼睛失神了片刻:"我那孩子要是没死,大抵和他一样大。"

"那就是可怜他。"封麟看向前方,目光焦距在院子里的绿植上,"他不喜欢被人可怜。"

"您应该对他好一些。"管家说。

封麟嘴角轻微地勾起,所有人都在说要对夏寻谦好一些,又有谁想过封麟是如何对待夏寻谦之外的任何人的?

他对任何人都冷漠果断,别人不知道,但他自己却清清楚楚。

封麟没有回答管家的话,直接去了书房。

# 第四章
## 悄然转变

夏寻谦被警察询问了一个小时，之后被夏峥带回了夏家。

再见到夏峥的时候，夏峥腿受了伤，夏寻谦不知道是怎么回事，但他想应该是封麟的手笔。

但这并未影响夏峥，封麟的下马威可不是那么好给的，他在心里骂完封麟以后只能认栽。

夏峥直接将夏寻谦带回了夏家。

在泊城，封麟若是想将夏寻谦带走，有的是办法。

当夏寻谦被推搡着进入夏家的时候，这里的一切和之前离开的时候并没有什么不同。

庭院，走廊，绣闼雕甍。

门口的灯笼和以前一样，依然发黄泛旧。

夏峥被人搀扶着往前，曹夫人在院子中站着。她看见夏寻谦的那一刻，直接就冲上去给了他一巴掌！

曹夫人眼神暗沉得吓人，她那一巴掌用尽了全身的力气。

夏寻谦整个人往一旁偏移了些，他被人按着肩膀，没办法还手，硬生生挨了这一掌，嘴角位置瞬间破皮淌出血来。

"你怎么还不死！啊！夏寻谦，你活着做什么！好好的夏家都是被你搅乱的！"

夏寻谦轻蔑地轻哧出声，嘴角的血丝在口腔中牵着线："曹曾柔，搅乱夏家的人是你！是你拆散有情人，用你曹家的家业困住我父亲。你不过就是想要曹氏集团，为此不惜背叛所有人，包括你的兄长和孩子。在你眼里，没有谁比曹氏基业更重要！"

"你爱过我父亲吗？他不过是你的利用对象！"夏寻谦面色嘲讽，轻仰着脑袋，只剩下冷漠不屑。

"闭嘴！"曹夫人声嘶力竭地呵斥，说着又要抬手去打夏寻谦！

曹夫人的手刚抬起来还未动手，就被夏峥制止了。

"母亲，您下去歇息吧，老二的事情我会想办法的。"夏峥一字一句地开口，眼神坚定。

说着夏峥便命令用人将曹夫人带下去，曹曾柔眼神凌厉地看着夏寻谦："要是夏厉的事情真和你有关系，我一定不会放过你！我一定不会放过你的！"

她被带走后，院子里安静了下来。

夏峥往前走去，夏寻谦也被身后的保镖钳制着往前，最后两人在夏家的祠堂停下。

"跪下。"夏峥冷声对夏寻谦道，浑厚的力道压迫得人呼吸急促。

夏寻谦没跪。

"跪下！"夏峥重重地呵斥，手拍打在灵台上发出闷响！

夏寻谦依旧不为所动："你凭什么命令我？"

夏峥轻呵一声："就凭我是你大哥！就凭你是夏家的血脉！"

"哼……"夏寻谦眼神轻蔑，"我可不配做你们夏家的血脉，我没入你家的族谱，少恶心我。"

话落之际，夏寻谦被身后的人按压着跪倒在地。他用力挣脱着，再次站了起来。站起的下一秒，夏寻谦的膝盖内侧就被人狠狠地踹了一脚！

短促的闷哼声从夏寻谦的喉咙传出，而后他被死死压着没再起来。

夏峥斥责道："少折腾，你在夏家本就该跪着说话！跪着活！"

夏峥站在夏寻谦面前，脑袋仰着，那股温润劲与他眼底的狠厉相背驰，这让他整个人的气质都是割裂的。

夏峥猛地抬手捏住夏寻谦的下巴："夏厉的分公司查出一些违禁品，被查出来有人内外联合，是不是你干的？"

夏寻谦眼底宛若一片死水，他从始至终都痛恨夏家的每一个人。他轻笑着："夏峥，你是不是太可笑了？我有那样的本事的话，曹氏早就被我弄垮了！"

"哼。"夏峥嘴角淡然地勾起，"夏厉打了你你都有办法还回去，怎么就没本事了？"

夏峥手上的力道大了些："我告诉你，别人受你蒙蔽认为你可欺乖巧，我可从来没小瞧过你。连封麟你都能搭上，这可是多少人都做不到的事情啊。"

夏峥的言语中有嘲意，更有那么一丝他自己都没发现的欣赏。他垂目与夏寻谦直视："你告诉我是不是你做的，我不会怪你。"

"曹氏集团本就该是我的,夏厉栽了正合我心,我又怎么会怪你呢?"

夏峥的瞳孔里波澜万千,但他说出来的话却是可信的,他本就没打算让夏厉在自己手上分一杯羹。

这次出了这事,无论是谁做的,都不重要。就算没有人做,夏峥自己也会将夏厉调教成坐吃山空的废物。

如今他之所以将夏寻谦带回来,只是因为分公司的事情涉及曹氏的一些利益,他需要找个人来为这件事负责。

夏寻谦这时突然笑了起来:"你们几兄弟还真是跟曹曾柔一个样,心狠手辣,永远以自己为中心,真可悲。"

"可悲?"夏峥眼波流转,"人不狠哪里来的尊严?"

"你以为你就不可悲?"夏峥恶臭的话一字一句地抨击着夏寻谦,"一个月两百块都挣不到的废物,你养得活你自己吗?你这样的人都知道要往高处爬,我为什么不能为自己考虑?"

夏寻谦神色无波,他不在意这些话。只要不是封麟讲出来的,他通通都不在意。

夏寻谦眼神中充满狠劲:"曹曾柔知道吗?你根本不顾手足情谊,是和她一样的人。"

夏峥不以为然:"她当然不会知道,我现在告诉你,我不想救夏厉,你会告诉她吗?"

"当然不会!"夏寻谦满脸鄙夷。

"你看,你巴不得夏家乱成一团。"夏峥眼底的笑意弥漫,"你都不会说,那还有谁会知道呢?"

夏峥松开夏寻谦的手,爽朗地笑了出来。

夏寻谦身子轻震了一下,眼底是一眼就看得到头的死寂:"想让我来为这件事负责?夏厉的事情是你自己做的吧?"

你来我往之间,夏峥探究着夏寻谦的神色:"是不是你你都得认了,我才好在母亲那里交差。再说了,老三虽然看不惯我的作风,但人不在跟前,不是你还有谁?

"证据可说明白了,举报内应的人就是姓夏。夏厉赚不该赚的钱确实该死,但我作为大哥,当然是要极力保他的。

117

"在事情查清楚之前,我让你做分公司的法人代表,多好啊,那么大的权力,别人想要都要不到呢。"

夏寻谦怎么会听不出来夏峥的意思。

"法人代表?出了事我去扛是吗?"

"嘘。"夏峥把手放在嘴唇上,"怎么能这么说呢,大哥是为了你好。"

"为我好?"夏寻谦嘴角勾起,"为我好应该给我曹氏集团百分之三十的股份才是!你给吗?"

如果今日自己不能从这里出去,就会被夏峥拿捏。

夏寻谦直直地看向夏峥,兀自求救:"封麟是封家的掌权人,你踩着他的红线欺辱我,你以为他会放过你吗?"

夏峥浑厚的笑声在祠堂里回绕,有几分森然的滋味。

"不要和我赌这些。"夏峥慢悠悠地点了一支香插入香炉,"你以为封麟那样的人会真的对你上心?他会把你放在眼里?你要知道,主子对你随时可弃。他不会再管你,你身上牵扯着案子,封麟可是个不喜欢沾上不必要的麻烦的人。况且他也不是那么相信你。"

夏寻谦指腹蜷缩着,掌心泛起薄薄的汗:"你说的不错,他不在意我。"

夏峥一副胜券在握的模样,话也说得轻巧:"他不是不在意你,是根本没把你当回事。对得起自己答应的承诺,封麟他晓得你几时生的吗?

"他知道今日是你的生日吗?所以你又在期望什么呢?夏寻谦,期望一个对你丝毫不在意的人来带你走吗?他将你当作朋友吗?你有家吗?你不可笑吗?"

夏峥最是喜欢剖析人性,此刻的夏寻谦被那股无形的力道压得死死的。

"你可笑啊,夏寻谦。"

夏寻谦紧紧咬着腮帮子,他在赌什么呢?不过是赌一个无心之人有没有恻隐之心。

可笑又可悲。

"不到最后,谁知道呢?"夏寻谦突然开口。

说着，夏寻谦突然挣脱出去。猝不及防，夏寻谦眼疾手快地拿起屋内的香炉朝夏峥砸去。

夏峥明显有些没反应过来，怒吼："夏寻谦！"

夏峥往后退了一步，夏寻谦也再次被身后的保镖制止。

夏峥一把抓住夏寻谦的头发，紧紧地攥着！夏寻谦被迫仰起头。

"你的胆子真是越来越大了。"夏峥眼神发狠。

说完，夏峥望向夏寻谦那张脸，突然就想到了一个对他来说绝佳的折磨方法。

夏峥眼神流转，最后落在按着夏寻谦的两个黑衣保镖身上。他嘴角勾起一个戏谑的弧度："带下去，好好教训教训。"

两名保镖对视一眼，旋即夏寻谦便被拖拽着走了！

夏寻谦奋力地挣脱着，却直接被二人架着往前。

"放开我！"

夏寻谦被两名保镖带进一侧的小屋，猛地推到地上！

保镖朝着夏寻谦过去，夏寻谦蜷缩着想站起身，但却被保镖的大手按住。

"老实点。"

夏寻谦抬起脚踹了保镖一脚！下一秒保镖便从柜子里找出大麻绳捆住了他的双脚。

这一脚直接将人踹怒了，保镖抽出腰间的皮带就要朝夏寻谦抽下去！

"啪"地一声响起，夏寻谦整个人疼得瑟缩了起来。那力道重得吓人，少年的闷哼绵沉无力。

"我让你踹！我让你踹！"

保镖打算继续打下去的时候，夏寻谦下意识呼吸沉重地躲闪。因为夏寻谦的躲闪，皮带拍打在桌面的茶壶上，一时间地上碎屑一片。保镖没打到人，心中一阵烦闷，第三鞭飞速地抽打下去。

这时候，屋子的门被人重重地踢开。

有些昏暗的偏殿进来了一束光，亮得晃眼。

周嵊一推开门便看见在地上的夏寻谦，愤然地将面前的保镖一脚踹翻在地！

这时候，另一个保镖朝周嵘袭击过来。

周嵘愤怒至极，对着面前的保镖丝毫没有客气。

周嵘身后带着的保镖冲进屋子后，看到他正一脚踩在刚刚拿皮带的保镖身上："滚！"

两名保镖被按在地上，周嵘的怒意依旧不减，夏寻谦奄奄一息的模样让他心中怒火难灭。

"寻谦。"

夏寻谦看见他的时候是高兴的，但眼眸深处那缕不可探究的思绪依旧难懂。

周嵘将夏寻谦扶了起来。

夏寻谦轻轻地挣脱了一下："嵘哥，我自己走。"说着他站起身，摇摇晃晃地往前走。

当他走出门口的时候，正看见已经赶来的夏峥。

"我要带他走。"周嵘眼神犀利，带着狠劲。

夏峥往前一步。

"你有什么本事带他走？"夏峥警告他，"我劝你不要多管闲事。"

夏寻谦被牵扯进了这次违禁品的事情，现在要带走他不是周嵘能做到的。

"没这个本事就滚！"夏峥呵斥道。

"他没有，那我呢？"猛然间，一道低沉的声音从门口传来，众人不约而同地朝门口望去。

封麟穿着一身板正矜贵的西装跨过了夏家的门庭。夏峥赌的便是封麟不会来讨要夏寻谦，在看见封麟的那一刻，下意识地蜷缩指节。

如果是封麟想带走夏寻谦，夏家没有一点办法。

夏峥看着封麟笑出声："封先生说笑了，寻谦的事情夏家还没查清楚，所以一时间怕是不能跟你走了。"

封麟一步步往前，司机跟在身后，两人走出了人墙般的气势。

封麟的余光望向夏寻谦，他站在周嵘身边，身子有些不稳，周嵘虚虚地扶着他。

两人对视之际，夏寻谦面上没什么情绪。

封麟走到夏寻谦面前,少年身上披着周嵊的衣裳,手腕上红痕明显。

"跟他走还是跟我走?"封麟轻声道。

夏寻谦半晌没有回答。

"封麟。"周嵊一只手拦在夏寻谦身前,"你吓他做什么!"

夏寻谦眼神垂着,猛地一只手抓住了他的手腕。

夏寻谦整个人被封麟拖拽着到了他跟前,身上的外套也掉落在地。

封麟眼神轻蔑地直视夏峥:"我给他担保,人我带走了。"

他拽着夏寻谦往前,却被门口的保镖拦住。

封麟侧目回望了夏峥一眼:"怎么?想跟我玩?"

轻飘飘的调子摄人心魄,夏峥咽了咽口水,呵斥道:"给他们让路!"

他没想到封麟会来!夏寻谦算个什么东西!封麟根本没有理由帮他!

保镖听见夏峥的话,立即站到了两边。

"有事找法务。"封麟淡漠地回了一句,而后扶着夏寻谦直接转身离开。

人被带走后,夏峥一拳狠狠拍在露天的石桌子上,千算万算没算到封麟真会把夏寻谦放在眼里!

见人被带走了,周嵊虽然厌恶封麟,却也松了口气。

周嵊轻哧一声,带着身后的人也撤了出去。

封麟将夏寻谦放到了车后座。

夏寻谦整张脸都是麻木的,浅色的瞳孔里找不到焦点,不知道在想些什么,就那么静静地望着窗外。

夏寻谦忽然笑了一声,破碎的五官苍白无力。

封麟观察着神色空洞的夏寻谦,问:"在害怕?"

夏寻谦好似没有听见,他没动,就那么靠着靠背闭上了眸子。

他看起来很累,封麟不再多言。

到封家后,封麟直接将夏寻谦扶进屋坐到了床上。

夏寻谦拉了拉自己的衣裳,而后转了个身:"我想睡觉。"

不知道过了多久,夏寻谦听见门关上的声音,然后睁开了眼。

一个小时后,门再次打开。

夏寻谦没睡着,他感觉到封麟的气息在靠近。

不知道过了多久,封麟的声音突然响起:"生日快乐。"顿了一下又补充道,"长命百岁。"

夏寻谦睁开眼眸,背对着封麟望着床帐,心口像有一汪水在荡啊荡。

长命百岁……除了姜楠阿姨和小沐,没有人再这样同他说过生日祝福了。

夏寻谦手心微凉,封麟递过来的是一个巴掌大的盒子。

夏寻谦在装睡,所以没打开。

封麟没有弄醒夏寻谦的意思,半晌出了屋子。夏寻谦指尖动了动,打开了盒子,里面的东西是他没想到的。

夏寻谦合上盒子,轻微地转了身。

"谢谢。"夏寻谦的声音轻得几乎听不到。


第二日起身,夏寻谦看到一侧放着一身新衣裳。

他穿好衣裳出去的时候,恰巧遇见封麟进屋。夏寻谦打开门,迎面而来的人就那么撞了上来。两人对视,夏寻谦先动,他往后退了一步。

封麟抬眸望向夏寻谦的锁骨位置,接着往下看着手腕,上面的红痕已经好了许多。

本以为他会说些什么,夏寻谦站直,眼神极淡,然后听见封麟说:"慢点。"

封麟明显就是欲言又止的模样,夏寻谦直接问了出来:"要说什么?"

"下雪了。"

那是一种期盼与分享还盛着喜悦的情绪,原来封麟也会有,真不可思议。

夏寻谦啊了一声,跨出屋子,一股凉意蹿入鼻腔,五脏六腑都能被冷得冻住。

夏寻谦在台阶上站了好一会儿,抬手抓了一把石墩子上面的雪。

"夏寻谦。"封麟见状,呵斥叫了一声。

这回夏寻谦没管也没听,甚至用手攥了一个小雪球,一个转身直接扔到了封麟身上。

雪球溅出来的雪沾到了封麟脸上,而罪魁祸首夏寻谦已经跑了。

看着空空如也的院子,满地清白,雪花轻絮。

莫名其妙的,封麟没生气。

他一众的原则问题中没有这一条,类似于夏寻谦欺负自己,大脑不能给出解决办法。所以,暂且搁置。

封麟在书房待了一会儿,而后与夏寻谦一同吃了早餐。

他坐在餐桌旁看着夏寻谦:"在家里还是跟我出去?"

夏寻谦头抬起:"去哪儿?"

"见朋友。"封麟淡淡道。

夏寻谦:"男的女的?不去。"

封麟没多说什么,起身朝屋外走去,到门口的时候夏寻谦跟了上来。

封麟敛目:"不是不去?"

夏寻谦:"我是撒谎精。"

封麟嘴唇几不可察地抿起:"你确实是。"

二人一同上车,夏寻谦出门的时候拿了一本书,上了车就看自己的书,也没搭理封麟。

书是夏寻谦自己买的,经济学类的。

不知道过了多久,封麟终先开了口:"过来。"

夏寻谦听到后看了封麟一眼,然后继续看自己的书。

"以前怎么没发现你那么爱学?"

"没发现吗?"夏寻谦反问,"你教的,我都学会了。"

不知怎么的,封麟觉得从夏家回来后夏寻谦就好似变了个人,说话句句带刺,从前的讨好、奉承在他身上统统都没有了。

两个小时之后,车开到了一处小镇。

两人下车后,封麟去了一位老人的家里。

这处小镇民风古朴,历史悠久,傍水而立,处处都是美景。夏寻谦倒是喜欢这样安安静静的去处。

封麟将夏寻谦带进院子里的时候,老人搬了两张凳子出来。

老阿翁看起来六七十岁的模样,一脸和气,精气神足,穿的衣裳也与大街上买的不一样,像是手工做的软布衣裳,辨识度很高。

"老三来了，快坐。"老阿翁看向夏寻谦，"你也坐，娃。"

说着老阿翁便去屋里取来茶叶给他们泡了茶。

"老三，这孩子是？"老翁笑着问了出来。

夏寻谦捏着茶杯的手顿了顿，封麟不会讲谎话，所以不会说是朋友。

夏寻谦侧目看向封麟，想听他的答复。

"家里人。"封麟说。

"家里人？"

"弟弟。"封麟的面上看不出什么情绪。

封麟与老人说的事情杂乱，夏寻谦没太听明白。他坐了一会儿后封麟告诉他可以自己到处走玩玩，他便出了院子。

夏寻谦沿着河流在廊道上走着，封麟出来的时候，他的手和脸已经被冻得发红，但他很高兴。

被拽上车后，夏寻谦揉了揉自己的脸，问："你们聊什么了？"

封麟一脸严肃："小孩子别打听那么多。"

夏寻谦揉搓着自己的指腹，有些冻僵了。

封麟的声音里带着几分苛责："你又去玩雪了？"

夏寻谦："玩了啊。"

本以为封麟会生气地讲些以后不许玩了的话，夏寻谦没想到封麟说的居然是："以后要玩的话，戴上手套。"

这绝对不像是封麟能说出来的话，冷冰冰的封麟什么时候学会关心人了？

"你在关心我？"夏寻谦问了出来。

他从夏家回来之后，对封麟的态度与之前全然不同，不会卑微，不会迁就，不会对封麟用尊称，叫封麟比叫先生多。

夏寻谦不知道封麟在不在意这些改变，但他没有不悦过。细细想来，夏寻谦往日叫他封麟，他都会应。

封麟是个不懂太多情绪的人，他锦衣玉食，利益至上，懂人之悲悯，却不共情人之苦难。又或者说，他是个不需要爱的人。

夏寻谦知道封麟从夏家带走自己，是赌赢了。

就如封麟也清楚地知道，夏寻谦赌赢了。

他看重这份责任,他将夏寻谦带回来,并不只是简简单单地带走而已,后续有太多事情牵扯着。

他要给夏峥收尾,要遣人追踪违禁品的来源,要答应割裂曹氏和夏厉的关系让夏峥不受影响,要与夏峥达成协议。

要人力,要资源,要金钱。

这样麻烦的事情,如果是一个项目,封麟会选择丢掉,可夏寻谦从来都是不一样的。

听着夏寻谦的话,封麟没有回答他,只道:"坐好。"

夏寻谦靠着座椅坐着,不再和封麟搭话。

夏寻谦的余光看向封麟的手,坐得更乖了些。

回到封家之后封麟便去了公司,夏寻谦知道封麟是送自己回来。

小镇的大叔是位德高望重的老医生,车停下后,封麟眼神淡然地注视着夏寻谦,还未反应过来夏寻谦便已经朝门口走了回去。

"封先生,去总部还是仓库?"半晌,司机问了一句。

封麟没听见,第二遍的时候,司机的声音大了些:"人都走远了。"

封麟冷声应了句:"去公司。"

司机握着方向盘掉头,他叹了一口气:"这娃真的挺可怜的。"

封麟今日让他去查夏寻谦,查出来他根本就不是夏家的孩子!

夏寻谦自小被夏老爷子的爱人姜楠收养,养到九岁的时候姜楠去世,因为放心不下他,便将其托付给了夏老爷子。

九岁那年,他被夏老爷子以私生子的名义接回了夏家。

夏寻谦从小在夏家受尽白眼,夏家所有人都对他恨之入骨。

夏厉的事情也确实是夏寻谦做的!

当得知这一消息的时候,封麟错愕了许久,他觉得自己真真正正重新认识了夏寻谦。

夏寻谦勇敢智慧,有计谋有策略,知进退,懂人心懂人性,不是任人拿捏的纸壳子。

姜楠对夏寻谦的情谊在夏寻谦心中是任何人都比不了的。

那是纵使吃野菜根也会分给夏寻谦的母亲,是教会他礼义廉耻的母亲。

他就是在那样的环境中长大的。

曹夫人对夏老爷子有没有情没有人知道,她只是需要一个入赘的男人为她夺得家产而已。

夏家的几个孩子根本就不是夏老爷子亲生的。

在那样的大家族压迫下,姜楠是泥潭里的受害者。

她与夏老爷子在那样的压迫下在一起,迎着阳光与花海。

当然,他们不是主导者,所以注定失败。

夏寻谦九岁那年,姜楠死了。

姜楠还有一个孩子,也死在那日,夏寻谦查到的所有证据都指向夏家的人。

夏寻谦拖着病体本没想多活,他要的只是想让所有人付出应有的代价,他要让夏家不得安宁。

那是封麟从来都不认识的夏寻谦。

封麟眼神半阖,他不觉得夏寻谦可怜,被夏寻谦讨厌那才可怜。

"帮他找一下家人吧,看还有没有在世上的。"封麟开口道。

"你说他是不是傻,想弄曹氏集团找您出手不就行了,非用那些法子。"司机没忍住,话说得直。

封麟没应:"那就不是他了。"

"您很关心他,封先生。"司机突然调侃道。

封麟面色微滞:"我看起来很关心他?"

"那可不。"司机丝毫不避讳,"您为了他都破例多少回了,根本都不像您。"

荒谬!

"我答应了他父亲庇护着他。"

封麟不爱讲这些,这样的话题让他浑身不适。他的话题转移得极快,严肃的五官看不出一丝情绪:"岩幸的收购合同出来了吗?"

封总,你还记得我是司机吗?!

"我会催促的。"

封麟回到家的时候天还没黑,雪却越下越大了。他走到自己的院子,便看见夏寻谦蹲在地上堆雪人。

手冻得泛红，脸颊也是，但却乐此不疲，认真得很。

夏寻谦手堆着雪球，突然一双皮鞋踩在了面前的雪上，发出嘎吱嘎吱的声响。

夏寻谦抬眸看去，面前的封麟瞧着愈发高了。

"起来。"封麟唇瓣轻启，神色看起来有几分不高兴。

夏寻谦不想恭维封麟，他如今想怎么样也便怎么样了，不刻意迎合，不刻意躲避。

"本来就活不了几年，我喜欢玩，你就别管我了。"夏寻谦像是在与普通人说话，没什么情绪。

封麟闻言，面色僵硬了一刻，心口像扎入一根绵绵的针，这种滋味很奇怪。

看着认真堆雪人的夏寻谦，头顶的雪花因为来不及化，就那么挂在头发上。

不知道看了多久，封麟突然也蹲了下去，抓了一个小雪球递给夏寻谦。

封麟温声问他："那感冒了怎么办呢？"

"多吃一种药啊。"夏寻谦淡漠地回答道。

"还要玩多久？"封麟询问了一句。

"再玩一会儿吧，明天下不下雪了。"

"好。"封麟答应了下来。

夏寻谦说玩一会儿，实际上没多久就起身了。他去淋浴间洗了个澡，而后回了自己的房间。

看着关上房门的夏寻谦，封麟站在对面，心里闷闷的。

夏寻谦变得不一样了，这种感觉真的挺糟糕的。

夏寻谦不一样了，是哪里不一样了呢？

变凶了，也变冷漠了。可夏寻谦不是任人拿捏的泥娃娃，他和自己想象的不一样。

第二日与往常一样，两人一起吃早餐，去公司。

夏寻谦不会像以往一样在门口等他。

回到家倘若封麟不找夏寻谦说话，夏寻谦便一句不多问，看自己的书，画自己的画，自己做自己的事。

夏寻谦生得清冷,性格坚毅又带着刺。他急眼了会骂人,还会打人。这样的夏寻谦眼里是冷静的,没有感情的。

封麟意识到这一点,心口莫名发闷。

接下来很长一段时间,他们二人之间的氛围都是这样别扭的。

夏寻谦从不过问,也不讲多话,封麟与他说的话,要是不合心意就通通都会还过去,会站在院子里发呆,没有人知道他在想些什么。

这日,封麟问他:"为什么和之前不一样了?"

夏寻谦眼神发涩,声音断断续续:"哪里不一样?"

封麟:"哪里都不一样。"

夏寻谦直视着封麟,眼神如深渊般难以琢磨。

"我在你心里只是一个卑劣的人,之前想活所以依附你,现在不想活了,所以我做我自己。"

封麟的心脏猛然抽疼,不想活……

"那你现在是什么意思!"封麟怒视着夏寻谦。

这日,两人吵了一架。

封麟摔门出去的时候,夏寻谦合上衣裳转身睡去。

那日后,夏寻谦足足一个月没见过封麟。

直到开春后的几天,夏寻谦发了病。他这自小带着的毛病,封麟带去医院看过,都说治不了。

封麟回到家的时候,恰巧看见疼得跌到床下蜷缩着的夏寻谦。

他的药散落一地,夏寻谦捡不到也分辨不出来,只浑身瑟缩着。

当他被封麟扶起的时候,嘴里喃喃地叫着脑海里唯一想念的名字。

"封麟……"夏寻谦的身子微颤,整个脖颈后背都湿了,眼神也不聚焦。

"封麟……"

封麟看着浑身瑟抖的夏寻谦,喉咙里像嵌着棉花一般干涸难受。

真是奇怪,封麟活了那么久,第一次有人能让他心绪这样波动,他不与自己讲话都能让自己无端生怒,不搭理不理睬会让封麟不自觉地反向关注。

这一个月来,夏寻谦发过无数次呆。

下了三场雪,有一次玩感冒了,第二天起来了接着去踩雪。

他说,反正活不久,想怎么玩都好。

少年站在雪地里说那些话的时候,好像风都能把他吹走了一般。

封麟不喜欢这样的夏寻谦,之前那样的,也不喜欢。

夏寻谦轻声的呢喃封麟听得十分清楚。

"封麟……"少年的呓语再次响起。

封麟轻轻应了声:"嗯。"

那么虚弱的身子,怎么会那么倔呢?封麟没见过夏寻谦这样的人。

"对不起……"夏寻谦呢喃细语。

为什么会说对不起呢?夏寻谦不是个会认错的人。

门没关好,一阵风吹来,封麟挡住夏寻谦面前的风。

"我没怪你。"封麟说。

封麟找来药给夏寻谦服下。

他明明是可以为了活命什么事都做得出来的夏寻谦,怎么突然就不想活了呢?

这样的意识在封麟脑海中炸开,发闷,发疼,让人喘不过气。

封麟掏出自己一直放在身上的银镯子,将镯子戴在夏寻谦的手腕上,在心里默念了一句:"长命百岁。"

长命百岁……戴上小银镯,就能长命百岁。

银镯在夏寻谦手腕上发出闷闷的响声,像是在回应封麟心里的话。

当封麟清清楚楚地明白自己想让夏寻谦多活些年岁的时候,他懂得自己变了。

他想治好夏寻谦,所以也有了欲望,是贪。这是他多年来除了行商以外心中第一次浮现这个念头。

夏寻谦从夏家回来两个月了。

这两个月来,封麟才算真真正正地认识了没有任何伪装的夏寻谦。

依旧伶牙俐齿,明明那么瘦小,打人却疼得要命。

他生于泥潭却高傲自持,与任何人都要平视,不随波逐流,有一对锋利的爪子。

只可惜这样的夏寻谦淡得跟水一样,没有欲望。

为什么不想活了呢？是因为不喜欢封家对不对，还是因为封先生让你看不到未来呢？

"很疼吗？"封麟呢喃着，轻轻摩挲着夏寻谦的发鬓。

"睡一觉就好了。"封麟轻声细语道。

再次醒来的时候，夏寻谦睁开眼便看见了封麟稍显柔和的脸。

以往他们二人生气，最多隔几天也就好了，因为夏寻谦会去服软。

这回没有，两人就么互相晾了一个月。

"醒了。"封麟的声音淡淡的。

"你不是不和我说话吗？"夏寻谦撑起身子脸侧到一旁。

封麟倒是错愕了："谁不和谁说话？"

夏寻谦刚醒，面色依旧有些苍白："你凶什么？"

封麟："谁凶？"

"你越来越没有规矩了夏寻谦。"

这话刚出来，夏寻谦直视他："想立规矩？"

封麟一大早又被夏寻谦训了一顿。

但封麟现在不敢惹他，他想过如果夏寻谦死了会怎么样。封家的漩涡泥泞依旧和以前一样，但他唯一那点能安心的角落便没了。

这不好，一点也不好。

封麟看向夏寻谦："你赢了我好多次了。"

夏寻谦的手动了动，这才看见自己手腕上的镯子。

夏寻谦眼眸垂下，定定地望了镯子许久。

他好像能听明白封麟的话，又好像没听明白。

不一会儿管家来叫吃早餐，夏寻谦穿好衣裳出去的时候，封麟在门口等他。

夏寻谦没叫他，直接往小厨房去了。

封麟到餐桌的时候，夏寻谦正对着一碗粥发呆。

夏寻谦整个人的思绪飘啊飘的，不知道飘到了哪里。

这日封见珏也起得晚，见有吃的直接便坐上了桌，并且就坐在夏寻谦身侧，挨得极近。

封麟见状，眼神立马变得冰冷。封见珏则一脸无谓，他故意问夏寻谦："听说你昨个儿发病了？可好些了？"

夏寻谦没应。

"今天去花楼听戏你去不去？"封见珏用手肘顶了夏寻谦一下。

夏寻谦生得淡漠，喜欢的东西也雅致，听戏他是能听进去的，姜楠还教过他弹琵琶，许多东西都会一点儿。

夏寻谦听见封见珏如此说，确实愣了一下。他日日都待在封家，封麟最近生气也没让他出去，两人正置气呢，他随口问了一句："什么戏？"

"《锁麟囊》。"封见以珏言语试探。

封见珏知道夏寻谦的身份没有表面那么简单，但就是查不出来为什么。他不想放过任何一个试探的机会。

"啪！"这时封麟突然放下了手中的羹勺，力道有些大地拍在桌面上。

夏寻谦见状，放下筷子，直接站起身走了："不去。"

夏寻谦扔下筷子后回了房间，空着肚子去空着肚子回来，一口没吃。

他将房间内的画板搬了出来，画的是石榴树，因为太过专注，封麟到他身后都没发现。

"想出去吗？"封麟突然问道。

夏寻谦眼眸一亮："去哪儿？"

"你想去哪儿？"

"石楠楼。"夏寻谦试探道。

石楠楼是夏寻谦小时候去过的地方，一个老戏台，现下还在开唱。

本以为封麟不会答应，但他应了下来。

这日封麟带着夏寻谦去楠楼听了戏，喝了野花茶，吃了老式糕点。

夏寻谦这日也难得话多了些，他注视着戏台上的人："小时候我拿着店家要的花来这里换过。"

封麟唇瓣嚅动："一次多少钱？"

夏寻谦："不给钱，给一斗米。"

"你很乖。"封麟说。

夏寻谦喝了一口茶，目光是散的："应该吧。"

戏唱完后，夏寻谦给了人打赏。

"你倒懂这规矩。"封麟道。

夏寻谦看向封麟："你的钱。"

戏听好后两人出了石楠楼，门口有一个许愿池，封麟给了夏寻谦一个硬币："去试试。"

夏寻谦接过硬币往水池里扔去，水波一圈一圈地荡开，与他的思绪如出一辙。

夏寻谦抬眸望了望头顶的天。

"许了什么愿？"封麟突然问他。

"希望封麟健康。"夏寻谦的声音淡漠嘶哑。

封麟神色微顿，看着水池里的波澜："为什么不是你要健康？"

"那不是太难为菩萨了。"夏寻谦往前走，话轻飘飘的。

封麟整个人呆愣了几秒，而后也扔了一个硬币进去。

硬币在水中转着圈，缓缓下移，最后落在了水下正中心的莲花台上。

封麟带着夏寻谦在外面玩了一整天。

封麟记得他笑了五次。

他用自己的零花钱给自己买了一个冰激凌球，就那么站在大街上捧着，乖巧又落寞。

"这个不能吃。"封麟神色严肃，说话的时候嘴里吐出白雾。

"为什么？"夏寻谦抿唇。

"会着凉。"

虽然已经开春了，但倒春寒的时候依旧很冷。

"你居然会关心人。"夏寻谦有些惊讶，这太奇怪了。

封麟眉头微蹙："我一直这样。"

夏寻谦一时间没反应过来，他细想了想，如果是第一次见面这样，以封麟的性子好像也会管着说不许，所以这算关心人吗？他好像一直都这样。

"我没吃过。"夏寻谦低头咬了一口，抬起的时候嘴角沾着奶白的冰激凌。

"好吃吗？"封麟问他。

"挺好吃的。"

封麟环顾四周,他将夏寻谦带进了一家封闭的咖啡店,屋内有暖气。

"在这里吃。"

夏寻谦双眼睁大了些:"你的意思是……"

"下不为例。"封麟沉声道,然后去点了两杯咖啡。点单的时候他想到夏寻谦第一次喝咖啡的模样,眉头微微蹙起,而后将另一杯换成了果汁。

他走到夏寻谦坐着的地方的时候,夏寻谦的冰激凌还没吃完。

夏寻谦围了一条暗红色的围巾,下巴、脖颈都被包裹着,封麟过去的时候他正手托着腮看着玻璃窗外的景色。

太阳快落山了,天边泛起了一抹霞红。

封麟在夏寻谦对面坐下。

夏寻谦接过果汁,看了封麟一眼:"为什么带我出来玩?"

封麟一脸认真严肃:"最近公司没什么事,闲。"

夏寻谦抬手喝了一口手里的果汁,脑袋埋着,声音轻得有些听不清:"我很高兴。"

"什么?"封麟愕然没怎么听清楚,又像是听得太清楚,有些惊讶。

"这个橙汁是苦的。"

封麟推了推自己面前的咖啡:"我们换。"

夏寻谦鼓着腮帮子又喝了一口,表示拒绝。

晚上的时候,石楠楼外有烟花秀,封麟带着夏寻谦看了,夏寻谦看得很开心。

"喜欢?"封麟问他。

"嗯,烟花是自由的。"

这日天黑了两人才回家。

或许是因为太累,才坐上车夏寻谦就睡着了。

夏寻谦轻声呓语一声,不知道做的什么美梦,嘴角勾起一抹笑。

晚上夏寻谦睡得格外安稳。

第二天,封麟从公司回到家时,夏寻谦在院子里浇花。

"如果有一只猫的话,你是那种能为了它活下来的人吗?"封麟突然这样问他。

夏寻谦觉得封麟很奇怪。

"你问得好奇怪。"

"我是说如果。"封麟眼神真诚,"如果。"

"会。"夏寻谦拨弄着水,他知道封麟问的不是猫,是欲望。

夏寻谦突然想到什么,面色沉下:"我有一个弟弟,九岁的时候死了。"

夏寻谦说到此处,手在水面轻轻地动着,思绪悠荡着飞到远处,哀怨落寞,层层叠叠的死寂环绕着他。

"他很乖,也很听话。"如果还活着的话,今年也十九岁了……

夏寻谦直视封麟,情绪莫名激动。

"如果是不开心的事情就不要去想。"封麟沉声道。

夏寻谦轻笑一声:"忘不掉。"

"生意人最忌自己困住自己。"封麟突然打断。

夏寻谦眼神细微的变化难以探究,他没接话。

"我今天要去云洲。"

夏寻谦眼眸敛起,他以前不会这样。

"三天后回来。"封麟继续说。

"嗯。"夏寻谦轻轻应了声。

两人对视之际,夏寻谦眼神躲闪了一下,夏寻谦手腕上的银镯因为后退的动作响了一声。

丁零零!

好像是封麟在对他说——长命百岁。

封麟走后,夏寻谦看着他的背影,眼神微微地散开,深渊究竟是在前还是在后呢?没有人知道。

封麟出差的第二天,拨通了自己房间的电话,没有人接。第三日他又拨了一通,夏寻谦接了。

对面安静了两秒。

"封麟吗?"夏寻谦先开的口。

对面没人应。

半晌，一个磁性好听的男声轻嗯了一声。

"打电话做什么？"夏寻谦问他。

封麟："我试试电话坏了没。"

夏寻谦一脸严肃："那你试好了，我挂了。"

"等等。"对面声音大了些，接着又是半天的停顿，"你的药按时吃了吗？"

夏寻谦："吃了。"

"嗯。"封麟说着就莫名其妙挂电话，"挂了。"

第三日晚上的时候，封麟又打了一个电话回来。

"药吃了。"夏寻谦直接开口。

"寻谦……"封麟的声音不大，他叫了夏寻谦一声。

夏寻谦整个人呆愣住！封麟从来没这么叫过他。

"怎……怎么了？"

"我要转机去一趟香岛，明天回来不了。"对面的声音严肃刻板。

"知道了。"夏寻谦声音淡淡的，过了几秒，又道，"多穿点。"

"还有呢？"封麟问他。

夏寻谦："平安。"

"还有呢？"

夏寻谦握着电话，指尖摩挲："先生顺遂。"

封麟再次回到封家已经是半个月后，其间他与夏寻谦又通了几次电话。回到家的时候夏寻谦没在门口等他，走到内院依旧没有看见夏寻谦。推开卧室的门之后，他的脸色更沉了。

他从卧室出来的时候恰巧遇见管家，管家一眼便看出封麟的心思。

"寻谦在您的书房看书。"

封麟松了一口气，他快步走去书房，夏寻谦正坐在屋内的沙发上翻看着书籍。

阳光透过窗户折射出形状，一丝亮光绕着少年的发丝，静谧的风吹起，纸张翻动的声音细微地响着，整个画面如画般好看。

门被推开，夏寻谦也看见了封麟，他放下手中的书站起身。

封麟朝着夏寻谦走近，他不会否认自己想念夏寻谦。

他与夏寻谦直视:"过来。"

夏寻谦朝封麟靠近两步。

封麟风尘仆仆的,身上裹着寒气。

他将夏寻谦拖到餐厅,两人一起吃了顿饭。

夏寻谦在封麟的监视下吃了一大碗饭,吃完后封麟以眼神示意:"再吃一碗。"

夏寻谦:"你有完没完?"

封麟眼神严厉地窥探过来,夏寻谦埋着脑袋:"我吃。"

两人吃过饭,天色便暗了下来。

这日天气好,夜里星辰满布,夏寻谦坐在院子中心看星星,封麟突然在他身侧坐了下来。院子里的树上有蝉鸣,这种气息让人惬意。

封麟说,世上有许多的景色。

"人要有欲望。"封麟对夏寻谦道。

"为什么?"夏寻谦懵懂地抬眸。

"有欲望才会想活下去。"

如果将报复一个人当作欲望的话,那报复完之后又该怎么办呢?所以恶意不能成为欲望,能让人为之奋斗的将来才是。

"我看起来没有欲望了吗?"夏寻谦神色淡淡地问封麟。

封麟望着漆黑的屋檐:"我不知道。"

夏寻谦侧目朝封麟笑了笑:"我有欲望的。"

"什么?"

夏寻谦的调子轻轻的:"你真的不知道吗?"

封麟垂目过去:"你把我当什么?"

这样的话从封麟嘴里问出来很奇怪,但他偏生就这样问了。

"朋友。"夏寻谦说。

封麟没有回答夏寻谦的话,他侧目看向夏寻谦。

不知道过了多久,他告诉夏寻谦:"我好累。"

封麟呼吸沉沉,他叫了夏寻谦一声,压抑的情绪在夏寻谦面前好似释放了些出来:"我好累。"

这天夏寻谦睡到自然醒,二人起来后,封麟带着夏寻谦出去玩了一圈,甚至去了之前夏寻谦说好吃的那家馄饨店。

车子开到店门口的时候,夏寻谦诧异得有些说不出话来。热气腾腾的馄饨被端上来,夏寻谦都还有些没反应过来。

封麟问他:"你说这世界上会有人为了一碗馄饨活下来吗?"

夏寻谦愣住了,他安安静静地吃完了馄饨。

破旧的老店声音嘈杂,吃完馄饨后封麟带着夏寻谦从店里出来。

那个一心想活命的夏寻谦该怎么找回来呢?封麟又起了贪念。

回家后,封麟一有时间便会带夏寻谦出去玩。

看许多许多的风景,见许多许多的人。

封麟知道自己想要什么,想治好他,治好夏寻谦。

封麟忽然勾了勾唇,说:"回家吧。"

上车后,封麟观察着夏寻谦的神色,少年只安安静静地坐着,不讲话,也没什么大的动作。

之前的卑微现在没有了,他不顾及封麟的心思,也不管他是否高兴,是否生怒。

夏寻谦本就是这样的。

青山厚雪盖着的雪松抖一抖,落下的都是冰人的雪花,连骨子里都是冷的,不能接近的。

如果说封麟的不可接近是因为他的地位,那夏寻谦的冷才是与生俱来的。

"吃饱了吗?"封麟突然开口。

"谢谢你带我出来。"夏寻谦半明半暗的眸里思绪又多又杂。

封麟身上那股木质香依旧是好闻的。

夏寻谦的身子有些凉,一直以来都是这样。

两人回到家后,封麟便去了书房,他要夏寻谦跟着自己。

夏寻谦支了画架在窗户的位置画画,少年笔直地站在那里,阳光洒下一缕一缕的光,连画面都是静止的。

夏寻谦变得冷淡了,会拌嘴,会吵架,只是灵魂空空。

他的心不在这里,不在封家人身上,那种不咸不淡的态度,像是逃离又逃离不了的认命。

这样的日子过了大半年，封麟越来越害怕夏寻谦胡思乱想，几乎日日都在他身边，督促他吃药，吃饭，添衣。

封麟不知道在哪儿听说养养猫狗可以让人心情变好，他转头便给夏寻谦买了只白猫回家。

"买这个做什么？"夏寻谦有些诧异，他看着封麟递过来的猫，其实挺可爱的。

封麟直接把猫放夏寻谦怀里："哄你。"

夏寻谦阖目笑了出来："这是什么猫？毛那么长。"

"说是英国的，助理买的。"

"助理买的？"夏寻谦将猫递回给封麟，"那我不要。"

封麟见状讲了实话："我买的。"

夏寻谦垂眸："哦。"

半年的时间，夏寻谦变得爱笑了些。

太过平淡的日子总是要打破的。

这日，周嵊只身一人来到万翾集团，他没有预约便直接冲进了封麟的办公室！

"封麟！你现在，立刻马上放夏寻谦出来！！！"周嵊语气急躁，那模样急得很。

"谁给你的胆子？谁给你的立场？！"

两人面前仿佛有火花飞溅。

周嵊闻言便笑了："你可笑吗？封麟。"他双手撑着桌面，整个人气势张扬，"谁给你的脸说这样的话？你以为寻谦真的想待在封家？你以为他对你的好是发自内心？"

封麟眼神晦暗了两分，有些事情他不愿多探究。

但封麟是个生意人，从八岁便开始跟着父亲学做生意，在钩心斗角的场地混迹了二十多年，他明白的事情太多了。

封麟淡然地抬眸与周嵊直视，手上依旧签着自己的文件。

封麟的调子相对于周嵊的声嘶力竭，平淡得跟水似的。

"我知道。"封麟嘴角轻蔑地勾起，"他在利用我，他一直在利用我。"

"你知道？！"周崃瞳孔睁大，显然有些不可思议。

封麟放下手中的笔："我是个生意人，几时都不会有你想的那么愚蠢。"

封麟的眼神锐利，猎鹰般洞察一切。

"牢笼困兽，破与不破又如何呢？"封麟的话一直平静，苦涩的笑意由眼底四散捉摸不到分毫，"所以不用想着激怒我。"

封麟看着手里的资料，字不成字，刚刚签的名字也写得一团糟。

封麟发现自己越来越能清晰地认知到夏寻谦撒过的所有谎。

撒谎精。

夏寻谦是撒谎精。

周崃没想到封麟如此淡然，他依旧有些不信："你知道寻谦利用你对付夏家？"

封麟眼眸半阖又敛起。

"其实我还挺想听你说的，我推测出来的东西不全面，我对夏家的事情没多大的兴趣，懒得去深查，来都来了，便讲讲吧。"封麟嘴角勾起一抹笑意，"你应该也挺想说的，我听便是了。"

周崃真心实意拿夏寻谦当朋友，封麟又如何看不出来，所以知道周崃会讲实话。

周崃轻蔑而自嘲般地笑了一声："封麟，你果真愚蠢！"

"你知道他当初为什么去封家吗？"周崃面带戾气，"你以为真是他父亲托付给你的？"

"是夏寻谦！是他自己设计到的封家，到的你封麟身边！他在你面前的谄媚讨好统统都是欺骗！你现在就应该把他从封家扔出来，让他自生自灭！"

周崃越说越激动，面目狰狞了起来。

夏寻谦已经疯了！周崃没办法再任由夏寻谦继续错下去。

如果让夏寻谦继续待在封家，他只会做出更错误的事情！

因为害怕夏寻谦收不了手，周崃只能选择来激怒封麟。

封麟听着周崃的话，神情苦涩。

原来夏寻谦不是受夏老爷子的嘱托来自己身边，这一点其实封麟没想过。

如果真的是夏寻谦在夏老爷子面前有意无意地推波助澜,那么自己以为的那些可真是可笑。

封麟眸光暗淡,比自己想象中可笑多了……

封麟嘴角勾起,千千万万的情绪压着:"放他一个人,我怎么放心!"

"他骗你!夏寻谦他骗你啊!"周嵘嘶吼着,他的每一个眼神都在探究封麟的心思,可他看不穿封麟。

"他骗我,也得待在我身边骗不是吗?"封麟打断,轻哧一声,抬眸与周嵘直视,"周嵘,我知道你心地不坏,但你应该到此为止。我知道你一直在帮他,所以不会与你为敌。"

封麟那股拒人于千里的冷意在此刻展现得淋漓尽致。

夏寻谦对自己母亲的死耿耿于怀,他的乖巧从来都是伪装的。

他利用夏家两兄弟的不和,先是拉夏厉下马,夏厉愚昧,斗不过夏寻谦,但夏家长子以及继承人夏峥可不是脑袋空空。

夏寻谦知道自己不是夏峥的对手,他多疑且手段狠辣,所以在夏厉出事后,夏寻谦知道自己第一个跑不掉。

封麟只是夏寻谦给自己找的靠山而已。

违禁品的事情倘若夏峥不处理清楚,夏寻谦在夏峥那里便只有死路一条,他走不通自己的第二条路。

封麟苦涩又淡然地笑了起来。

夏寻谦从一开始的处处示弱,可欺,口口声声的大义,统统都是假的。他只是想赌封麟救他一回,让他继续和夏峥斗。

这半年多的时间里,夏寻谦一点也没闲着,周嵘也在帮他,封麟朋友的身份更是好用。他暗地里处处与曹氏集团做对,更是找出姜楠当年的案件申请重审。

夏寻谦从来都知道自己想要什么,他从未在意过任何人。从夏家回来后态度转变,只是因为用不上封麟了,所以不再俯首谄媚地去讨好他。只是因为用不上了……

封麟轻轻地笑了笑,眼底情绪太多,太满,也太明白。

"我说的话你没听清楚吗?"周嵘声音大了些,"夏寻谦他骗了你,你应该将他赶出封家！赶他走啊！"

封麟没有再与周嵘多言的意思。

周嵘终于忍不住开了口："他还想对封见珏下手！"

封麟面色滞住。

"封麟！你听到了吗？他要对封见珏下手！"周嵘声嘶力竭。

周嵘突然抓住封麟的手腕："我以为他去封家只是想寻求你的庇护！但我不知道他早就知道当年是封见珏害死他弟弟的！寻谦他不会放过封见珏的！"

周嵘言语激烈，手腕上青筋显现。

"夏寻谦将曹氏集团玩到资不抵债，企业产品大范围滞销，夏峥已经因为公司器械问题惹出麻烦。他们几兄弟本就不和，夏家现在乱成一团。他可以钻空子用脑子斗曹氏集团，但封见珏的事情他根本没有证据！"

周嵘越说越激动："不，他根本不需要证据，他只要封见珏付出代价！不然他早离开封家了！"

封麟猛地站起身！他根本来不及听周嵘说接下来的话，便直接拿着车钥匙下了楼！

周嵘见状也跟了过去，他现在只希望封麟将夏寻谦从封家赶出来。

这日下着细雨，连天公都不作美。

封麟开着车往封家去，捏着方向盘的手力道极重！

他说自己没有心，明明……撒谎精才是真正没有心的人。

雨水淅沥，并有越来越大的架势，封麟望着前方的路，车速加快了些。

莫名地，封麟心中感到不安。

# 第五章
## 遇见真相

封麟一脚油门踩到底,将车从小路开到封家后迅速下了车。

封家的大门开了一条缝。

此刻的雨势比刚刚大了许多,封麟一下车身上就被淋湿了。他的心脏跳得有些快,疾步进了屋。

正院没人,他朝自己的卧室走去。当走到卧室门口的小院子的时候,他整个人从头麻木到了指尖!

院子里薛云倒在石板上,夏寻谦半跪在封见珏面前,眼神迷离已经像是没有正常人该有的意识。

少年的嘴角勾起戏谑的笑,没有温度,没有思绪,宛若一个机器人。

而封见珏躺在地上,身上有血迹,已然是没有意识的状态。

"夏寻谦!"封麟只觉得呼吸急促,走到夏寻谦面前一把推开了他,"你在干什么?!"

夏寻谦被推倒在地,他撑起身子的时候看清是封麟。

夏寻谦没有丝毫躲闪,反而笑得更轻蔑了。

落寞,无奈,爽利,得偿所愿。

夏寻谦并不认为封麟会放过他,但此刻封麟眼中的神色是他没有想到的。

真奇怪,封麟在害怕,他在怕什么呢……

这时,急急忙忙跟过来的司机也到了封家,司机看着面前的场景,脑瓜子嗡嗡地叫。

"送去医院!"封麟呵斥道,"送去医院!快!"

封麟的声音极大,又强压着怒意。送谁去医院,司机自然明了。

"是。"司机说着立即动作起来。

他迅速将封见珏裹上衣裳背出了屋子。

司机又看了看薛云,薛云没有外伤,看起来只是受到惊吓,司机便没再管。

"外面的事情我会处理好。"司机对封麟说了一句后便匆匆离开。

司机走后,将封家大门从外面上了锁。

夏寻谦依旧半瘫在地上,淅淅沥沥的雨拍打在脸上。两人在雨中对视,可此刻二人的心境全然不同。

封见珏的事情封麟从来都不关心。

封见珏做的恶事有多少封麟不知道,他是封家二少爷,什么样的事情自己都能处理好,传不到封麟的耳朵里去。

若封见珏真有什么错,也应当由法律来制裁,夏寻谦现在是在自寻死路。

封麟垂眸与夏寻谦对视,他望着夏寻谦那双淡漠空洞的眸,觉得有些无措。

他原本以为夏寻谦只是想利用自己对付夏家,他已经接受了这样的事实。

他想着等夏寻谦心中的仇恨没那么多了,再慢慢地教他放下仇恨,好好活下去,他以为等夏家的事情结束就可以了。

他还小,慢慢教就是了。

可现在事实告诉他,封家也是让他厌恶的。

那该怎么办呢?封家又怎么留住他?他有想过自己吗?真的只有利用吗……

雨水顺着夏寻谦的脸颊往下,少年的脸庞因为寒意惨白了几分。

雨水轻抚着封麟的脸颊,那么轻的力道却让人有种割肉般疼。

"如果我要一个解释,你会说吗?"封麟问他,声音像是干枯的树木倒灌泥沙。

"解释……"夏寻谦坐在地上自嘲。

他现在只是夏寻谦,只是他自己,完完全全的自己。

"你想听什么?"夏寻谦问他。

封麟尽量让自己看起来与往常没有什么区别,但声音依旧是哑的:"处心积虑地接近我,是想要看我的笑话?"

夏寻谦整个人颓废至极,眼尾泛着殷红:"是啊。"

他的话轻飘飘又沉甸甸的。

"那你觉得你做到了吗?"封麟问他。

夏寻谦喷笑了一声,仿佛被抽离了灵魂一般开口道:"或许。"

今天之前都还没最终确认,可是刚刚夏寻谦好像是真的懂了。

封麟他有贪念,可怕的贪念。

"你恨我吗？"封麟垂眸看着夏寻谦。

恨？不知道，细细想来，夏寻谦对封麟是有愧的。

起先，封麟确确实实将他当作故人托付的责任。

但后来，那头血淋淋的狼，学会给别人舔舐伤口了。

夏寻谦就着雨水看向封麟，而自己对他，从始至终只有利用。

因为他姓封，便无端地憎恶他。

"你是帮凶啊，封麟……"夏寻谦抬眸望着封麟，"你是封见珏的帮凶！"

这话出来夏寻谦自己都有些恍惚，他好像在为自己开罪，让自己对封麟的愧疚少一些的自我开罪。

姜楠与小沐是夏寻谦在这个世界上最亲近的人，是自己吃不饱也要分出一半吃食的姜母养活了他。

夏寻谦只庆幸自己有了母亲，没有因为病重而成为被丢到臭水沟的垃圾。

他大小沐半岁，姜楠去医院那日明明托付他好好看着弟弟的，可他没有做到。

夏寻谦亲眼看见了那一幕，当他将小沐救起的时候，人已经没了呼吸。

那日是雷雨天，瓢泼大雨让小河涨了水。那日之后，夏寻谦一直被困在那场雨里。

"封见珏害死了我弟弟！"夏寻谦森森地望着封麟，"你给他做的不在场证明！是你啊封麟！"

后半句话，夏寻谦讲得极其讽刺。

这件事情夏寻谦已经越来越不确定了，但这样的时刻，当然要讲出来。是与不是，他心中早有答案。

封麟与封见珏不一样，从来都不一样。

在渐渐的相处中，夏寻谦都有些分不清自己的情绪了。

封麟的指节骤然攥紧，不在场证明……

他从没给封见珏做过什么不在场证明，但这话讲出来现在的夏寻谦能信吗？又或者说，这好像并不重要，他痛恨封家的所有人。

这个解释一点也不重要，说出来像是在狡辩。

但他还是想说，封麟觉得自己可能疯了："如果我说没有，你会信吗？"

夏寻谦颓废地笑着，身子微微颤动："封麟，薛云提醒过你的，我是个祸害，你就不应该留着我，我会害了封家，她明明提醒过你的……"

夏寻谦的笑声低沉凄凉，他解脱了，终于可以从日日夜夜绕在他脑海中的噩梦中解脱了。

忽然，封麟走到夏寻谦面前，将他扶了起来。

夏寻谦奋力地挣脱："放开我！"

封麟不知道该如何做，他知道现在的夏寻谦全身都萦绕着绝望的气息，可他不要这样的结果，他不要这样的结果……

那便相互憎恶好了。

封麟抬手捏住夏寻谦的肩膀，语气里染上了几分强势的警告意味。

他双目微红："你以为惹上我可以全身而退？"

封麟手上的力道也大了些："我告诉你，你要是死了，我让你死也不得安宁。"

"从今天起，你敢不听我的，我就将那块墓地买下来，到时候我想做什么都行！"

人越在意什么，什么便能唬住他。

夏寻谦求的只是他的母亲和弟弟安息，因为心里的愧疚，他觉得这辈子都无法面对自己的母亲。

这样的话唬不住别人，却能唬住夏寻谦。

下一秒，封麟再次将人拽了起来，这次夏寻谦没挣脱。他任由雨水拍打着脸颊，水落入瞳孔。他眨了眨眼，再睁开的时候，连封麟都看不清楚了。

夏寻谦冷漠地说道："你现在应该去医院看封见珏，我这个病，活不成了。"说着他目不转睛地盯着封麟，"如果我是你，就会想办法让我消失。"

封麟看着他："可我不是你。"

"我不是你。"封麟说。

夏寻谦神色愣住片刻又恢复，封见珏是他的手足兄弟。

夏寻谦本以为封麟不会放过自己，他看不出来封麟的情绪，也猜不出来。

就像现在，他将封家搅得一团糟，封麟不应该是这样的状态。

他应该疾言厉色地骂自己，应该因为自己的欺骗给自己几耳光。

泊城让人闻风丧胆的封先生从来都是这样的，没有怜悯之心，冷冰冰的不可靠近。

"我没给封见珏做过任何不在场证明。"忽然，封麟莫名地重复了一遍。

封麟知道他的心思，现在的夏寻谦想做的都做了，一根筋、倔强又偏执，他觉得自己没有什么可留恋的了。毕竟这个世界上，没有人真正对他好过。

封麟承认，自己一开始只是将夏寻谦当作寻常人，认为夏寻谦为了活命任何事情都做得出来。可不是啊，那不是他。

"所以不要因为他而讨厌我。"封麟的声音轻柔。

夏寻谦挂着水珠的长睫毛轻轻颤抖着，刚刚滑入瞳孔的雨水还未完全淌出来，双眸里血丝明显。

封麟不是个会撒谎的人，夏寻谦也明白自己刚才只是在为自己的愧疚开脱。

他对封麟，真归根结底，讨厌没有愧疚多。一直以来支撑着他的只是对封见珏的恨意，那些恨或许与封家的权势有关，但与封麟从来都是无关的。

夏寻谦神色有些恍惚，封麟应该将自己送走的，他为什么不那么做呢？他可以那么做的。

明明已经破碎成齑粉的关系，封麟好像在拼命地用什么衔接着。

夏寻谦指尖微微蜷缩，他没有回答封麟的话，而是收回了自己的手。

"只有欺骗吗？"封麟与那双淡漠如霜的眸对视。

"撒谎精说了那么多次想活，没有一次是真的吗？"封麟问他。

夏寻谦的瞳色在细微地变幻，那么多次想活下去没有一次是真的吗?他不知道,他浑浑噩噩的,早就分不清楚现实与梦境了。

"没有。"夏寻谦的声音冷冷的。

封麟好似早已料到,颓废地勾了勾唇。

他给夏寻谦包扎了伤口,而后将人安置在自己的卧室里,屋内所有的尖锐物品全部被收走了。

"如果敢跑,你知道后果的。"封麟从屋内走了出来。

从屋内出来后封麟去了书房,书房门关上的那一刻,他死死地抵在门上,脑袋仰着。那一刻,所有压着他的情绪一瞬间全部散发了出来,像是一只只利爪,他只觉得自己浑身上下都是疼的,血脉翻涌点着火苗般疼。

那种滋味让人觉得无力,血肉模糊的人从来都不只是夏寻谦。

恨吗?当然恨。他恨夏寻谦的无情、冷漠和步步为营,恨夏寻谦的一再利用,恨夏寻谦的伪装设计。

自己只是他的棋子,封麟眼底全是自嘲。

可除了恨呢?他更心疼夏寻谦一人经历的种种,他的坚忍和淡漠,他的不顾一切,百折不挠。

这个时候如果恨更多,那夏寻谦该怎么办呢?他一直想救活的人,没有任何退路。

忽然间,封麟自嘲般笑了出来。怎么办呢,幸好自己不会像其他人一样将他那样随意地放弃。

封麟一个人独自在书房待了许久。

一个小时后,薛云醒了过来。

薛云被封麟警告后,发了疯似的跑去了医院。

当天晚上九点,被夏寻谦伤到的封见珏才脱离了生命危险。

封见珏捡回了一条命,夏寻谦也是。

听见封见珏醒了的消息,封麟如释重负地松了一口气。

晚上十点,封麟推开了卧室门。

进屋他才发现,之前送去的午饭夏寻谦没吃,晚饭也没吃。

夏寻谦躺在床上,蜷缩着,身上没有盖被子,手臂上的伤又有些渗血了。

封麟走到床侧坐下，他知道夏寻谦没睡。

他直接将夏寻谦扶了起来。

夏寻谦挣脱了一下，封麟没管，将人扶到了屋内茶桌椅子上坐下。

封麟在他身侧坐下，十分认真地给他盛了一碗粥。

"吃了再睡。"封麟的话不轻不重。

夏寻谦虚虚地看了封麟一眼。

封麟威胁夏寻谦的方式有很多，夏寻谦没有任何资本与他对峙。

夏寻谦没动，他眼神飘忽着，话也轻蔑："你应该恨我，我们应该相互憎恶。"

封麟给夏寻谦倒了一杯温水："我恨你的话，你不是就什么都没有了吗？"他眼神认真地看着夏寻谦，"如果你还在赌的话，现在也赢了。我会管你，不放弃你。"

封麟知道夏寻谦没给自己留退路。

他一直以来都以为自己知道所有的事情之后，一定不会放过夏寻谦。

他说："我不怪你，也不恨你。"

是封家在这牢笼糟粕里，夏寻谦不敢奢望正义。

可封麟却好像清白规矩。

封麟说："错了就是错了，一切的罪责都应该由该承担的人承担，我庇护的是封家的清白，不是手足情谊。我不会帮他，我要帮的人是你。"

他没有错，没有一点错。

就如他心中想的一样，但凡封麟对他的可怜少一点，他都必死无疑。

封麟愿意让夏寻谦在自己这里开脱，他要夏寻谦好好地活着，那些账，日后再算。

比起其他的情绪，封麟的怜悯更多。

夏寻谦眼神低垂，他望着眼前的粥，封麟的话一句一句在他脑海里重复。

这一点也不像封麟，为什么会不恨呢……

眼前的画面渐渐模糊，夏寻谦是一个结果主义者，他一直知道自己想要什么。

可当他真的实现了自己之前一直想做的事情之后，有解脱，也有让人喘不过气的压迫。

那种滋味好似胸口被压了千斤重的铁榔头，让人呼吸困难。

但莫名地，却在封麟说不恨他的时候松懈了些。

封麟拿了一把调羹放在夏寻谦面前，他没有讲刚刚的话，而是说："吃了再睡觉。"

夏寻谦呆愣了好一会儿。

"夏寻谦该死对不对？"他问封麟。

"夏寻谦不该死。"封麟回答他。

"他很乖。"封麟说，"也很勇敢。"

夏寻谦侧目望着一侧的窗，窗帘轻轻地飘荡着。好奇怪，封麟好像真的和封见珏不一样。

夏寻谦拿起面前的调羹吃了一口粥，是封麟做的，真的很难吃，色香味全无。

夏寻谦咳嗽了一声，而后兀自吃第二口、第三口、第四口，慢慢地吃完了。

封麟注视着夏寻谦，他虽然吃得慢，但吃得很认真。

吃完后，夏寻谦推了推面前的碗。

"不好吃？"封麟眉头微拧。

夏寻谦："好吃。"

封麟觉得从夏寻谦的表情上来说，应该是不太好吃的。

碗底还剩一点，封麟拿了个新碗，把粥倒进去尝了尝，眼神顿了须臾，尴尬地摸了摸鼻尖："人都是有缺点的，就像我做饭不太好吃。"

夏寻谦看着封麟，面色有些怪异，甚至是窘迫。

封麟重新给夏寻谦盛了一碗汤，饭菜热过几次，管家白天出门晚上才回来，听到夏寻谦做的事情什么话都没说，只是将饭菜热得勤了些。

封麟将汤递给夏寻谦："这个是刘叔做的。"

忽然间，夏寻谦抬眸与封麟对视，话转得快又没有预兆："欠债是要还钱的，任何事都是有代价的。"

"封见珏没死。"封麟的语气淡淡的，"当年的事情没有任何证据，我希望你不要再做任何愚蠢的事情。你一条命想舍弃便舍了，有想过别人吗？想过担心你的人要如何接受吗？"

夏寻谦苦涩地勾唇："这个世上，谁会在意夏寻谦的死活。"

"我会。"封麟急言打断，"我在意。"

那一刻，时间好似停滞了一秒，少年纤长的睫半顿着。

猛地，夏寻谦的心脏跳得快了些，他自己都听得清楚。

封麟说他在意，那夏寻谦也是可以在期待里活下来的是吗……

夏寻谦从没想过退路，只会利用和讨好。

忽然，他听见封麟说："尝试着活下来。"

夏寻谦回望封麟递过来的汤，很清淡，像水一样，与少年的心境同频。

他的指腹微微蜷缩，怎么会有人那么信任一个人呢。

"试着活下来。"

夏寻谦捏着勺子的手不安地摩挲着。

"明天我可以陪你去看日出。"封麟看着他，突然说道。

夏寻谦整个人怔愣住，言语中带着丝丝苦涩："你想救我。"

"寻谦，你还年轻。"封麟的声音被风轻拂，"撒谎精说过的所有话都不算数吗？"

封麟是封麟，也不只是封麟，他是庇护万翱不被瓜分的雄鹰，这样的人，现在在自己面前说想救自己。

像做梦一样。

这样的封麟和之前那个冷冰冰的封麟一点也不一样。

夏寻谦淡漠的眸子里有了几分情绪，他从不觉得自己要得起封麟，从不奢望的朋友知己，莫名其妙地，他好像得到了。

不是一杯水，是一片汪洋。

夏寻谦喝了一口面前的汤，确实比刚刚的粥好喝。

封麟见夏寻谦没应，站起身："吃好了我让刘叔来收，你早点睡。"

夏寻谦看着封麟的背影，眼神呆滞。

吃完饭后，夏寻谦从卧室走了出来，便看见封麟在楼道拐角的柱子旁靠着抽烟。

从夏寻谦的位置看过去，只能看见一点背影和侧脸。

夏寻谦倚在门口看着，封麟一个人在那里站了许久。

那股浓烈的尼古丁的味道十米外都能闻到。

屋檐缓缓地淌着雨丝，空气中尽是湿意，绵密的雨拍打在院子中的树枝上，不宁静。

不知道过了多久，封麟往屋外走去，再回来的时候已经是六天以后。

也是那日，封见珏意识清醒了许多。

夏寻谦可以在封家行走，但到门口的时候会被管家拦下来。

"寻谦，你这次真的惹大麻烦了。"管家呵斥道。

夏寻谦不知该怎么接这样的话，抓住管家的手，说："您送我走吧。"

"说什么呢！"管家啐了一声，"封见珏缺德事做得多，早晚纸包不住火，这回就当给他个教训。封先生已经去查当年的事情了，他不会委屈你的。"

夏寻谦闻言，神色骤然一变："真的？"

"是真的。"管家放下手中拿着的扫帚，"他这几日都在外面，他不会给封老二反咬你一口的机会的。"

夏寻谦紧紧攥着手指。

管家这时有些埋怨地瞧了夏寻谦一眼："你不应该这么骗他的。"

"昧良心的。"说着他哼了一声，"我还说封先生狠心，到头来狠心的是你，把我这把老骨头都算计到里面去了！"

说完管家瞪了夏寻谦一眼："你心里都不愧疚吗？"

夏寻谦眼眸低垂，一开始没有，但后来……封麟好像一直都拽着他，怎么会不愧疚呢。

"不说话是什么意思？"管家用力地拍了夏寻谦一下，"啊？你不讲话是什么意思？"

夏寻谦正好被拍到了伤口上，疼得他眉头拧起。

"该！"管家一改往常，一点没有关心。

"该你疼！"

夏寻谦抬眸看向门口，自己在方寸思绪当中。

"他……什么时候回来？"夏寻谦轻声问道。

透过门缝可以看清外面的树，绿幽幽的，夏寻谦的思绪随着飘远。

"嗯?"管家听见这样的话,面色顿时好了许多。

夏寻谦快有半年多没这么问过他了,自打从夏家回来,他就没问过。之前夏寻谦每回都会去门口等封麟,自那之后也再没等过。

"今天晚上会回来。"管家试探了一句,"要去等他吗?"

夏寻谦一开始没回答。

半晌,屋外的树叶落了几片。

"等吧。"夏寻谦说。

每次做什么事情连饭都不知道吃的人,这几天又要瘦了吧。

这日夏寻谦在门口等了许久,封麟没回来。

看着门口越来越大的雨势,夏寻谦被管家劝了回去:"雨下大了,封先生可能在外面找地方住了。"

夏寻谦又站了一会儿,而后回了屋。

这日是难得的雷雨天,几个惊雷劈下来,只让人觉得屋子都能跟着颤动。

夏寻谦不怕雨,他只怕滚着惊雷的雨天,那是他一生都没办法将自己解救出来的深坑黑潭。

夏寻谦到屋内便上了床,蜷缩在床角,手紧紧地抱着脑袋,额间泛起层层薄汗。

屋内没有掌灯,夏寻谦的身子轻微地颤抖着。

封麟这日没打算回来的,因为雷雨,他才风尘仆仆地往家里赶。

他推开卧室门的时候,正看见蜷缩在角落里的夏寻谦。

"轰隆!"又是一个巨大的响雷,床上的少年将自己抱得更紧了些。

封麟疾步到床旁,担忧地叫了夏寻谦的名字:"寻谦。"

夏寻谦好似没听见,依旧手抱着脑袋死死地护着自己。

"寻谦!"封麟拉着夏寻谦的手腕,夏寻谦好似受了惊吓,双眸猛地睁开,还没来得及看清封麟的脸就害怕得想跑。

"不怕……"封麟轻抚着少年的后背。

夏寻谦的身子因为高度紧张烫得厉害。

封麟轻声安抚着:"不怕……"

他感觉夏寻谦整个人瑟缩了一下。

熟悉的声音在头顶响起，温柔和煦，一改往日厉色。

夏寻谦浑身无力，因为害怕而呼吸急促，颈脖、脸颊的汗渍怎么也消散不去。

夏寻谦抬眸，隐隐约约能看清封麟的轮廓，虽然不清晰，但他知道是封麟。

"封麟……"夏寻谦呓语般呢喃了一声。

"别怕。"他说，"我在这里。"

头顶的惊雷劈下来，夏寻谦下意识地躲闪，下一秒封麟捂住了他的耳朵，他浑浑噩噩间听到封麟告诉自己别怕。

温暖，不那么炙热，也不那么灼人。

床帐飘荡着，风绕着屋子走，凉意越来越深。

封麟一直安抚着夏寻谦，少年有些不清醒，一开始还在挣脱，后来才安静了下来。

夏寻谦的手指抓着封麟的衣裳，呼吸渐渐平稳，那种无力且撕裂般的压迫和惧意与温暖的气息打成平手。

因为精神紧张又缺氧的状态维持得太久，突然舒缓下来，夏寻谦便昏昏沉沉地睡了过去。

许久后，封麟才感觉夏寻谦呼吸正常了起来。

少年的眼尾泛红，唇色有些苍白，眼眸闭着，眉头依旧没有舒展。

封麟将人扶到床上掖好被子，起身正打算拿条毛巾给夏寻谦擦拭一下头上的汗渍，夏寻谦的手便下意识地抓了过来。

少年的手紧紧地抓着封麟的几根手指，那力道是少有的紧，像是当作了什么救命稻草般死死地攥着。

"母亲……"

屋外电闪雷鸣，树枝嘎吱嘎吱地响着。

封麟微微俯身，借着床头微弱的灯，拿毛巾擦了擦夏寻谦额头上的汗。

这日雷雨大，以至于封麟一整夜都没睡着。

第二日醒来的时候，夏寻谦脑袋昏昏沉沉的，一睁开眼便看见封麟在床旁靠坐着歇息。

夏寻谦大脑宕机了一会儿，趁着封麟没醒，迅速转了个身。

夏寻谦刚有动作，身侧的封麟便醒了过来。

或许早料到了，封麟睁开眼眸的时候，眼神里满是苦涩。

有心无心的，夏寻谦都裹着寒霜似的。

封麟支撑着身子起来，他穿好衣裳后夏寻谦依旧在床上装睡。

"别装了，我又不会吃了你。"封麟喃喃一声，怨气重得很。

夏寻谦动了动身子，下一秒封麟扔了一件外衣给他："穿上。"

夏寻谦穿好衣裳，封麟已经出了房门。

他洗漱之后去了小餐桌。

封麟不在。

夏寻谦吃了一碗瘦肉粥，管家在修剪院子里的花草。

管家过来的时候，夏寻谦抬眸窥看了管家几次。

管家："想说什么就说，你这样瞥着我看，我还以为你想抢我钱呢。"

夏寻谦捻了捻手里的调羹，问："他人呢？"

"什么人？"

夏寻谦："封麟呢？"

管家眉头蹙起："不是说了封先生昨天不回来吗？现在应该还在外面呢。"

夏寻谦比管家的眉拧得更深："没回来？"

管家诧异："回来了？"

管家观察着夏寻谦怪异的神情，一脸不解："你看见封先生了？"

夏寻谦意识到封麟可能有急事又走了，他浑浑噩噩地想起昨日夜里，封麟……是特意回来的吗？

夏寻谦脑海中突然有什么东西炸开，思绪混乱。

他抬眸看着封家的院子外面，眼神晦涩难懂。

"看见了。"夏寻谦敛目，"好像是生气了。"

"生什么气？"靠近一步，"你们吵架了？"

夏寻谦："他很凶。"

管家："他凶你了？"

夏寻谦："嗯。"

管家:"不信。"管家思索着,"封先生这两天忙着呢,是有什么急事吗?是有什么文件忘家里了?"

夏寻谦抿着唇,莫名地说了一句与他性子相反的话:"哄小孩。"

三天后,封麟回来了。

这次没那么着急,想必是事情处理好了。

夏寻谦在院子里看着人过来的时候,微微僵了僵。

他好像许久许久没看见封麟了,那种滋味让此刻的他有些窘迫。他下意识地捏紧衣角,不知道该以什么样的姿态面对封麟。

封麟走到夏寻谦面前,他带过来的风微凉,扑在少年的脸庞,是好闻的木香。

封麟的气息总是浓烈的,站在跟前,所有一切都能让旁人忽略,只记住他。

夏寻谦脖子往一旁侧了侧,封麟才敛目与之拉开了些距离。

现在的夏寻谦靠着封麟的庇护活着,如果他想自在,便应该讨好这棵救命稻草才是。

可他没有,他抗拒便是抗拒,封麟能清清楚楚地猜出他的心思。

封麟垂目看了夏寻谦一眼:"陪我一起吃个饭吧。"

夏寻谦没拒绝,跟着封麟去了餐厅。

封麟这日从外面回来没提前告诉管家准备,家里没有现成的热菜,他走到餐桌旁拉开凳子就坐了下去。

他望向夏寻谦。

"你给我做。"

夏寻谦眼眸睁大了些,虽然对封麟的乱七八糟的情谊他理不清楚,但做一顿饭他是愿意的。

一直以来夏寻谦想的是封麟残暴、偏执,自己利用他、设计他,在他手上不会有什么好下场,夏寻谦对封家本就有着无限的恨意。

但现在他好好地站在这里,封麟拖拽着他,希望他好,但自己好像给不了他什么。

"你喜欢吃什么?"夏寻谦轻声问他。

封麟抿着唇,听见这样的话,心免不得一揪,眼神中有几分落寞:"你不是打听得一清二楚吗?我的喜好。"

夏寻谦垂目而后转身。

封麟说得没错,他知道。

为了讨好利用封麟,封麟所有的喜好禁忌夏寻谦都一清二楚。

见夏寻谦去了厨房,封麟直接从椅子上站起来跟了过去。

"你做什么?"封麟好奇地问他。

夏寻谦面色淡淡的:"吃饭的人不挑理,我做什么,你吃什么。"

"为什么答应?"封麟突然开口。

"答应什么?"

封麟:"给我做饭。"

夏寻谦伸手拿起灶台上的刀,锋利的刀刃照射出人的影子。

封麟迅速往前一步,神色有些紧张。

夏寻谦又从菜篮子里拿出一颗青菜:"想毒死你。"

"什么?"封麟没听清楚。

夏寻谦一脸严肃地看了封麟一眼:"出去等着。"

封麟后退一步,走出厨房,一直看着里面的夏寻谦。

十几分钟后,夏寻谦给封麟端出来一碗看着十分普通的素面。

封麟看着面前的面也很高兴,即使夏寻谦给他煮一碗清汤他都高兴。

刚刚夏寻谦做面的时候还笑了,他一笑封麟就高兴。

封麟拿起筷子吃了一口,毫不吝啬夸赞:"好吃。"

夏寻谦:"我知道。"

封麟又吃了两口,翻动了一下,面里有一个形状漂亮的荷包蛋。

他抬眸,夏寻谦神色如常。

封麟将那碗面全部吃完,吃好后将夏寻谦带去了书房。

第二日,夏寻谦扣好衣裳,试探地询问封麟:"我今天可以出去吗?"

封麟神色黯淡了几分:"去哪儿?"质问出口后他立即改口,"我陪你一起去。"

夏寻谦答应了下来:"好。"

封麟:"好处呢?"

他本以为夏寻谦是想出去透透气，但夏寻谦说的地址是自己母亲的墓地。

夏寻谦买了两束花，到墓地后，又将两座墓碑的杂草清理了一下。

徐徐的风拂过发梢，温柔到了极点。

封麟站在夏寻谦身后，他看不懂夏寻谦讲的什么。

姜楠生前有些聋哑，夏寻谦安安静静地给姜楠打了许多手语。

他告诉她当年的医疗事故被重新核查了，告诉她小沐的事情自己能给她一个交代。

他还告诉她，夏家所有人都不会有好下场。

夏寻谦的手语打得极慢，封麟瞧着他，只觉得面前的人随时都要碎了。

夏寻谦嘴角突然勾起一抹笑意，他告诉姜楠，自己好像没那么孤零零的了，那是不是活着会好一点呢……

封麟同旁人说的一样，雷厉风行地对待一切，只在乎利益。

但他对夏寻谦好像不一样，会认输，会屈服，会心痛，会想要夏寻谦好起来。

夏寻谦从口袋里掏出几颗糖果放在小沐的墓碑前。

"小沐今年十九岁了。"夏寻谦声音嘶哑。

封麟望着地上的夏寻谦，眼神一直没移开过。

夏寻谦起身的时候擦了擦墓碑，回身与封麟的目光交织在一起。

"说了什么？"封麟好奇地问，"不想说也没关系。"

夏寻谦往前走，抬眸看了看头顶的天："封麟，回家吧。"

封麟的眼神一直在夏寻谦那单薄的背影上。

他没将夏寻谦带回家，而是带去了医院。

夏寻谦很抗拒。

封麟哄着他将全身上下都检查了一遍，除了常年的积症，医生又将封麟拉到一旁说了些什么。

封麟从医生办公室出来的时候，夏寻谦观察着他的神色，但没多问，他自己的身体自己清楚。

从医院出来后，封麟带着夏寻谦去老城区的拆迁区看了看，带他吹了吹风，走了走石青路。

夏寻谦好像被风吹得清醒了些。

"你不喜欢封家对吧？"封麟的调子淡得风吹即散。

风吹过封麟的头发，两人在河堤围栏前停下，隔着两米站着，沁凉的气息绕在身侧，能感受到不被束缚的自由。

封麟注视着下方的河流，流动的水不平静，他的心也是。

夏寻谦瞳孔细微收缩，他不知道该怎么回答这句话。在夏寻谦的潜意识里，他的人生只有恨意，那样的结果是万劫不复的。

如今这样的局面，夏寻谦微微蜷缩着手指，他也算伤了人心了。

夏寻谦侧目看了封麟一眼。

封麟朝着夏寻谦走近，突然从口袋里掏出一张银行卡递给夏寻谦。

"这里面的钱够你下半生生活无忧，也不会让你被现在的病所困扰！"

夏寻谦愣了一下，没接，封麟继续道："我知道你讨厌封家，也不想待在封家，拿着这个你想去哪里都行。"

夏寻谦明显被封麟的话惊到，他不是一个会考虑别人的人，想留着谁各种方法都会试一下，总能达到目的。

可封麟现在却让自己松开那道枷锁。

"你……"夏寻谦不明白。

封麟轻笑一声，面上有几分颓然："你才是个没有心的人。"他接着自己的话，"我知道你不喜欢被束缚，也从未设想过和我有瓜葛。你喜欢自由，我便给你自由。"

说着封麟将卡强行塞到夏寻谦手里："因为没有预想过好的结果，所以不给自己留退路，我会帮你，是你所有计划中的意外。"

封麟嘴角微微勾起，眼底是窥不到底的深渊。

"当别人算计着利益的时候，你想的只是死后怎么去面对自己的母亲，你没有心我不怪你。"

封麟凝视着夏寻谦，漆黑的眸发涩："不是所有人都会站在无涯的黑暗里。"

封麟的话让夏寻谦的心下沉，一时间不知目光如何聚焦。

"有时候真的想揍你。"封麟的话绕着夏寻谦的耳畔回响。

夏寻谦眼眸低垂,不知道怎么回答,说对不起封麟也不喜欢听。他眼神探究,问:"你真的……愿意让我走吗?"

封麟已经听出来了夏寻谦的意思:"我的要求是住在泊城,不要离我太远的地方,告诉我住在哪里。你不喜欢打电话,就每个月给我写一封信。毕竟,我答应了你父亲。"

最后,封麟说:"按时吃药,我不会去打扰你。"

夏寻谦唇抿成线:"那……封麟的关照是有时间界限的吗?"

封麟闻言苦笑一声:"你怎么那么贪心,什么都要。"

夏寻谦:"不能贪心吗?"

"能。"封麟一脸无奈。

溪流潺潺,细微的声音安抚人心。

夏寻谦往封麟身边走近一步,他抬眸看着封麟,两人的距离逐渐拉近。

忽然,夏寻谦抬起手,试探性地与封麟握了一下。

封麟整个人僵了须臾。

"夏寻谦,你这是什么意思?"封麟问他,"你说清楚。"

夏寻谦的声音闷闷的,他说:"谢谢。"

夏寻轻轻地放开了封麟的手。

# 第六章
## 重新开始

这日两人在老城区的河廊分开，夏寻谦没拿那张卡。

他在泊城市郊区的粼水镇租了一间房子。

夏寻谦喜欢安静的地方，他遵循着封麟的意思，每个月都给他写信。

4月：问先生安。

封麟回了他两千字。

5月：问先生安。

封麟回了他四千字。

6月：先生安。

封麟回复：不想写就别浪费纸。

笔尖用力到把纸都戳破了。

7月：在做杨桃酒，有好好吃药，会了两道粼水菜，问先生安。

封麟来了第二封：记得吃药。

夏寻谦：好。

夏寻谦在粼水镇住了几个月，当所有的仇恨都被翻出来反复晾晒后，他的心境也发生了一些变化。

他清清楚楚地意识到，自己不厌恶封麟。

他本就是这场泥泞中唯一干净的人，不是偶然想到了一瞬即逝的陌路人，是焚身浴火也想靠近的光源。

他舍不得扔掉手上的银镯子。

也是那日，夏寻谦去了医院，他问的是自己的病有没有治愈的可能。

"为了一个人，所以想活得久一点。"

"朋友？"医生问他。

"像家人一样的朋友。"

离开封麟几个月后的某日，夏寻谦给封麟的司机打了一通电话。

对面声音嘈杂。

"欸，你说真的？真的？！"是封麟司机的声音。

司机明显不相信："你都不知道你走了以后封先生脾气越来越大，全公司的人每天都胆战心惊的！"

"你真的回来？！"司机再次询问。

夏寻谦咳嗽了一声："按你们万翻的招聘要求我进不去。"

司机声音粗犷:"没问题!没问题!你想来我马上去接你!"

当天司机便开车去了郲水镇。

司机将夏寻谦接回来的时候,夏寻谦让他别告诉封麟。

"为什么?"司机一脸不解。

夏寻谦一脸正经:"我是去上班的。"

"不是……"司机眉头拧巴着,"你上什么班?"

"赚钱啊。"

司机咧着嘴满脑袋不解:"敢情你现在跑来就是为了上班?"

夏寻谦:"人都是要赚钱的。"

和周嵘一起投资的那些公司的股份夏寻谦全给周家了,他现在一个自由身,也没想做多大的事,本来身体也不允许。想来想去,既轻松又能天天见到封麟,去万翻集团,最好不过。

这时夏寻谦想到什么,突然自顾自地问:"我家门口那些快递都是你放的吧?"

司机:"我放的。"

夏寻谦:"谁买的?"

司机:"封先生买的。"

夏寻谦坐上车的时候,从封麟买的一堆东西之中挑了两个实用的带着。

夏寻谦:"你给他出的主意?"

司机:"应该……是他自己吧?"

夏寻谦一脸没好气。

司机:"怎么了?封先生都买什么了?"

夏寻谦两眼一抹黑:"买菜!他买菜!"

司机差点笑得车轮打滑。

夏寻谦咳嗽了一声:"你别笑他。"

司机抬手揉了揉嘴角:"你刚刚上车前拿的什么啊?"

夏寻谦:"一斤牛肉,今天不吃会坏的。"

"我以为……哈哈哈……我以为封先生天天给你买什么呢。"

夏寻谦眼神转到一边,问:"上个月……封麟是不是悄悄去过郲水镇？"

司机言语顿了顿："你……看见了？"

"嗯。"夏寻谦目光柔和，"我知道。"

司机："你没良心。"

夏寻谦也不否认："嗯。"

司机："要是别人像你这样对他，早被我揍一顿了。"

夏寻谦："嗯……"

司机："你骗他，有错。"

夏寻谦面色认真："我会跟他好好道歉的。"

这件事情夏寻谦想通了，既然欺骗在他，他会给封麟道歉，认认真真地道歉，让这份情谊从那个肮脏的开始变得纯粹些。改变不了开始，便改变结果。

"以后别骗他就行。"司机跟了封麟那么久，很了解他，"道歉就不用了，他自己能讨回来。"

夏寻谦："什么……意思？"

司机："你会知道的。"

司机轻笑一声，他望着前面的路，只觉得自己要加工资了。

司机把车开到公司大楼的时候，再次询问夏寻谦："真不告诉封先生吗？你要真想工作，他可以给你安排一个更好的。他知道你来了肯定高兴！我的话……就只能让人给你找一个打杂的活干……"

夏寻谦："打杂也行。"

司机将夏寻谦带上楼后，给他带去了公司的一个资料部门。

屋内是一间单独的办公室，四个工位独立出来。

屋内几个人看着年纪都比夏寻谦大些，但都是年轻人，整体氛围活跃。

"我刚刚跟他们交代好了，你在这里玩就行。"

"封先生没什么事一般不来公司，今天有个会，待会儿他来了，你就跟他一起回家吧。"

夏寻谦点了点头："谢谢您李叔。"

"嗨。"司机扬了扬手。

"说什么话呢,你回来我高兴都来不及,你都不知道封先生脸拉着有多吓人。"司机挡着手和夏寻谦说着悄悄话,"他看到你肯定高兴!"

说着司机环顾了一眼办公室:"你们多照顾照顾寻谦啊,他不懂,少交代点事情给他。"

司机走后,夏寻谦见面前的同事便自己忙自己的去了,也没搭理他。

夏寻谦侧目看了一眼自己一侧的男同事,试探地问了句:"有什么需要帮忙的吗?我都可以。"

"不用。"对方戴着眼镜,没正眼看夏寻谦一眼便拒绝了,好似不痛快,又嘀咕了一句,"人家一个个有能力、有学识的求职者想进万翮的门都进不了,却有人因为是司机的亲戚直接就进来了,真是可笑。"

"刘绪,你小声点,小心得罪人。"边上另一个接着咖啡的同事也阴阳怪气地接了一句。

物件拍打在桌面的声音在耳畔响起。

夏寻谦面色沉了沉。

这时,坐在夏寻谦对面的一个女孩站了起来,走到夏寻谦面前给了他一沓资料:"寻谦,这个你帮我顺着页头整理一下,刚刚打乱了。"女孩的语气温和,朝夏寻谦笑着,"你别听他们乱说,他们就是心理不平衡。"

刚刚戴眼镜的男人轻轻嗤笑一声:"有人做还不让人说了?"

女孩瞥了对方一眼:"你有本事你也做啊,既然能在一起,大家日后各凭本事就是了。"

男人站起身拿着资料出了办公室:"你说的没错,各凭本事,下个月的晋升,你怕是没机会了。"

女孩听了这话也不恼,她拿着资料递给夏寻谦:"能在万翮工作,大家自然都是不差的,要想学东西,得靠你自己。"

女孩说着从口袋里掏出一块巧克力递给夏寻谦:"我叫Paisley(佩斯利),入职快乐。"

夏寻谦回望了女孩一眼:"谢谢。"

一个小时后,Paisley过来拍着夏寻谦的肩膀:"你学东西真快!"

夏寻谦眉头蹙了蹙，看着面前的资料："这些很难吗？"

"很……简单吗？"Paisley一脸诧异。

夏寻谦眼神流转，转了话题："封麟一般不来公司吗？"

"封麟是谁？"Paisley猛地顿了两秒，反应过来后直瞪眼，"你说封董吗？他很少来公司，但今天会来，你想见封董吗？"

想到封麟那张脸，Paisley活跃了起来："你也觉得他很帅对不对！"Paisley毫不吝啬对封麟的夸奖，"简直就是我的梦中情人！高贵持重，严厉冷冽，浑身上下都透着疏离不可接近的气势！年纪轻轻独自掌舵万翮集团！真是……"

见夏寻谦一脸无语的样子，Paisley拍了拍他："你这是什么表情？"

夏寻谦："你喜欢他？"

"喜欢啊。"Paisley一脸正经，"谁不喜欢啊，我们公司很多人喜欢他的。"

这时，门口突然有人来敲门："主管让送一份资料给会议室，封董刚刚突然要看这个项目的资料，他们没准备，让我们送去！封董现在正发火呢！"

办公室内几人面面相觑，这时候去会议室送资料，不是往枪口上撞吗？谁敢去？！

Paisley迅速转身："我忙，我忙。"

刚刚呛夏寻谦的男人也摸了摸鼻头："我上个月的报表还没完成呢。"

门口来要东西的人顿时就火了，他朝夏寻谦喊："你去。"

夏寻谦身旁的男人见状，急忙将找出来的资料递给夏寻谦："给你，送进去就行。"

夏寻谦接过资料，心想，封麟有那么吓人吗？

他的脑子转着转着，最后得出的结论是：好吧，确实凶。

夏寻谦拿着资料站起身，而后跟着会议室的人到了万翮最大的那间会议室。

里面的氛围十分压抑紧张，夏寻谦站在门口，恰巧听见封麟拍桌子的声音。

"谁做的风险评估？不先搞清楚对手的意图，就在这里洋洋洒洒地得意吗？预估资料呢？！"封麟带着寒意的话压迫得底下的人个个自危。

"嘎吱——"推门声响起。

这时夏寻谦站直身子，拿着资料推开了会议室的门。

封麟冷着眼看过来，眼睛旋即越睁越大！

诧异得封麟整个人愣了片刻。

封麟的喉腔有些发涩，他没办法形容自己此刻的心情。

他本以为夏寻谦就是个不折不扣的混蛋，可现在夏寻谦就那么乖乖地站在自己面前，他莫名地紧张起来。

封麟站起身，疾步到夏寻谦面前，而后带着人出了会议室，脸上的表情又惊又喜。

会议室内的多名高管面面相觑。

高管1号："封董什么时候这么不沉稳了？"

高管2号："那人是谁？"

高管3号："封董刚刚是笑了吗？是吗是吗？"

高管4号："炸裂！！！"

刚刚不是还骂人的吗？怎么一下子就转性了？

"那人是谁？"不知道哪位没忍住，小心翼翼地问出了声。

"谁知道啊，吓死人了，刚刚那人是哪个部门的？待会儿调给我。"另一个高管直接要起了人。

"好像是朋友……"上次见过夏寻谦的一人突然开口。

"我怎么感觉封董怕他啊……"

封麟将夏寻谦直接带去了休息室。

他脸上是止不住的笑意，那张脸柔和得有些不可思议。

他不太爱讲多余的话，此刻看见夏寻谦就只觉得高兴。

这几个月来封见珏因为涉案被审查，当年夏家在医院的闹剧也被重新调查。封见珏自顾不暇，夏家个个自保，所有的一切都在朝着夏寻谦预想的方向走，他成功地将夏家和封家搅得一团糟。

夏寻谦抬眸看向封麟，这场骗局中最痛苦的就是封麟了，清醒地入局，清醒地做一个君子。

"我回来给你工作。"两人对视间，夏寻谦说。

夏寻谦眼眸发涩，他觉得自己已经够勇敢了，可看到封麟依旧会激动不已。

封麟眼眸有些酸涩："真的愿意回来？"

"嗯。"

"撒谎精说的是真的对不对？"

夏寻谦嘴角勾起一抹灿然的笑："真的。"

如风一般躁动，羽毛划过那处，封麟也赢了一回。

"以后好好活着。"夏寻谦与封麟对视，手捻衣裳不自觉地微颤。

"笑……笑什么？"夏寻谦啐了一句。

封麟微微俯身探目去看夏寻谦："自己悄悄来的？"

封麟的声音温和，夏寻谦侧到一边："我来工作。"

这时封麟才认真观察起夏寻谦，少年穿着简易的白衬衣，脖子上还挂着万翻集团的工牌。

封麟一把抓住夏寻谦身上的工牌。

"资料部……"封麟差点没笑出声，他摩挲着手上的工牌，与夏寻谦直视，"给我打工啊？"

"人都是要赚钱的。"

封麟哼声笑了出来。

这真像是充满活力的夏寻谦能讲出来的话。

没等封麟反应过来，夏寻谦便蹲下来去捡刚刚散落在地上的资料。

封麟见状，也蹲下来与他一起捡。夏寻谦倒是没想过堂堂万翻董事在地上认认真真捡资料的场景。

莫名地，他觉得封麟好像捡得很开心。

捡起资料后，封麟依旧将夏寻谦带去了会议室。

后半场的会议开得异常轻松。

夏寻谦坐在最后面的小椅子上，看完了后半场的会议。

会议结束后，各高管都散了，夏寻谦依旧坐着。

封麟从董事椅上下来，朝着夏寻谦走了过去。

夏寻谦站起身："我工作去了，五点下班。"

说完他跑得比兔子还快。

封麟看着夏寻谦急匆匆的背影哭笑不得，他知道夏寻谦的性子，有点事情做确实是好的。

于是乎封麟这日破天荒地去了资料部门，他拉着一张椅子就那么坐在部门的休息区。

整个下午，资料部门的几个人紧张得连厕所都没敢上。一个个问好后脑袋比谁都垂得低，生怕一个不小心和封麟对视上。

夏寻谦看着就那么坐在那边的封麟，也没管他。

最后是Paisley没忍住，大着胆子走到封麟身边问了出来："封董，您……您是要找什么资料吗？"

"不用管我。"封麟一本正经地看着手里的报纸，"没找什么。"

Paisley蹙眉紧张了起来，回想所有可能做错的事情："那您是……"

封麟："等小孩下班。"

Paisley喉咙被一股气卡着不上不下，她内心慌张，表面却神情自若地转目。她顺着封麟的眼神看过去，是夏寻谦！！！

Paisley浑身无措的滋味让她整个人看起来不知道想做些什么，她不动声色地离开，走到刚刚呛过夏寻谦的眼镜男面前。

"刘绪，你完了。"

"什么完了？"刘绪闻言眉头紧蹙，因为封麟在不远处的休息区他没敢太大声，"别吓我，我可没做错什么事！"

"寻谦不是来上班的，是来视察的！"

刘绪："什……什么意思？"

Paisley："你待会儿就知道了。"

刘绪一头雾水。

说完Paisley在夏寻谦面前坐下："寻谦，你老实告诉我，你和封董是什么关系？"

夏寻谦一脸正常："没什么关系。"

夏寻谦余光看向封麟，或许是没见过像自己这么没有生气的人吧，所以总想着拉一把。

墙面上的时间正正指向五点的时候，封麟咳嗽了一声。

夏寻谦这才抬眸看了看时间。

"下班了，我先走了。"说着夏寻谦起身朝封麟所在的休息区走了过去。

夏寻谦走到封麟面前，弓着身子望过去："你自己非要等的，现在又不耐烦了？"

封麟反驳得很快："没有不耐烦，这班非上不可吗？"

夏寻谦："当然了。"

封麟语塞。

夏寻谦见人脸色沉了下来："那你打算让我怎么办？天天在家里？肯定要有事情做啊。"

封麟知道自己拗不过夏寻谦，他将人带出了办公室。

两人来到车旁的时候，夏寻谦下意识地就往后排坐。封麟推着他坐到了副驾驶位，而后自己从一侧上了驾驶位。

封麟启动车子："刚刚和他们聊什么了，笑得那么开心。"

夏寻谦望向窗外："不告诉你。"

封麟嘴角勾了勾，调转方向将车往封家相反的方向开。

"去哪儿啊？"夏寻谦没忍住问了出来。

封麟的话语轻松，看着夏寻谦，说："回家。"

"回你的家。"

夏寻谦被封麟的话讲得心头微热。

回家……多好听的话啊，那么多年来夏寻谦从未有过家，也从未奢望过有一个属于自己的家。

他什么都没有，只有一条命，也从未有人说过在意他。人心是最不可信的，即使有人讲，夏寻谦那样的人也不会信。

封麟将所有话都用行动告诉他，夏寻谦可以被爱，可以有脾气，可以为自己活，也可以有家。

"在哪儿？"夏寻谦问他。

十几分钟后，封麟将车停在一处新式别墅门口。

与封家的院子相比，这里空气清新，院落宽敞，纯新式的设计与封家的沉闷错综复杂全然不同，大气简约的装修十分年轻化，悠然缓慢的生活气息给人一种活跃的姿态。

夏寻谦乖巧地跟着封麟。

晚上十点，封麟去厨房给夏寻谦做了吃的，食物端出来的时候，两人面面相觑。

夏寻谦好不容易走到餐桌，看着面前的菜一眼黑："谋杀？"

封麟摸了摸鼻头，咳嗽了一声："放了点酱油？"

夏寻谦冷着眼："还有呢？"

封麟："锅煳了。"

夏寻谦："还有呢？"

封麟："把糖放成盐了……"

看着夏寻谦满脸无语的模样，封麟立即转身："我去给你买。"说着便穿着外套出了屋。

夏寻谦凝视着餐桌上的黑疙瘩，笑出声来。

他望向厨房的垃圾桶，里面有第一个试验品，这已经是第二次的了，真是为难他了。

"人都是有缺点的。"夏寻谦没忍住念了出来。

十几分钟后，封麟带着一堆打包盒回来。

里面有七八样清淡的菜，他一个个打开在夏寻谦面前摆放好。

"我本来想找一个阿姨的，但你不喜欢别人在家里，就没找。"封麟整理好餐盒，说得一脸严肃。

他在夏寻谦对面坐下，给夏寻谦夹了一碗的菜："我不会做饭。"

夏寻谦思考："那以后怎么办？天天吃外面的？"

封麟捂着嘴咳嗽："那个……"

"人都是有缺点的对不对？"夏寻谦笑着接了封麟的话，"想说你没这方面的天赋？"

封麟垂目，他真的不会做饭！

夏寻谦拿起筷子给封麟夹了一块肉："紧张什么？还是请个阿姨吧，做饭也辛苦。"他又问，"那你想吃阿姨做的还是我做的？"

封麟面色微顿，最后随心："你做的。"

夏寻谦一脸了然。

封麟从口袋里掏出一张卡递到夏寻谦面前，说："生活费。"

夏寻谦接过："这张卡里有多少钱？"

封麟："不多，三千万。"

吃金子呢，三千万生活费！夏寻谦收了卡，他的话问得猝不及防："你不是要和顾笙结婚吗？什么时候结啊？"

封麟这回反应算快："我什么时候说了？"

夏寻谦直直地盯着他："之前说的啊，你娶顾笙。"

封麟一时语塞，脸色都沉了几分，一脸严肃地说："我以前没说过这样的话。"

吃完后封麟将碗筷收拾了，但那架势是从未做过这类事情的窘迫怪异。与他本身的气质也不搭，看起来非常不伦不类。

夏寻谦站起身走向厨房，走到封麟身侧。

"你今天很听话。"

封麟不愿意回乌烟瘴气的封家去，便住在了这里。

第二日，封麟洗漱好出来的时候，夏寻谦已经给他盛好了一碗汤。

封麟在夏寻谦对面坐下。

夏寻谦煎了鸡蛋，煮了肉丝面，半杯牛奶也是给封麟倒的。

"你平时早餐是不是不吃这些？"夏寻谦突然问他。

封麟飞快地反驳："你做什么我都喜欢，我都吃。"

这话倒是真的，封麟看着餐桌上的食物，突然觉得自己之前吃饭完全就是为了填饱肚子不至于饿死。

随意与期待，又怎么会一样。

夏寻谦嗯了一声，说："李叔跟我说你经常不吃早餐，就喝咖啡，这样不好，时间长了会生病的。"说着他神色认真起来，"以后我给你做饭，早餐每天都要吃，喝咖啡也要先吃点东西再喝，听到了吗？"

夏寻谦直视封麟，却瞧见人笑了："笑什么？"

封麟抿着唇："没什么。"

夏寻谦："我问你听不听我的。"

封麟抬手揉了揉夏寻谦的脑袋,温声道:"听,怎么会不听。"

夏寻谦闻言,嘴角勾起:"你尝尝好不好吃。"

封麟拿着筷子尝了一口面,旋即夸赞道:"好吃,是我吃过最好吃的。"

吃完饭是夏寻谦洗的碗。

"寻谦,我来吧。"封麟准备去洗碗,被夏寻谦拦下来。

夏寻谦神色淡淡的:"这又不是什么上刀山下火海的事,只要你不觉得我做任何事是理所应当,那任何时候我们都会是平等的。我愿意给你做饭,我高兴,人都是有缺点的,我允许你有缺点。"

吃完饭两人去了公司,夏寻谦直接就往楼上去,根本没管封麟。

走到资料部办公室的时候,夏寻谦淡漠的眸沉了下来。

资料室内,薛云正坐在夏寻谦的座位上,她看见夏寻谦便站了起来,那架势明显就是来让夏寻谦不痛快的。

薛云疾步走到夏寻谦面前,她看着夏寻谦的面色调整了多次,最后话出来的时候试探般的柔和更多:"夏寻谦……"

薛云一把抓住夏寻谦的手腕,将他拉进了休息室,然后关上休息室的门,眼睛泛红地看着夏寻谦:"寻谦,我知道是见珏对不起你弟弟,他当年是年轻气盛,寻谦……你能不能写一份谅解书给见珏?"

她的话恳切又带着几分低声下气。封麟找到了当年的目击证人,封见珏现在是百口莫辩。薛云虽然憎恶封麟,但现在唯一能减轻封见珏罪行的方式就是得到夏寻谦的谅解书。

"只要你写谅解书,我什么都可以给你!"薛云紧紧抓着夏寻谦的手,声音有些颤抖。

他知道封麟只要得到机会就不会放过封见珏。

封麟她求不得,那她便求夏寻谦。

"要多少钱都可以!"薛云言语认真。

夏寻谦眼神淡漠地将手抽了出来,语气极冷:"这件事情你不必求我,我不会给封见珏写谅解书,我接受法律给出的判决,你的伤心悲痛我更是没办法共情。"

"寻谦……"薛云再次抓住夏寻谦的手,"在封家的时候我待你也不薄，我求求你救救他……"

夏寻谦眼神轻蔑颓然："封家有他在迟早会败的，你想要的也太多，这样的局面应该早料到的。"

说完夏寻谦便冷漠地转身。

看着夏寻谦离开的背影，薛云的眼神由祈求渐渐变为阴沉，她不会放过夏寻谦的。

鱼死网破也好，都要让他付出代价！

夏寻谦再次去资料部的时候，一个个都战战兢兢的。

刘绪给他来了个九十度鞠躬道歉："是我有眼不识泰山，您千万不要和我一般见识！"

夏寻谦面色表现得和悦些："没事，我确实不是通过招聘进来的。"

刘绪一脸黑，脑子紧张得转不过来："不不不……我不是这个意思！"

夏寻谦点了点头："我知道，你去忙吧。"

说完刘绪飞速点头，跑得比兔子还快。

这样的氛围让夏寻谦感到头疼。

中午的时候，资料部办公室接到一通电话，是封麟打来的。

"封董叫您吃饭……"刘绪紧张地挂断电话后看向夏寻谦，"说在三楼，让您去找他。"

夏寻谦点了点头，他看着面前根本不需要自己做的工作叹了口气。

他站起身往外走去，到四楼的时候电梯恰巧在维修，他转而走了楼梯。

夏寻谦走到楼梯间的拐角，猛地有人从身后捂住了他的口鼻！

被捂着口鼻仅仅几秒，在迷药的加持下，夏寻谦彻底失去了意识！

夏寻谦睁开眼的时候才意识到自己双脚双手都被绑着，粗粝的麻绳勒得人生疼。

"哟，醒了。"他一侧的男人嘴角勾起，看得人无端生惧。

"你们是薛云的人？"夏寻谦呼吸沉得厉害，思来想去，对自己有恨的人现在除了夏家就是封家的人了。

没有人回答他。

夏寻谦心里清楚,薛云因为得不到自己的谅解书,所以破罐子破摔,确实很像她的作风。

车辆一路开到了一条无人的溪流边。

夏寻谦瞳孔震颤,河面夹杂着树枝烂叶的一幕,仿佛与多年前的那个雷雨天里的那条河重合了。

他怕的不只是雷雨,还有湍急的河水。

巨大的水花溅下,夏寻谦整个人跌落河流。

湍急的水流发出簌簌的声响,被河岸上的人踩过的石子滚了几圈后也跟着沉入水底。

夏寻谦没有挣脱的力量,也没有那样的机会。

车辆开走后,河边安静了下来。

有水声、风声,没有呼救声。

一切死寂,荒凉。

在夏寻谦被推进河里的瞬间,他想的是,封麟又该难过了。

本来封麟应该在讨伐他的队伍里面,可是他没有。

他告诉夏寻谦,他也可以像正常人一样活着。

所以夏寻谦拼了命地想对他好,也只想对他好。


夏寻谦消失半小时后,封麟去找他,得到的结果是他下楼去找自己了,一种异常不安的感觉涌上心头。

"我没给他打过电话!"封麟在资料室内一把抓住刘绪的衣襟,"谁给你打的?啊!谁给你打的电话!"

刘绪指向办公室内的公用电话,一般其他部门都是用这个号码转接过来的。

他此刻才知道自己闯祸了,额头上汗冒得厉害。

"封董……封董……我真的不知道!我听着对方的声音明明就是和您一样……他打过来的电话,说找寻谦吃饭!"刘绪声音抖得厉害。

"我真的不知道……"

封麟一把将人推开,刘绪摔在地上,弄翻了一地的资料文件,整个场面乱作一团。

封麟冷着脸的模样本就让人害怕，此刻看着就更让人害怕了。

"废物！"封麟眼神森冷。

"今天还有谁来过？"封麟呵斥着，面色阴沉，情绪压得厉害。

"薛云来过……"有人接话道。

封麟迅速跑去监控室。

公司内的全部监控都被调取出来，夏寻谦到三楼楼梯口后便消失不见了。

大门的出入口也一直没有异常人员出入。

能对万翻集团监控位置了如指掌的只能是内部的人！

封麟慌忙从三楼楼梯间跑了过去。

当他顺着没有监控的小门走去，才意识到夏寻谦是被人从清洁通道绑走的。

楼梯间散落的白色粉末之下是几个人的脚印，上面是明显的泥印。

"薛云！"封麟眼神流转，怒意涨满。

封麟从通道的侧门直接下楼，而后顺着沾着泥印的步子来到了地下车库。

封麟让公司的人报警查后续的监控，然后自行开车赶去了最近的郊区。

当他开出主城区的时候，感觉眼皮跳得越来越厉害。

泥地，有细微的沙石——是河边！

封麟调转车辆往老城区几公里外的路上开，离这里最近的河流只有那一条！

他心里发闷，那种自主意识的缺失让人如坠地狱。

封麟死死地握着方向盘，手心的汗出得厉害。

"寻谦……"他下意识地喊着夏寻谦的名字，在思念，在祈祷，在慰藉自己，在求他平安。

封麟将车开到河边的时候，随着前方的轮胎痕迹可以清楚地知道前不久有车来过。

他顺着车轮的痕迹往前，当看到对方车辆轮胎印停下来的时候，迅速打开车门下车查看。

四周空旷的野林能听见几声压抑的鸟鸣声，河流潺潺，沙石滚落。

"夏寻谦！"

封麟呼吸急促，薛云是什么样的人他比谁都清楚。封见珏现在如此，她根本没有任何顾忌，她憎恶夏寻谦，想与之鱼死网破太符合她的作风了！

封麟突然有些后怕，他快步走到河岸边沿，车胎印消失后淌着泥沙的脚印十分明显，是往河边走的。

封麟顺着步子往前，地上的拖拽痕迹也瞧得清清楚楚。

他脑子里各种各样的画面浮现，那种强烈的缺失感让人心慌得厉害，甚至紧张得有些呼吸不畅。

他步履维艰地往前，在泥石滑落最明显的位置突然看见了一个晃眼的银器！他疾步过去将东西捡了起来，是夏寻谦日日不离手的小银镯，求着他长命百岁的小银镯。

封麟的心揪得愈发厉害，这只镯子是夏寻谦最不可能丢弃的东西。

他臆想着一切情景，看着湍急的河水手抖得厉害。

封麟的调子黏腻，声音厚重又嘶哑："夏寻谦！"

他观察到河面枝丫上挂着一块淡蓝色的衣裳布料，看起来像是划破留下的。那料子与夏寻谦今日穿的衣裳的颜色是一样的！

他发疯似的顺着河流往下走去！

他只觉得天翻地覆，悲悯与哀切都压着他，山间树木、泥石河水，一切都像要将他吞噬。

无法自救。

封麟的大脑一瞬间连思考都不会了，突然，身后猛地有一只手拽住了他的臂弯："封先生！您冷静点！"

司机赶到的时候，恰巧看见封麟慌张无措的样子，他拽着人就要往岸上拖。

"封先生……警察那边已经在查了，您现在这样也是无济于事……昨日刚下过雨，现在水深，不要做傻事！"

封麟一把推开司机，面色焦急。任何时候都有主意的封麟却在此刻慌了神，只知道用蛮力与蠢劲儿。

银镯和衣裳料子都是夏寻谦的，如果真是他想的那样……

这样急的河流，那样浑浊的水，夏寻谦又哪里来的生还机会！

"放开我！放开我……他水性不好……"

"他水性不好！"封麟呵斥着又往河心走去，水里泥沙冷冷得透骨。

司机自然不会让此刻精神处于紧绷状态的封麟做这般疯狂的事情，恰巧这时警察也赶到，他立即惊呼出声："快来人！"

"在那里！"混乱间，其中一人看见了司机。

最后众人一起将封麟拽了上岸。

封麟那片刻间也好似清醒了些。

他死死地抓着手中的银镯，眼睛充血厉害。

"封先生，您先别激动，搜救的事情我们会做，有确凿证据也会对相关人员进行羁押，不要意气用事。"为首的警察将人拉上岸安慰着。

封麟此刻任何话都听不下去，他突然想到什么，猛地推开众人就要往自己的车上去。

司机去拦没拦得住，封麟现在的状态根本就不适合自己开车！浑浑噩噩的，太容易出事了。

封麟没给司机跟上来的机会，他飞速上车关上车门后便将车辆往封家开。

现在警察没有足够的证据证明薛云动了什么手脚，他们一路都避着监控，路线挑得十分巧妙。

如今的情景即使立案也只能是人口失踪，薛云若是再动些手脚完全可以全身而退。

封麟把车开到封家大院的时候，薛云正在院子里淡然悠闲地给鱼塘里的鱼喂食。

封麟急步走到薛云面前，猛地一把抓住她的衣襟："薛云！你把他弄到哪里去了？！"

封麟的警告与希望全押在其中，他期望薛云将人绑着也好饿着也罢，万万不要是自己料想的最差结果。

薛云眼神如常，神情无波："他一直跟在你身后，他去哪儿，你来问我做什么?"

"我告诉你封麟,他的死活是他自己选的。本来就是个病秧子,要骨气,要尊严,又想给别人翻案,是他自己选的!"薛云推开封麟,"他的事情我手上可没沾,别来我这儿讨问。"

封麟恶狠狠地盯着她:"你以为你能全身而退?我告诉你,他要是出了任何事情,我不会放过你!"

薛云从封麟记事起便在封家了,自小封见珏有母亲疼爱他没有。世人都说薛云是风风光光地嫁给封家老爷子的,封麟记得他母亲去世的时候告诉自己,要对薛云好,身为长子不要欺负她。封麟一直记着,所以从未真正怎么为难过薛云。

他看着薛云与封老爷子相爱,也为自己母亲抱不平过,但封老爷子瘫痪后的日日夜夜,也确实是薛云尽心尽力照顾的。

对于薛云,封麟现在真正生了恨意。

封麟的眼神犀利宛若刀锋,步步紧逼:"你最好祈祷他没有任何事!"

对于夏寻谦失踪的事,薛云有完美的不在场证明,她面色平淡至极:"我没有出手的必要。"

薛云的口气像是在提醒他:"见珏的事情我可以请最好的律师给他辩护,夏寻谦死不死的我不在意。"

她露出轻蔑的眼神。

"但一心与封家联姻的顾氏可就不这么想了。顾笙的父亲等着你的救命钱,你说是我更容不下夏寻谦,还是他更讨厌那个拖油瓶?"

薛云言语间带着试探,她与顾家谁更容得下夏寻谦?

确切地说是都容不得,但这次借别人的手做自己的事情,确实是薛云煽风点火的结果。

她能料到,也能出局,她才是赢家。

"他在哪儿?"封麟眼睛充血,手上的青筋暴起,"他在哪儿?!"

现在警察已经扩大搜查范围,封麟的质问好像只是给自己的安慰。他怕,他害怕答案就是那冰冷的泥沙河里。

他太害怕了,导致他慌了神,根本找不到主心骨。

"我不知道。"薛云面色如常,"我早就回家了,监控上你不是看得清清楚楚。"

封麟漆黑的眸里有怒意翻滚,他知道此刻与薛云说不出什么来。这时,听见动静的管家出来,封麟立即发了话:"在我回来之前,封家的大门给我看好了!看着薛云,不许出封家半步!"

话落,封麟凝视薛云:"你以为你能全身而退吗?我告诉你,休想!"

封麟转身跨着步子出了门,院子里安静下来,薛云望着封麟的背影,呼吸急促却压着心慌。

封麟去了河堤,警察正在逐一排查。

公司的监控依旧在勘查盲区,一分一秒慢慢过去,封麟心急如焚。

这不是索要金钱的绑架,顾家的人想方设法让自己履行婚约,他怎么就没想到⋯⋯

应该将所有的事情都处理好的,应该将所有的事情都处理好!

封麟心中后怕,无措至极。如果早早处理好一切,夏寻谦便不会成为众矢之的。

都怪他!都怪他!

这时,匆匆从家里赶到封麟公司的顾笙气喘吁吁地走到了封麟面前,她神色担忧:"怎么样?找到寻谦了吗?"

顾笙的语气焦急,那话也拖着尾巴,根本就不像是罪魁祸首的样子。

封麟知道顾笙不会做这样的事情,但顾家其他人可和顾笙不一样。

"别告诉我你不知道!"封麟语气森然,可怕极了,顾笙无端地被震慑住。

"我知道什么?"顾笙听见夏寻谦的事情急急忙忙地跑来,她知道封麟会怀疑顾家,面上有几分委屈,却不敢说出这件事情与顾家无关的话。

"你觉得我应该知道什么?"

顾家会做这样的事情,顾笙根本没有能为之说话的立场,但她明明也只是这场交易的受害者。

"有消息吗?"顾笙试探地问道,她不想变成手染鲜血的刽子手。

"你先别担心,寻谦⋯⋯寻谦会没事的。"她不知道说什么,安慰的话从她嘴里说出来都显得有几分不真实。

"寻谦他……不会有事的。"顾笙再次肯定,但那话里带着明显的颤音。

因为夏寻谦的事情,万翮几乎每一个人精神都紧绷着,所有人看见封麟都退避三舍,所到之处人心惶惶。

警察争分夺秒地排查,六小时后找到了三名嫌疑人。

当封麟看见几人的时候,因为太过情绪化被警察拦了下来。

"您冷静点封先生!"几个人一起拖拽着封麟才没让他意气用事地做出什么。

"冷静点!"

嫌疑人被带进了审讯室。

被带回警局的三名嫌疑人对自己的犯罪事实供认不讳。

给出的理由是夏寻谦得罪过他们,给个教训。

几人口径统一,说是夏寻谦自己不慎跌落河里的。

封麟怎会看不出来这几人是亡命徒,他们心甘情愿地认罪!

当天警局是何等的混乱,司机也形容不出来。

没有人知道封麟过了多久才安静下来。

那日后,封麟动用所有能动用的资源寻找夏寻谦。

顾家和薛云明面上与这件事情没有丝毫关系,这是他们的一贯作风,永远明哲保身,祸不沾身。

顾家长辈甚至还假惺惺地来安慰封麟,一切都那么冠冕堂皇,说着夏寻谦福薄的话,说着给夏寻谦祈福的话。

封麟听着只觉得恶心,他没打算放过他们任何一个人。但既然要演,他便陪他们演。

封麟没有立即与顾家撕破脸,薛云的淡然他也收于眼底。

所有的人,但凡沾染,都会为此付出代价!

三名嫌疑人认罪后,寻找夏寻谦便成了封麟此刻最揪心的事。

三日,没有任何结果。

十日,没有任何结果。

夏寻谦就像是凭空消失了一般。

有时候封麟会庆幸，找不到便是还有希望。可当那种后怕压着他的时候，封麟便又画地为牢，被黑暗吞噬的滋味让他翻来覆去地饱受煎熬。

　　他亲自跟着搜查队伍去找，可每一次都是无功而返。

　　悬赏寻找的金额封麟给到了寻常人吃穿一辈子不愁的程度。

　　一个个电话打过来，伴随着的是一次又一次的失望而归。

　　半个月，封麟没有得到关于夏寻谦的任何消息。

　　夏寻谦之前去过的地方，封麟一遍一遍地走过。

　　整个泊城的人都知道封麟在拼了命地找夏寻谦，所有人都不敢在他面前提及这个名字。

　　这日，封麟回到家已是凌晨两点，他打开客厅的灯，就那么站在门口。

　　封麟望着这个空旷的屋子，一时之间有些恍惚。这屋子怎么就空空的呢……

　　"寻谦……"封麟靠在门边喃喃出声，话里夹杂着哑意，连着血丝般，"我是不是很没用……"没有保护好你。

## 第七章
### 再遇危机

简约的屋子内点着难得的熏香，香盅中淡淡的烟雾轻柔地飘动着。

整间屋子格调雅致，新式的风格却独显文艺，书香味极重。

床上躺着一个少年，面上带着几分病态的白，五官柔美俊朗。

夏寻谦试了好几次才缓缓睁开了眼眸，一看便是全然陌生的环境，这间屋子瞧着像哪家主人家的卧室。

夏寻谦脑海中浮现失去意识之前的画面，眉头拧得越来越深。

他被人扔下河之后没多久就没有了意识，全然昏迷之前只依稀记得自己被什么人救了。

此刻的夏寻谦满脑子都是快些回去，封麟找不到他不知道会做出什么事来。

夏寻谦身子有些软，撑了好一会儿才半坐起来。

刚要下床，卧室的门打开了，他抬眸去望。

不管是谁，救命之恩都是要报的。

当他与开门进来之人眼神对视，他的眼神骤然生变。

是周京书！

现在见到他，不是什么好事。

夏寻谦记得他与周京书第一次见面是在封麟带他去的那个宴会上。

在与夏家周旋的那段时间，夏寻谦利用了许多人，周京书便是其中之一。

那么……

夏寻谦刚刚觉得自己还活着的喜悦之情里此刻又多了几分怪异的情绪。

所有手握权力的人都不希望自己被利用，给他人做踏板这样的事情没人会喜欢。

夏峥的公司最大的几笔生意是夏寻谦明里暗里暗示给周京书的，后来因为曹氏集团的口碑一降再降，周京书也没从中讨到多少好处。

夏寻谦在周京书眼里的形象一直是夏家不受宠的私生子。

当曹氏集团在这个病秧子手里败落，周京书便能清清楚楚地明白他也不过是个局中人。

那么，就只剩下恨了。

如今一切都摆在明面上了，夏寻谦无须在任何人面前伪装。

"周先生。"夏寻谦轻轻地叫了周京书一声。

周京书与第一次见面一样，依旧儒雅温和，浑身上下都透露着文人的安静与优雅气质。

周京书穿着简单的衬衣，也戴着眼镜，瞧着面上怒意不多。

但夏寻谦听说，周京书那样的人生了气才是最严重的，那么对于触及他利益的自己，周京书又当如何呢？

周京书见人醒了，走到床边问道："醒了。"

他的嗓音低沉，念诗和调什么的都最合适了。

"感觉好些了吗？"周京书问道。

夏寻谦有些不明白周京书的意思，他看起来好像并没有多少怒意。

夏寻谦指腹捻得紧紧的，神色有些紧张："周先生救了我？"

周京书镜片下的眼眸几不可察地细微转动："很意外？"

夏寻谦总觉得周京书有些奇怪，但既是得救自然是要谢的："确实，但谢谢。"话落，他掀开身上的被子就要下床，"我想回去。"

"不行。"当有人温文尔雅地说着否定的话的时候，几乎不会给你第二个选择，这是周京书之前告诉过夏寻谦的。

周京书在床沿站着，他的话很温柔，人也是："我其实一直都想知道，你是刻意地认识我，还是误打误撞地认识的？"

夏寻谦一脸平静："事已至此，说这些没有任何意义。周先生觉得不忿，我日后可以将你亏损的钱还给你。"

"或者你收集足够多的证据，向所有人揭穿我。不过现在该知道的人差不多也都知道了，周先生有很多种选择。"

夏寻谦现在什么都不想了，他本就是个病秧子，没几年了，他现在只想尽力活着。

夏寻谦此刻能明白自己的心境，若是往日里有人讲他虚伪卖弄，假意迎合，他都认，他本就是无心之人。

"封麟不是也被你玩得团团转？"周京书挑眉道。

夏寻谦与周京书见过多次，自从在宴会上见过之后，夏寻谦觉得他可用，便利用封麟的身份与之周旋过几次。而周京书那时候想与封麟搭上关系，自然不会拒绝。

确切地说，在夏寻谦与封家撕破脸之前，他与周京书算得上是有共同利益之人。

夏寻谦不知道周京书想做什么，只下意识地后退。

"你现在只能待在这里，我没给你第二个选择。"周京书淡漠的话激得人害怕，他冷峻地转身，回望向夏寻谦，"不要想着逃跑，跑……只会让人后悔。"

周京书走后，夏寻谦拖着身子缓慢地起了身。屋内没有任何通信设备，他走到窗户的位置往下看，是一个隐蔽的别墅区，他所在的位置是三楼。

跳下去，对夏寻谦来说，他活不了。

夏寻谦往门口走去，他轻轻拧动门把手，门是开着的。

周京书看起来没有要将他困在这间屋子里的想法，他推开门朝屋外走了出去。他走到别墅的楼梯拐角，往下望去，楼下的客厅也是空的。

夏寻谦步子极轻，一步一步往楼下走去，二楼空无一人。他那一瞬间突然有一种自己能从这里走出去的错觉。

夏寻谦刚走到一楼，便看见在一楼大客厅内看资料的周京书！顿时呼吸微滞。

周京书看见了夏寻谦，他推了推手中的眼镜，问："饿了？"

夏寻谦精神紧张，喉结下意识地滚动，抓着扶梯的手也紧了些。

"我可以出去吗？"夏寻谦问他。

"想去哪儿？"周京书推了推眼镜，神色依旧是温和的。

周京书放下手中的资料，头抬起，话题被他悄无声息地岔开："去吃饭。"

周京书话语间瞥向一侧的餐桌，上面是热好的早餐，像是料到夏寻谦会下来般，摆放得整整齐齐。

夏寻谦没听，他兀自向前，穿过客厅往大门的位置走去。

走到门口的时候，夏寻谦飞快地转动门把手，门打开了！

屋外的阳光洋洋洒洒，绿植生机盎然，夏寻谦一瞬间觉得自己能跑出去。

闷响声突然在耳畔响起!

周京书那一双沾墨弄画的手正充满力量地从夏寻谦头顶上方压着被打开的大门。

夏寻谦的心脏跳得快了一些,而此刻正在他身后的周京书面色冷了几分。

夏寻谦一心只想逃离,他推开周京书的手,疯狂地去开面前的大门。再次触碰到门把手的瞬间,他用尽全身的力气去开门。

下一秒,他的手腕被周京书抓住。

一股不轻不重的力道传来,周京书带着夏寻谦一个拉扯,两人位置互换。

周京书就这么站在了大门前,他明明那么温润文雅,喜欢看书品茶的人不应该如此偏执的……

可他偏偏如此。

周京书神色淡然地拉着夏寻谦的手触碰到了自己腰间的口袋。

夏寻谦触碰到的一瞬间,手猝然开始打战。

周京书眼神中带着丝丝警告,又如深渊般可怕。

夏寻谦瞳孔放大,他想活,所以他会怕。

周京书是个疯子,夏寻谦有些后悔招惹他了。

"你疯了?"夏寻谦调子卡在喉咙里,嘶哑得厉害,"周京书,你是不是疯了?!"

周京书感受到夏寻谦的害怕,他松开了夏寻谦:"我说过,我没给你第二个选择。"

夏寻谦问他:"你究竟想怎么样?"

周京书勾唇:"你猜。"

夏寻谦眼神幽暗,猛地嘶声问道:"是不是你联合薛云和顾家做的?!"

夏寻谦脑子里的这个想法蹦出来的时候,整个人都是后怕的。若是如此,周京书就绝对不会有放自己回去的想法!

"是。"周京书没有避讳,"我没打算放过你。"

"你是个疯子!"夏寻谦突然一把推开周京书,他不敢再去开门。

夏寻谦坐在餐桌旁，看着餐桌上的食物，只觉得恍惚。

他已经许久未进食了，早就饿到心发慌。

他突然拿起桌子上的食物，机械性地吃了起来。

吃着吃着，夏寻谦的眼眶便有些泛红。他不是一个多么感性的人，骨子里莫名有一股韧劲在，对任何事情都是淡漠的。除了佯装，他基本上没哭过。

他沾满淤泥，封麟救他，他便拼了命地想活着。

夏寻谦眼神窥向周京书的口袋。

"你这个疯子！"

周家来了位穿着白大褂的医生，是个五官立体的外国人，他径直便往夏寻谦坐着的沙发走去。

夏寻谦一开始很抗拒，他不明白为什么周京书会叫医生到家里来。对方率先开了口，口音不算重："别担心，我只是来给你检查身体。"

说着医生放下自己手中的药箱，在夏寻谦对面的椅子上坐下。

夏寻谦眼神探究间充满了警告。

"周京书，你这是什么意思？"夏寻谦眼神瞥向坐在一侧的周京书，他手里拿着的是一份勘验资料。

"他是心脏方面的专家，我让他给你检查一下身体。"周京书淡淡地道。

夏寻谦觉得对方根本就不是医生，哪里有医生药箱里的东西都是些引梦与情绪疏导宣泄的工具。

"你可以说清楚些。"夏寻谦眼神冷冰冰的。

医生见状，接了夏寻谦的话。

"周先生说您记忆有些混乱，托我给您治疗一下。"

记忆混乱？夏寻谦倒吸了一口凉气，呼吸粗重了些："你究竟想干什么？！"

医生将夏寻谦按着再次坐下："小少爷别担心，我们只是玩一个游戏而已。"

夏寻谦被钳制着不能动弹，他见医生从工具箱里拿出一张照片，照片中的人西装革履面目俊朗，浑身都透着疏离淡漠之感，是封麟！

照片中的封麟冷冰冰的，若夏寻谦不认识他，单凭这张照片给人的气势怕是谁也不愿意与之打交道，看着便不好相处，高高在上，无视一切。

"知道他是谁吗？"医生举起照片，示意夏寻谦回答。

夏寻谦想去抢照片，却被医生举高："你只需要回答他是谁。"

夏寻谦眼神坚定："是封麟！"

医生闻言摇了摇头，说："他是万翮集团的董事，是你这辈子都接触不到的人。"

夏寻谦反驳道："他是封麟！"

医生转动自己手中的照片，拿出另外一张，是一座老房子。

他告诉夏寻谦："这是你从小生活的地方，很漂亮。"

夏寻谦眼神莫测："你在瞎说什么？滚出去！"他指向门口，"滚出去！"

他不想同有病的人理论，医生拿出来的照片中的地方他根本就没见过，他不明白医生为什么要那么说。

直到他第二天再次见到那个医生，医生依旧拿出封麟的照片，并且问夏寻谦是谁。

"他是谁？"

夏寻谦斩钉截铁地告诉他："封麟！"

他的话传入周京书耳畔的时候，周京书的眼神明显晦暗下来，但他没有否认夏寻谦的话。

医生再次反驳了夏寻谦。

接下来，医生再次拿出昨天的照片："这是你从小生活的地方，有泉水溪流。"

夏寻谦听得脑袋发麻，那种滋味就好像在给他烙印。

"这不是我家！"

医生拿出几块颜色不一的铁块递给夏寻谦："你今年十八岁，你叫夏溺。"

夏寻谦眉头蹙起，心跳得厉害，他一把推开了医生："滚出去！滚出去！"

那个医生第七天来的时候，夏寻谦知道了心理医生的记忆疗法说的是强制脱离某段记忆，并且加入虚假的幻觉让受治疗者根据所布置的记忆加深或者忘记。

这个方法一开始不会很显著，甚至会受到被治疗者的抗拒。但它就像树会慢慢生根发芽，吞噬一切。

医生是国外的大记忆师，这样的祛除记忆方式会的人已经不多了，一般用于被某段记忆压制着无法往前生存的人，类似于，失去孩子的母亲、战场归来的士兵，一般都是受过重大创伤而想要摆脱那段记忆的人……

夏寻谦走到周京书面前，狠狠地扬手甩了他一巴掌。

"疯子！疯子！周京书你是不是疯子！"

周京书被打后并没有多恼怒，舌尖抵了抵后槽牙。

夏寻谦愤然地跑上了楼，而后将卧室的门反锁，最近他都是这么过来的。

医生日复一日地来。

少年的话也一日一日地重复着。

除了开头的话，医生灌输的所有意识每日都在变。

越来越多，越看越细，他不相信自己会忘记。

直到医生一日一日地重复，压迫着他发疯发狂，他的话也渐渐有了不确定性。

画面飞速翻转，夏寻谦一次次地回答着。

"照片里的人是谁？"

"封麟。"

"照片里的人是谁？"

"封麟……"

"照片里的人是谁？"

"封麟！"

"他是谁？"

"是封麟……"

"他是谁？"

少年开始思考,他从混乱的记忆中摸索了许久:"封先生……"这样的话问了足足几个月之久。

"照片里人的是谁?"

"我不认识他……"夏寻谦忘了。

"不认识?"

夏寻谦捻着指腹:"他看起来很凶……"

医生满意地点点头,而后指向周京书:"他是谁?"

夏寻谦眼神细微地闪烁,言语肯定:"是我朋友。"

医生:"你今年几岁?"

"十八。"夏寻谦说,"我叫夏溺。"

那天医生走了,夏寻谦也再没记起过封麟。

夏寻谦不喜欢太吵闹的环境,所以周家别墅没有其他人。周京书是一个极好的人,体贴温和,无微不至,与他有共同的爱好,都喜欢画,会喝茶品乐,赏花听戏。

周京书走向一旁的餐桌,他看着在沙发上发呆的夏寻谦,温声叫了一声:"过来吃饭。"

夏寻谦听见声音抬眸,周京书笑道:"有你爱吃的。"

夏寻谦站起身朝餐桌走去,他在周京书对面坐下,周京书给他盛了一碗汤。

"谢谢。"夏寻谦轻声回应了一句。

"我们之间,不必如此。"周京书说道,"吃吧,吃好了休息一下,上次不是说想养猫吗?我托人给你带一只回来怎么样?"

夏寻谦垂眸点了点头:"好。"

周京书轻笑了一声,夏寻谦很乖巧,即使忘了封麟,却也不是个能任人拿捏的软柿子。

"还记得我们认识多久了吗?"周京书问他。

"很久了。"夏寻谦回答。

周京书将面前的牛奶给夏寻谦倒了半杯:"下个月去国外。"

夏寻谦眉头微微蹙起,总觉得脑子里乱糟糟的:"国外吗?"

"嗯。"周京书肯定地重复。

夏寻谦吃好饭便出了门，周京书跟在他身后，没阻止他。

夏寻谦在别墅外的小花园走了一会儿，他打开别墅外围的门，一直往前走，周京书一直在他身后跟着。

没有让他回来，也没问他去哪儿。

走了十几分钟，夏寻谦便掉头往回走，他的脑子昏沉，说不清道不明。

"想走走的话我可以再陪你逛逛。"周京书温柔地说道。

夏寻谦眼神打量着周京书，眼眸深处似有痛苦环绕，好似有细腻的沙石滚动，他讨厌这种滋味："……我好像丢了什么东西。"

周京书靠近夏寻谦："丢了什么？我在你身后跟了那么久，或许就是我呢。"

夏寻谦嘴角轻轻勾起，他抽回自己的手往别墅的方向走去。回到别墅后，他站在院子外看了一会儿书。

院外的小画亭是周京书刻意建的，有一张小凳子，桌子上摆着许多书籍。

周京书走过来，在夏寻谦面前坐下。

他们二人有共同的爱好。

"你那么喜欢画，我给你开个画展吧，肯定也会有很多人喜欢你。"周京书说得认真，眼镜后的黑眸温润。

夏寻谦拒绝了："那是折煞我了。"

"你画得很好。"

话落，周京书看向前方的画板："不喜欢画人像吗？"

周京书知道夏寻谦喜欢画，但确确实实没见他画过人像。

"嗯。"夏寻谦眼神飘忽，"没画过。"

周京书的笑声从一侧传来："有时间给我画一幅，当给你破例了。"

夏寻谦眼神收缩，只觉得奇怪："我不会画人像。"

周京书没再自讨没趣。

夏寻谦安安静静地看书，周京书坐在他身侧，两人在一起的画面和谐到了极致。

夏寻谦看累了就上了楼。

他每次都将房间的门反锁，这个下意识锁门的动作好像已经成了习惯。

周京书对他很好，但他不快乐。

这日是个雷雨天。

封麟找了夏寻谦半年之久，夏寻谦在周家的屋内裹着被子发抖。

封麟亦一夜未眠。

"封麟……"额间满是汗渍的少年嘴里呓语着，一直拽着他的救命稻草。

有意识也好，无意识也罢，他在害怕无措的时候都只记得这个名字。

细细看少年的手腕，衣袖往下滑去，上面不知道什么时候用细小的指甲划出了几个字。

不明显的字迹已经结痂，是少年在接受记忆扰乱治疗中一日一日划出来的。

直白，愚蠢，与日复一日的疼痛都刻印在上面。

第二日的时候，夏寻谦是从深度昏迷中清醒的。他打开卧室门，便看见了站在门口的周京书。

"睡得好吗？"

夏寻谦直视对方："做噩梦了。"

"害怕的话可以去二楼睡觉。"

周京书做的一切好像都挑不出错误，夏寻谦微微别开脸往楼下走。

到一楼的时候，夏寻谦看见一个人站在客厅里。

他认得那人，叫林元洺，是周京书的助理。

周京书的助理不喜欢自己，夏寻谦能清清楚楚地感觉到那份厌恶，他一步一步朝着对方走过去。

林元洺将手里的东西递给周京书："机票按您的要求早了几周。"

周京书接过机票点了点头，然后眼神在二人身上走了一遭。他整理了一下自己的衣袖，说："你在这里陪他两天。"

"我知道了。"林元洺应了下来。

周京书走后，夏寻谦试探地望了林元洺一眼："你去忙吧，我不用你陪。"

193

林元洺在沙发上坐下，没搭理夏寻谦。

"你是在监视我？"夏寻谦十分不悦。

对方依旧没回答，夏寻谦起身就往屋外走，林元洺疾步跟上。

周京书好像总是怕自己跑了，给他自由，却不是全然的自由。

夏寻谦望着跟在自己身后的林元洺，放弃了往前，直接又退回了屋里。

"你好像很讨厌我。"夏寻谦直言不讳道。

"我为什么要讨厌你？"林元洺没忍住反驳了回去。

林元洺的眸阴沉得厉害，还没等他接话，他便听见夏寻谦说："你能帮我找封麟吗？"

林元洺细细打量着夏寻谦，他看起来并不像忘记了一些事情的样子，但又不像记得。

"你还记得封麟？"林元洺问他。

夏寻谦眉头拧起，神色变换之际找不到视线焦点，他说："记得，我记得。"

林元洺自嘲般地笑了出来："那看来周京书对你做的事情不怎么见成效啊。"

"他看起来很好。"夏寻谦说，"但实际上却不是。"

"我说得没错吧？"夏寻谦直视林元洺，"我虽然脑子里记忆混乱，但周京书又在心虚什么？"

夏寻谦紧盯着林元洺那双阴沉的眸子。

"我和自己才是认识最久的人，人无心无相，才没有弱点。"

"我既要自己记得封麟，那他就一定很重要。"

封麟很重要，夏寻谦眼神坚定，他才是这个世界上最了解自己的人，没有人能让他浑浑噩噩地活着！

但林元洺依旧我行我素，不将夏寻谦放在眼里。

"夏寻谦，别白费力气了，我不会帮你的。"林元洺说完，兀自在沙发上坐下。

夏寻谦上楼去了房间，他再次从窗户的位置往外看。

他努力想平复自己的心境，他想不起来过多的事情，记得的只有那个很重要的名字。

那点偏执却让他发了疯般想出去。

第二日的时候，夏寻谦依旧没有从林元洺的眼皮子底下离开。

当天的报纸送来，林元洺行为异常地将其一把火烧了。

夏寻谦没过问，只记住那日的时间，是8月12日。

五日后，周京书回来了。

夏寻谦兴致勃勃地冲出去迎接他，周京书有些诧异，面上却是喜悦的。

夏寻谦告诉周京书，自己想办画展。

夏寻谦的画抑郁淡漠，风格独特，他的画，熟悉他的人一眼便能认出来。

那是独属于夏寻谦的。

周京书抬手揉了揉夏寻谦的脑袋，答应了下来。

画展的筹备于周京书来说算得上简单，他给了夏寻谦三个月的时间准备。

开展时间是一周。

周京书为了给他造势，还请了有名的书法家做嘉宾，与声名极好的圈内主持。

开展当天，许多人卖周京书的面子，也会来凑这个热闹。

夏寻谦不是一个功利的人，他画画一向只为静心。

这次的展，是有目的的。

夏寻谦从不会任人摆布地活着。

从不。

展会在泊城市中心的一个大型展厅举行，第一天来的人比夏寻谦想象中多得多，他一个也不认识。

周京书当天也在，他现在国外的生意做得春风得意，多少人想来讨他的门路合作，自然不乏来展会讨巧的。

夏寻谦收获了许多夸奖赞耀，他望着会场上的人，没有一张面孔是熟悉的。

确切地说，封麟在他脑海中也是模糊的。

夏寻谦看着众人与周京书打交道，面上没什么情绪，开幕式后周京书一直在展会陪着夏寻谦。

一般来说，夏寻谦开幕式来一下便可以了，时间一到就闭展，但夏寻谦好像并没有要回去的意思。

周京书在展会上陪了夏寻谦一天，公司忙起来便跟夏寻谦道歉回了公司。

"我反正没事，这些看展的人也不认识我，就当闲人了，我想看看大家背地里是怎么评价的。"夏寻谦说得恳切。

周京书答应了下来："我待会儿来接你。"

"林元洺不是在门口吗？我等下跟他回去就行，你忙你的，工作重要。"

展会的第一天，夏寻谦一直待在展厅前的休息区，他一遍一遍地看过自己的画，如果是很重要的人的话，应该会来的吧……

可当天形形色色的人来了又走，直到闭馆，夏寻谦没有得到任何他想要的答案。

周京书说展会结束就带他去国外。

夏寻谦看着展会的灯一盏盏熄灭。

充满驱逐意味的灯从展会最内侧渐渐延伸至门庭。

没有人会在意一个没有任何知名度画师的画，这些人都不是为了夏寻谦来的。

没有一个人是为了夏寻谦来的。

回到周家之后，夏寻谦便直接上楼睡觉了。

第二日的展会，夏寻谦没去成。

那日万翻集团的董事长封麟，恰巧看见了报纸上刊登的画。

封麟看着熟悉的画登报，呼吸连着心跳都快了起来。

夏寻谦失踪后，他日日能翻出来看的也就只有那个小银镯和夏寻谦之前画过的画了。

没有人比他更清楚这样的画风可能属于谁！

封麟猛地从椅子上站起身，这半年多，大家好像都慢慢忘记了他在寻找夏寻谦的事情。

当所有的坚持成为笑话的时候，再为之奋不顾身的人便没有了。所有人都认为夏寻谦没了，只有封麟日复一日地找着。

没有人能明白封麟看见这些画时的心情。

那日万翮集团的员工见封麟急匆匆地跑出了公司，那样急切，又充满希望。

封麟从万翮集团将车开到画展比常人快了三倍不止。

是寻谦的画！是寻谦的画！

封麟下了车，疾步往画展内跑去。

画展内所有展出的画都是他熟悉的，封麟在第一幅画面前便愣住了。

那是一棵颓废又莫名给人生机的石榴树，夏寻谦的画风和他的人一样，总是那么充满希望又伤痕累累，冬日白雪与夏日暖阳同在。

是寻谦！

如果刚刚只是猜测，那么当看见画展内的画，封麟已经全然确认展会的主人就是夏寻谦！

封麟突然胸腔微震，嗔笑了出来。

挤压了半年的情绪终于找到了一个可以宣泄的口子，让他不至于被压垮。

夏寻谦还活着！他还活着！

那他为什么不回去找自己呢？是发生了什么意外吗？

封麟强压着自己混乱的情绪，去向工作人员询问夏寻谦的消息。

被告知的结果是不认识夏寻谦这个人。

封麟眼神骤变，当他打算继续追问，恰巧注意到了展会的签到处，一侧的小海报上写着的是夏溺的名字。

怎么可能连名字都换了！这明明就是夏寻谦的画！

封麟思绪混乱，一瞬间想了无数种可能。如果他还活着就一定会找自己，这半年的时间里自己发了疯似的在寻他，他又怎么可能不知道！

是不记得自己了吗？因为受伤？脑部受创？

封麟胸腔起伏着，这是他唯一确信的可能，也是最让他害怕的可能。

夏寻谦是个什么样的人，看着乖巧，实际上比谁都有主意，知道自己要什么。明明没有生气的人，是因为自己才想拣起颓废的前半生，他怎么可能会不来找呢……

封麟不怀疑夏寻谦，他明白夏寻谦，了解夏寻谦。

封麟没管那个陌生的名字。

这些画只有夏寻谦画得出来，风骨难仿，更何况幅幅如此。

封麟没有再继续追问，他往展会内走去，一步一步往前，细细地看着墙面上的每一幅画。

忧郁的、落寞的、开怀的、淡然的，这里没有人像，多是风景和意境上的表达，夏寻谦的画最能表现心境，这些画和他在封家画的一样。

都是不快乐的。

封麟在展厅内一幅蝉蝶困笼的画前停下，他认认真真地看着，好像能想象到夏寻谦安安静静画这幅画的模样。

乖巧又淡然，可风一吹就散了。

封麟在那幅画前停了许久。

司机闻讯赶来的时候，已经将所有事情查得一清二楚。

司机知道封麟找夏寻谦找得认真，近半年来不知多少假消息传到他的耳朵里。

不管有多荒谬，封麟都会去查，都会去看。

司机自然认为这次又是什么破天荒的巧合。

夏寻谦那么弱的身子，真绑着被丢进河里，哪里有什么活命的机会。

封麟眼神极冷，他知道周京书，周家国际生意做得火热，泊城的半个红人，二十几岁的年纪，算得上是个有胆识的人。

生意上，他们二人还打过交道。

封麟没打算走，是与不是他都要见到这个叫夏溺的。一次次失望而归，不差这一次！

封麟眼神睨过去："你确定不是动过手脚的消息？"

司机眼神流转，他查出来的确实如此："是。"

"我打听过来看展的人，说的是夏溺昨天一整天都在这里，他好像很在意自己的这次展会。

"本来也不是什么名人，来的人基本都是看在周京书的关系上来的。

"外貌方面……说是冷冷的，不太好接近，很清秀。"

封麟没再说话,他闭着眼眸,深吸了一口气:"你先回去吧,我再待一会儿。"

司机想开口劝解,却不知道说些什么。

"好,我再去查一下。"

那日直到夜里,封麟依旧待在展厅。

闭厅的时候他才走了出去,却站在展厅门口没走,隔着玻璃回望着展厅内的画。

封麟靠在门口,拿出烟点燃一支,浓烈的烟味钻入鼻腔,他感觉燥热的情绪愈发杂乱了。

痛苦的滋味在他的脊背上压着,有些喘不过气,薄烟在眼前遮盖住视线。

他不知道自己这半年是怎么过来的,失眠,易怒,情绪从未稳定过,烟瘾长了几倍,他记得从前自己没那么爱抽烟的。

想到这里,封麟将手里的烟头扔到垃圾桶,当反应过来,他已经熟练地点了第二支烟。

听展厅的人说,夏溺明日会来,封麟在展会外的长椅上坐了一整夜。

第二日天擦亮的时候,封麟小憩了一会儿,听说夏溺极其重视这个展会,他会第一个来。

早上八点,林元洺开着车带夏寻谦来到了展厅门口。

夏寻谦一下车,便立马看见展厅门口一侧的长椅上坐着一个西装革履的男人。

对方眼眸闭着,看起来是睡着了。因为生得冷峻,闭着眼瞧着也是一副冷冰冰的模样,很凶,不好惹。

男人的气质疏离,虽然靠坐在长椅上,但不会让人觉得他是落魄至此,天生的胜者姿态在对方身上展现得淋漓尽致,是个了不得的人。

夏寻谦看见封麟的一瞬间,有些愣神。

很熟悉,脑子猛地疼了一秒,夏寻谦下意识地蹙起眉头,一步步地朝着封麟走去。

夏寻谦快走到封麟身旁的时候,林元洺一把抓住夏寻谦的手:"少多管闲事。"

夏寻谦凝视着面前的男人,觉得莫名熟悉,如果把人叫醒好像确实很冒昧。

这个人看起来是来看展的,那么早就在这里等着了。是为了看画来的吗?那可真是一件让人感动的事。

看了一会儿,夏寻谦折返回车里,将车上自己一直带着的毯子拿出来轻轻搭在封麟身上,没将人叫醒。

夏寻谦进展厅几分钟后,坐在长椅上的封麟醒了过来。

指节动弹间触碰到一个绵软的物件,封麟垂眸睨望掌间。

毯子是夏寻谦一直用着的,上面裹着淡淡的橙叶香,味道极淡。

但这个熟悉的味道对封麟来说会无限放大。

它标榜着姓名,是属于夏寻谦的标签。

封麟猛地站起身,紧紧攥着手里的小毯子往展厅内望去。

那一瞬间,所有的期待在脑海中交织着碰撞。

没有人成全封麟,他等了太久太久,也找了太久太久。

当封麟的眼神聚焦在玻璃展柜前站着的人,一切都有了答案!

封麟瞳孔骤然一缩,呼吸混乱起来,真的是夏寻谦!

他抓着毯子的手背青筋明显,林元洺在门口的位置站着。

他与封麟对视了一眼,没说什么,只兀自靠在一侧墙柱的位置抽着烟。

白雾过口,苦得要命。

林元洺扔掉了手里的烟头。

周京书强调过,这场展会不要让封麟听到任何风声。

甚至没让记者大肆宣扬,完全可以不用传入封麟的耳朵。

可林元洺做不到,他就想封麟来。

消息是林元洺刻意放出去的,现在人既然来了,他也根本没有要拦着的意思。

林元洺翻了翻自己的口袋,又瞥了封麟一眼,两人对视之际,莫名地火花四溅。

"有烟吗?"林元洺猛地问道。

封麟此刻哪里有心思搭理旁人,他见林元洺的模样分明就是一脸淡然无波，那就是说他挟持夏寻谦的可能性不大。

封麟现在不想将时间浪费在这上面，他直接越过林元洺，朝着展厅内跑了进去。

夏寻谦在展厅内看着自己的画，现在开展的时间还未到，展厅内就夏寻谦一人。

他走过长长的画廊往前，最后在一幅囚禁笼前站着。

大幅画纸上只有正中心位置有颜色，无法延展出冰冷的囚狱。整张画都透露着压抑与死寂，缤纷的色彩在一处浓烈得快要溢出来，慢慢蔓延出来的颜色愈渐淡薄，直至见不到丝毫。

夏寻谦有些呆滞，他应该是丢了什么东西。

"寻谦！"突然间，夏寻谦听见有人唤自己的名字。

很奇怪，夏寻谦觉得那是在叫他。

他回过身，少年单薄的身影在巨大的画前逐渐看清了面容。

夏寻谦漂亮的浅眸微微敛起，是刚刚在门口睡觉的先生。对方看起来带着一股子寒意，但那双眸睁开看人的时候确是温柔的。

夏寻谦一瞬间连挣脱都忘了。

"寻谦！"封麟的声音在夏寻谦耳畔响起，嘶哑、干涩，还带着如释重负的苦涩。

他终于找到了夏寻谦！得到了最好的结果。

封麟哑着声音又唤了一声。

夏寻谦觉得熟悉，眼底迷茫怪异又好似意料之中："你……"

封麟眼神中的失落与疼痛丝毫没有掩饰，是夏寻谦能一眼看明白的程度。

封麟眼底晦涩："你……怎么了？你不记得我了？"

"你不记得我了吗？"封麟无措慌张，眼底泛着血丝。

夏寻谦收紧指腹，问："你是封麟？"

为什么会这样？为什么会这样！

忘记了，却记得名字吗？

"寻谦……你真的不记得我了吗？"失而复得得令封麟精神紧绷，此刻的落差更宛若凌迟，他等待着夏寻谦的回答。

他以为是不记得。

封麟那一瞬间想的不是夏寻谦不记得自己了要怎么带他回家，而是这半年他又受了哪些苦，可夏寻谦说的是记得。

"我记得。"夏寻谦眼神温和期盼地说了他记得，那神情是欢喜的，期待已久的。

夏寻谦眼睛酸涩，忽然间好像明白为什么对面前的人那么熟悉了。

他是封麟，是混乱的记忆中总是模模糊糊的影子，是以为忘却奈何早已刻入脑海深处的亲人。

封麟的声音还是哑的，他身上的烟味重得厉害，绕在木质的体香中融合后不难闻，却莫名让人觉得颓废。

"我终于找到你了……"封麟的呼吸拍打在夏寻谦颈侧，"我终于找到你了……"

夏寻谦能清楚地感受到封麟的欢喜与激动，他了解自己，不想推开的话又何不随心。

梦境中迷迷糊糊的影子与面前的人重合，封麟是该一直记住的人。

夏寻谦的脑袋突然涨得厉害，他眉头紧蹙，针扎一般灌血洗髓的滋味让他下意识地后退。

"寻谦……"封麟见状，立即担忧地安抚起来，"你怎么了？哪里不舒服？"

封麟仔仔细细观察着夏寻谦的面色："哪里痛？怎么回事？"他抓住夏寻谦的肩膀，"你别吓我！"

封麟想了太多的可能，夏寻谦没有逃避自己的意思，但从他的眼神中又确实找不到对自己有多熟悉的感觉，他记得自己，但也仅此而已。

拨弄之间，夏寻谦的袖口被带起，封麟眼尖地看到了他手臂内侧隐隐约约的红印子。

封麟眼神微动，他抓着夏寻谦的手，将衣袖撩了起来。

当封麟看清上面划痕的印记的时候，心疼与愤怒让他就那么愣神了半晌。

封麟握着夏寻谦的手收紧，手背上的青筋里血液翻涌。

伤疤难看，夏寻谦当初在封麟面前炫耀过自己皮肤娇嫩，封麟又如何受得了这样的画面。

"这……是你自己刻的吗?"封麟喉咙喑哑,眼底血丝密布。

夏寻谦抬眸与封麟对视。

封麟的眼神是他熟悉的,从一开始看见就是如此。

熟悉到他想多看看,四目对视间,夏寻谦眼里莫名便浮现了几分委屈。

封麟不知道夏寻谦这半年受了哪些委屈,也不敢去想。

问得太多,夏寻谦会想很多,那一定不是什么让他欢喜的记忆。

是什么人带走夏寻谦的,封麟一定会查得清清楚楚,每个人都会为自己所做过的事而付出代价!

而夏寻谦现在在他面前,他什么都不想想,只想带他回家,任何事情都有自己来善后,夏寻谦不需要管太多,回家就好。

"对不起,都是我不好,没有看好你。"封麟看着夏寻谦的脸,"都怪我。我们回家好吗?"

夏寻谦脑子里有些混乱,封麟站在他面前,更让他心乱得厉害,乱七八糟的画面闪回,又在脑海中被周京书告诉他的那些记忆否定。

什么样的记忆才是属于他的,夏寻谦不明白。

"你有找我吗?"夏寻谦唇瓣微张,淡淡地问了一句,"那么久有在找我吗?"

封麟轻触着夏寻谦的发鬓,觉得真实到让他不敢相信:"在找你,一直在找你,每一天都在找你!"

夏寻谦相信了封麟的话,因为他哭了。

封麟生得那样冷,高高在上的掌控感在他身上展现得淋漓尽致,可此刻他眼睛泛红。

夏寻谦眼中盈着喜色,他希望是这个答案。

"别怕。"封麟抓着夏寻谦的手,"先生带你回家。"

"你会不让我出去吗?"夏寻谦问他。

封麟闻言神色骤变,他强压着自己心中的怒意,不想在夏寻谦面前展露太多。

"你想去哪里都行,别怕。"封麟的声音温和,"真的记不得先生了吗？一点都不记得吗？"

夏寻谦没回答，他想奋力去思考这些，但这会让他的大脑疼得厉害。

"没事……不要想，想不起来就不要想。"封麟打断夏寻谦的思绪，"我们回家好吗？你愿意吗？"

虽然夏寻谦此刻记得的只有封麟这个模糊的名字，但封麟已经能想象夏寻谦是怎么记忆模糊的了，他不敢太刺激夏寻谦。

"如果你想回来随时可以回来，我带你去看医生，你想做什么都行，跟我回家可以吗？"封麟轻声细语地问夏寻谦。

夏寻谦抿着唇，他感觉自己的心疼得厉害。

"如果我不答应呢？"夏寻谦问封麟。

封麟眸色顿住，但神色变换不明显，他怎么会不了解夏寻谦呢？

"不答应就不回家。"封麟如此回答他。

夏寻谦嘴角在稍显落寞的脸上轻微扬起，他喜欢这个答案。

他眼神中带着几分怪异："那你昨天为什么不来？"

昨天？封麟话接得很快："我昨天来了，在门口等了你一天。"

夏寻谦有些震惊，封麟刚刚在门口。

"你昨天……"

封麟："在展厅门口睡的。"

封麟带着夏寻谦往展厅外走去，夏寻谦没挣脱。

林元洺不会让自己离开的，他们或许会打起来，夏寻谦是这样想的。

如果林元洺放任自己和别人走了，他的下场一定会很惨。

周京书看起来温和有礼，实际上内心就是个十足的疯子，偏执又疯狂。

他不会放过自己，也不会放过林元洺。

当封麟带着夏寻谦走到门口的时候，林元洺靠在门口的墙上，不知什么时候买了一包烟，此刻正颓废地抽着。

他没有要拦封麟和夏寻谦的意思。

夏寻谦有些诧异，他不止一次在林元洺面前表现出想逃离对方视线的想法，可林元洺没有一次成全过，为什么这次不拦了呢……

夏寻谦想，如果林元洺拦住自己，封麟将自己带走，他的罪过会少一些。

如果是放纵如此,他不会有好下场的。

"林元洺。"夏寻谦猛地叫了林元洺一声。

"赶紧走,别惹我烦。"林元洺头侧到一旁。

封麟从他手里带走夏寻谦的可能性其实不算大,但林元洺没有想阻拦的意思。

林元洺十几岁便跟着周京书,看着他雷厉风行,看着他一步一步走到周家家主的位置。那段时间夏寻谦为了讨求周京书帮忙对付夏家,给周京书出了不少主意。

夏寻谦聪明隐忍,忍气吞声的活法与周京书很像。

封麟将夏寻谦带上了车,坐上副驾驶座的时候,夏寻谦眼中那股对未知的紧张再次升了起来。

封麟上车后,靠近夏寻谦给他系上安全带。

"在担心那个叫林元洺的?"封麟问他。

夏寻谦眼神躲闪,那么多怪异的情绪中或许有几分是对林元洺的同情。

"他……"

封麟知道夏寻谦的意思,虽然仍不明白为什么林元洺会那么淡然地放夏寻谦离开。

但既是如此,封麟眼里闪过一丝狡黠:"他不会有事的。"

但其他人就不一定了,尤其是周京书!

封麟轻声安抚着夏寻谦:"回家好吗?"

话落之际,两人的眼神莫名地对上,旋即是须臾的安静,再而后两个人都笑了。奇奇怪怪的氛围无人能解,夏寻谦想笑便笑了,他转头望向窗外。

真是奇怪,夏寻谦觉得自己好高兴,高兴到感觉脑海中盈盈吹着海风,整个人都是轻松的。

"是我不好。"封麟庆幸夏寻谦没有彻底忘了自己,他在认错,如果当初不是自己的疏忽,这一切根本就不可能发生。

夏寻谦用余光看了封麟一眼,他能看懂封麟的眼神。

"是我忘记了太多事情……"夏寻谦话语猛地落寞了几分。

"寻谦……"封麟叫了夏寻谦一声,"这些不怪你,想不起来就不要去想了。"

封麟此刻不想去伤春悲秋地想记不得了该如何,夏寻谦能平安,就已经像是做梦一样了。

封麟将车速加快了些,他没有把夏寻谦带回家,而是去了医院。

夏寻谦有些不明白:"来医院干什么?"

封麟从车上下来,走到夏寻谦的车窗前打开了车门:"带你看看医生。"

经过一系列检查,医生得出的结论是陌生环境的强行语言误导致使夏寻谦脑海中的记忆产生了偏差。

"这种情况其实说难也难,说好治也好治。"医生看着坐在椅子上的夏寻谦,面色和煦地开口道。

"如果没有刻定记忆融入,一辈子生活在虚构出来的回忆中,可能一辈子都想不起来了。"

说完医生又调转话锋,话是对着封麟说的:"但如果是回到熟悉的环境中,这种破碎的记忆是支撑不了多久的。如果这位患者真的是您的朋友,只要能在自己熟悉的环境中慢慢适应,想起来是很轻松的事情。又或者说,恢复记忆是迟早的事情。"

封麟闻言,顿时大喜:"真的吗?"

医生点了点头:"虚构的终究是虚构的,经不起时间的推敲,多带他去你们熟悉的地方走走是会有帮助的。"

"见一些熟悉的人,做一些熟悉的事情,因为不是药理性的,所以没有开药的必要,保持好心情就行。"

夏寻谦听着医生的话,坐得乖巧。这是封麟带他看的第三个医生了,讲的都差不多。

"听见了吗?寻谦,医生说你很快就能想起来了!"封麟的情绪好了不少。

夏寻谦没说什么,只点了点头。

两人向医生道谢后便出了医院。

周京书赶到展会的时候,夏寻谦已经被封麟带走两个小时了。

他外表绅士惯了,不会在大庭广众之下展现气急败坏的模样。

林元洺只淡淡地说夏寻谦被封麟带走了,没有说任何理由,更没有为自己开脱,只默默做着自己的事情,给周京书充当司机。

二人一路无言。

林元洺知道自己之后会面临什么,他跟了周京书九年,怎么会不知道他呢?

车开到周家别墅的时候,周京书的眼神才逐渐阴沉起来,他不认为封麟能从林元洺手上带走夏寻谦。

封麟是个狠人,可林元洺是个不要命的!只要他不答应,没有人能从他手上带走任何人!

周京书从副驾驶座上下来后,那双浓墨般的眸子覆上寒霜。他走到驾驶位,直接将林元洺从车上拽了下来。

这里不是周京书给夏寻谦住的那栋房子,是周京书诸多住所中最让人生寒的一处。做错事的人都来过这里,当然,林元洺也来过。

林元洺被拉扯着跟跑了半步,周京书一个用力甩下,林元洺没有还手直接被拽着进了屋内。

屋内是几个身形高大的壮汉,是周京书在国外请的保镖。

周京书这般一脸愤怒地将人往这里带,意思不言而喻。

林元洺被周京书狠狠地扔在地上。

他没反抗,或者说他很淡然。

周京书看起来一副纤手不沾血的情韵气质,本也没有几分是真的。

林元洺微微侧撑起身子,他真的想看看周京书对自己可以做到何等程度。

毕竟林元洺这个名字周京书无所谓到用了好多年才没叫错。

林元洺从来都是可有可无的,没有人会在意他的生死。

林元洺抬眸望着周京书,对方的眼神和往日一样,温润的神色与那双深渊般的眼里没有波澜,看得出他的心情差到了极点。

"没有什么想解释的?"周京书居高临下地站着,眸光犀利,话语无形中带着刀刃。

林元洺眼神戏谑，嘴角轻微勾起："没什么想解释的，我就是故意的。"

周京书面上怒意明显，他凝视着林元洺。

说实话，他从来没仔细看过林元洺，一个下属而已，一个一整天都板着脸的下属而已。

他怎么敢的！怎么敢就这么放走夏寻谦！

周京书转身朝门口走去，挡住林元洺的那束光猛地刺入他的眼底。周京书走了，他的意思很明确。

林元洺没躲，也不想还手，他想……就当还给周京书了，毕竟当年也是救命的恩情。

几个保镖朝着他走过来的时候，林元洺十分释然。

过了今日就不要有关系了。

对林元洺拳打脚踢的保镖见林元洺嘴角勾起一丝笑，以为是在挑衅，一个个力道更重了些。

林元洺感受着胸腔充血的滋味，他没有一点躲闪。他的大脑浑浑噩噩地转着，直到看见一圈一圈的重影。

屋内的闷哼声越来越沉，不知道过了多久，屋内的打斗声停了下来。

林元洺拼着最后一口气，嘴角流血。

身旁的人都走了之后，林元洺嘴角勾得更深了些，这样是不是就算两不相欠了？

林元洺躺在地上望着天花板，他调整着自己的呼吸。不知道过了多久，他依旧没有起身的力气。

晚上的时候，林元洺给自己受伤的手包扎了一下。第二天早上六点，他拖着沉重的身子起来，一步步朝着门口走去。

刚打开门，倒是让他有些诧异。

周京书站在门口，看那样子像是想进来，又像是在门口站了一会儿。

林元洺直接从周京书身旁走过，他没有说话，也没有问好。

林元洺之前也因为弄错国外的一批货被教训过，但他会觉得是自己的错。

而现在，是释然。

林元洺一步一步往前,或许是他对周京书恭敬惯了,突然如此冷漠,周京书率先开了口:"想去哪儿?"

林元洺微微侧过头,真是可笑,自己去哪儿,关他什么事?

林元洺继续往前。

"辞职报告我早上已经递交了,我去哪儿现在轮不到你来问。"

林元洺脚步顿了一刻,眼底带着压抑的警告:"你以后最好是躲着我点。"

周京书眼睛眯起,他根本没想到林元洺会说这样的话:"林元洺!你什么意思?"

林元洺眼神讥讽:"你不会想知道的。"

夏寻谦再次回到封家的时候,站在门口呆愣了好一会儿,那种熟悉的滋味让人莫名觉得安心。

这里不会给夏寻谦一种压抑的感觉,这种轻松自在的随意感是他喜欢的。

"这是你的家。"封麟说。

夏寻谦转过身看了封麟一眼,说:"看起来像我买的。"

封麟嘴角勾起一个好看的弧度:"嗯。"

这里的房子当初封麟选了足足半年,全部都是按照夏寻谦的喜好来的,他怎么会不喜欢呢?

屋内冷冷清清的,许多东西都没有,连最基础的鞋柜、沙发垫都没有,但看起来又是有人住的。

"你很久没回来了?"夏寻谦问封麟。

封麟抓着夏寻谦的手无意识地收紧:"你离开之后我就很少回来,但每周会有打扫的阿姨来打扫,很干净。"

夏寻谦抿着唇:"为什么不回来?"

细微的声音传来,夏寻谦捂了捂肚子,饿了……

"想吃什么?"封麟言语温和,他望向厨房,半年都没开火了,封麟又是个不会自己做饭的人,厨房里什么都没有。

封麟抓着夏寻谦的手,带他出了门。

"我带你去吃你喜欢吃的。"说着封麟将车门打开,示意夏寻谦上车。

最后两人去了老城区的馄饨店。

一样的位置,一样的玻璃窗,一样的人,一样热气腾腾的馄饨,还有一碗排骨汤。

夏寻谦看着面前的馄饨,又看了看对面的封麟:"我喜欢吃这个?"

封麟:"喜欢。"

夏寻谦:"那你喜欢吃吗?"

封麟:"也可以喜欢。"

馄饨热气上升,宛若一层薄薄的雾。嘈杂的环境中,夏寻谦听得清清楚楚。

夏寻谦拿着勺子尝了一口馄饨,嘴角勾起一抹笑。他确实喜欢这个味道,就像第一次见到封麟一样。

这是夏寻谦对未来如何同频的判断。

"好吃吗?"封麟突然问他。

夏寻谦:"好吃。"

封麟见夏寻谦一口一个地吃着馄饨,好像又回到了半年前的日子。

这浑浑噩噩的半年,封麟都不知道自己是怎么过来的。

夏寻谦走后,这家馄饨店封麟来过很多次,老板都认识他了。

后来这片老城区要拆迁,封麟花高价买下了这块地,馄饨店才保留了下来。

他害怕夏寻谦什么时候想回来了,找不到这里,又害怕夏寻谦以后吃不到这个味道。

"封总,您又来了。"老板娘端着一盘牛肉过来,"来,这是老师傅刚卤的,你们尝尝。"

老板娘以前见过夏寻谦,但时间久了,现在也不太记得了。

她知道封麟一直在找什么人来着,但奈何她不认识字,报纸也没看明白过,也不敢多猜。

"谢谢。"封麟没有拒绝,他知道老板娘的为人,送不出去是不会掉头的。

"没事,多亏了您我这铺子才能留下来。"老板娘笑盈盈地回答。

这里本要拆迁,封麟买下后,铺子就是万翮集团的了。但封麟不但没有加租,反而降了租金,老板娘自然感激涕零。

"你们慢慢吃啊。"说着老板娘跨步离开,依旧一副火急火燎的样子去了后厨。

店内人很多,夏寻谦直视封麟:"什么意思啊?"

"这家店是我买的。"

夏寻谦轻轻咳嗽了一声。

吃好馄饨两人便回了家,夏寻谦乖乖地在副驾驶座坐着,车辆缓缓往前。

到家后,夏寻谦在屋内的沙发上坐下,茶几下有几本书和报纸,报纸看起来像是每日都会送到门口的日报,应该是阿姨收纳的。

夏寻谦突然想起什么,他拿出报纸盒一张一张地翻阅,最后找到了那张被林元铭烧掉的同日期的日报。

夏寻谦将报纸打开,里面的内容果然与自己有关!是封麟寻找夏寻谦的报纸,上面有夏寻谦的一张照片,封麟的悬赏金额是一千万,并且写了嘱语。

说夏寻谦体弱,若是遇见了望多加照顾,还有夏寻谦日常吃的药的种类。

封麟在往最好的方向想,也在往最坏的方向想。

听见动静,夏寻谦收了手中的报纸,他有猜过报纸的内容与自己相关,但现在他感觉比想象中的触动要大太多了。

这时,从书房出来的封麟察觉到夏寻谦情绪不对,于是走到他身边坐下,担忧地观察着他:"怎么了?"

"哪里不舒服吗?"他轻抚着夏寻谦的臂弯,"怎么不高兴?还是哪里不舒服?"

夏寻谦听着封麟的话,摇了摇脑袋:"没有不舒服。"

封麟声音温和:"没有就好。"

"你以前也对我这么好吗?"夏寻谦的声音不大,闷闷的,却好听。

211

"你对我也好。"

夏寻谦垂目不言。

"我想……记起来。"夏寻谦问他,"你多给我讲讲以前的事好吗?"

夏寻谦本以为封麟会答应。

可他的回答却并非如此:"不要强求,如果想不起来就不要再去想了,我只想你好好的。"

那些记忆对寻谦来说又有几分是好的?

母亲惨死,父亲一生寄人篱下,弟弟没有在自己的庇护下活下来,雷雨天和汹涌的河水是他一辈子都逃不出来的深渊。

那些记忆想起来做什么呢………

"我想记起你。"夏寻谦真挚地回答封麟。

封麟注视着夏寻谦:"谦谦,如果我告诉你,你的前半生除了我,没有一个回忆是美好的,你还愿意想起来吗?"

夏寻谦思考着这话,他能听明白:"想。"

待在这里与待在周家那种压抑的滋味全然不同,他喜欢这里。

就像第一次见到封麟就想跟他回家的那种牵引感一样。

这时封麟接了一通电话,挂断电话后告诉夏寻谦他要出去一趟,话题便被中断了。

夏寻谦送他上了车。

回来后,夏寻谦走到书房看了看。

书桌上东西不多,有一个木质的小盒子,里面放了一些画。

夏寻谦将盒子打开,一张张画纸他再熟悉不过了,那是他的画,笔锋勾勒色彩,每个细节都是他熟悉的。

夏寻谦凝视着那一张张人像,原来他不是没画过人像啊。

他一张一张轻轻翻着,画了那么多呢……

夏寻谦嘴角微微勾起来,脑袋突然的麻木又让他猛地阖了阖眼,不是疼痛,而是零碎的画面想在他脑海中占据主场。

当思绪过去,那些画面又悄无声息地散开。

这个时候,刚刚出门的封麟突然又折回来,朝着夏寻谦走了过来。

"一起。"

夏寻谦放下手中的画,他看懂了封麟的情绪,他在害怕,害怕自己又会悄无声息地不见了。

夏寻谦没拒绝:"好。"

从公司回来后。

两人去最近的菜市场走了一圈,夏寻谦负责挑选,封麟负责给钱和拿东西。

回到家后夏寻谦便进了厨房,围着围裙的模样还真像那么回事。

封麟在厨房站着,想打个下手,站了几分钟,他觉得自己可能还是去谈生意来得更轻松一些。

两人对视一眼。

夏寻谦没有责怪的意思,轻声细语地道:"你去看你的资料,刚刚司机不是给你送了什么东西吗?工作要紧。"

封麟:"我想帮你。"

夏寻谦看向砧板上的肉,封麟切的,他还需要切第二次,这忙不帮可能还好些。

最后夏寻谦将人从厨房赶了出去,瞬间就没有手忙脚乱的感觉了。

封麟见状,也认认真真地在沙发上看起了资料。

最近万翮集团不大太平,他几个伯父和小叔占着股东的身份搞小动作,薛云明显就有站队的意思。

唯一让封麟高兴的事就是夏寻谦回来了。

半个小时后,夏寻谦端着菜从厨房出来。

小炒肉、酱菜心和糖醋排骨,还有一个清爽的蔬菜汤。

菜端出来后,夏寻谦看向客厅的封麟,他正在心无旁骛地看着手里的文件。

刚刚司机火急火燎给他的,想必是很重要的。

夏寻谦兀自盛了两碗饭和汤,看了看封麟又看了看菜,最后还是决定叫封麟先吃,待会儿凉了就不好吃了。

"吃饭了。"夏寻谦唤了一声,封麟工作太认真,好像没听见。

"封麟？"夏寻谦抿着唇朝封麟走去，到封麟身旁的时候，他抬手扯了扯封麟的衣裳。

他没有多生气，只是想叫封麟吃饭。

生意上的事情夏寻谦兴趣不大，但封麟忙他是能理解的，这并不冲突。

触感传来的时候，封麟才意识到夏寻谦站在了自己身旁。

他刚刚在思考公司混乱的股权问题，太入神，根本就没发现夏寻谦过来了。他立马放下了手中的文件。

"怎么了？"封麟抬头看向夏寻谦，有些抱歉，声音很轻，"我刚刚没看见你。"

夏寻谦望向餐桌："我叫你吃饭。"

"刚刚叫我了？"封麟又心虚了些。

"叫了好多次。"夏寻谦声音里带着抱怨。

封麟坐在沙发上看向夏寻谦，这半年来他除了要找夏寻谦，还要和封家的几个股东明里暗里地见招拆招，薛云也不消停，怎么会不累。

现在夏寻谦回来了，封麟才觉得自己的心总算有个安定的地方。

"对不起，我刚刚没听见。"

夏寻谦回握住封麟的手："我没怪你，再忙也要好好吃饭啊。"突然想到什么，他继续问道，"你是不是一直都没有好好吃饭？"

封麟沉默了两分钟。

"我问你话呢。"夏寻谦声音大了些。

封麟眉头微蹙："早上喝咖啡，中午饿了就吃饭，晚上饿了也会吃。"

夏寻谦拉着封麟到餐桌前，眼神严肃得让封麟没敢说话。

封麟的目光落在餐桌上。

夏寻谦兀自在对面坐下，认真地训诫起来："早上不能空腹喝咖啡，也不能把吃饭当任务，要好好吃饭，以后我给你做。"

这日封麟胃口大开，夏寻谦做的每道菜分量不算多，全都被封麟吃完了。

夏寻谦看着面前的空盘，无声地笑了笑。

吃完饭后两人面面相觑，封麟尝试着整理碗筷，夏寻谦看他就是不想动手的样子。

明明就不情愿,还非得装一下。

"我来,看你的样子也不像是做这种事的。"

第二日吃了早餐后,封麟也将人带去了公司。他现在根本不放心夏寻谦一个人在家。

至于如何处理周京书,封麟不会告诉夏寻谦。

封麟现在只希望夏寻谦可以开心快乐地待在自己身边,其他的都不重要。

封麟带着夏寻谦到万翮集团,刚进办公室,便看见了一脸冷漠的薛云。

因为夏寻谦的事,封麟对顾氏明里暗里打压,各种手段软硬兼施,最后将其收购了。

当他与顾家撕破脸的时候,顾家长辈才知道自己打错了主意。

而薛云因为完美脱身则更加有精力对付封麟。

封见珏被判了监禁,薛云现在哪还有心思做任何事情,她一心只想拉封麟下马。

当薛云看见封麟带着的夏寻谦的时候,诧异得话都说不出来。她瞳孔睁大,手握成拳头颤抖得厉害。

但她毕竟心虚,不敢再对夏寻谦如何。

本就知道人还活着,封麟找到夏寻谦这件事在薛云心里已经演绎了无数次。

特别是在封麟对顾家丝毫没有顾及的时候,她就猜到总有那么一天,封麟会找到夏寻谦。

只惊讶一秒,薛云便收敛了情绪。

夏寻谦感受着薛云的神色,脑袋猛地疼了一下,指腹收紧的一刻,封麟注意到夏寻谦的难受。

封麟没与薛云交涉,直接把夏寻谦带去了办公室内的休息室。

"在这里等我。"封麟拉着夏寻谦在沙发上坐下。

"好。"夏寻谦应了下来。

"上午有一个股东大会。"

夏寻谦抬手抓住封麟的衣角:"我能帮上什么忙吗?"

夏寻谦不知道万翻集团现在是什么样的局面,但看封麟的样子,根本就不容乐观。

"不用,我能处理。"封麟看着面前的夏寻谦,那种无形的力量总能支撑着他往前。

封麟从董事办公室出去后,夏寻谦的脑袋又疼了一阵。

门口的位置有司机守着,没有人能进来。

这种看护跟周京书让林元泯对自己寸步不离是不一样的。

封麟明白地告诉他,去哪里都可以。

夏寻谦没有不自由的感觉,他没有出休息室。

封麟再次进来已经过去好几个小时,夏寻谦趴在沙发上睡着了。

他没叫醒夏寻谦,只扯开了脖子上的领带,让自己舒服些。

夏寻谦醒来的时候,听见窸窸窣窣的纸张翻页的声音,脑袋动了动,睁开了眼眸。

他还没反应过来,就见旁边翻看着资料的封麟闭上了眼睛,长舒了一口气。

那股疲惫是夏寻谦一眼便能看出来的。

封麟五官冷冽,生人勿近的疏离感让他时时刻刻看起来都冷冰冰的,上位者独有的气势,在封麟身上完美体现了出来。

此刻闭上眸子,夏寻谦倒觉得封麟是有几分强装的。

他生于此处,高位推着他前进,无法停止,那又如何不累呢?

夏寻谦的眼神落在桌面的文件上,他猜到万翻正在面临严重的股权问题。

接下来的日子里,封麟每日来公司都带着夏寻谦。

夏寻谦能感觉到封麟每日都紧绷着神经。

封麟不要鱼死网破的玩法,尽最大努力谨慎周旋。

夏寻谦每日都努力想让自己想起来。

终于有一日。

夏寻谦一步一步走向封麟，声音闷闷地说："我把你给我的银镯弄丢了……"

银镯？

银镯！

封麟听见夏寻谦的话，瞳孔里闪过细碎的光，那一瞬间只觉得什么都够了。

封麟话问得急切："你……想起来了？"

夏寻谦与之对视："我的小银镯……"

封麟心里欢喜，两个人也根本不在一条思路上："有没有哪里疼？脑袋有不舒服吗？"

夏寻谦抿着唇，浅色的眸子一闪一闪，一滴滚烫的泪落在封麟的手背上。

烫，烛火燃蜡般能掀了人一层皮。

除了之前的佯装，这算起来或许是封麟第一次见夏寻谦哭。

"别哭了。"封麟半起身给夏寻谦擦拭眼泪，"镯子我收起来了，还在的。"

"就记得银镯子？"

夏寻谦摇摇头，神色波动之间又一滴泪水滑落。

"我总在给你添麻烦。"夏寻谦的声音沙哑得厉害。

封麟瞧着夏寻谦泛红的眸，没有上位者的姿态："看见我不高兴吗？眼睛哭得红红的。"

"高兴。"夏寻谦说。

"那你哭，别人不知道的还以为我往日有多欺负你，想起来就要哭。"封麟此刻只想让人将眼泪止住。

夏寻谦闻言，挤出一个难看的笑来，长睫半垂着，泪珠欲落不落。

"我要我的镯子。"夏寻谦再次讨要起来。

封麟将银手镯从床头柜的位置拿出来，戴在夏寻谦手上。

这银镯封麟给了夏寻谦三次。

第一次是随意扔出去的。

第二次是夏寻谦发病时给的。

217

每个人的人生中总有些画面能够深刻地记住所有细节。

那次发病,封麟就记得清清楚楚。

他想夏寻谦活下来,好想好想,那时候给夏寻谦戴镯子的时候说着长命百岁。

封麟将银镯戴到了夏寻谦的手腕上,说:"戴银镯的时候可以许一个愿望。"

夏寻谦手腕动了动,银镯发出细微的声响。

他要许愿。

"活下来。"夏寻谦说。

封麟拿手捏住夏寻谦的镯子:"要长命百岁。"

这样的日子过了约莫一个月,封麟不再天天带着夏寻谦去公司。

周京书公司国外的订单被封麟截了,加上周氏内部高管人员的分裂,多名高管合资另立门户,不成气候。

在这之后,封麟才亲自去会了会周京书,最后以囚禁罪将周京书送进了监狱。毕竟,法律是底线。

"我看见新闻说……周京书的右耳失聪了。"夏寻谦试探着问封麟。

夏寻谦现在对谁都没多大的仇恨,他只想安安心心地活下去。

"哦?真的吗?"封麟用一种幸灾乐祸的语气说。

几日后,夏寻谦得知了周京书之所以抓自己走的原因。

为了惹怒封麟,他从一开始想的便是利用封麟的力量做一些自己想做的事情。

譬如,除掉周家。

夏寻谦望着窗外的绿植,明亮的光打在上面,泛着金色。

周京书也是一个矛盾的人。

周京书的事情过去后,两人轻松了一段时间,但封麟肩上的担子依旧没有卸下来。

薛云作为公司大股东,因为封见珏的事情现在明里暗里都在给封麟找不痛快。

薛云抱着破罐子破摔的态度,就是要弄得万翻鸡飞狗跳。

薛云与封家叔伯联合持股的比例刚好与封麟持平,各方决策可以直接裁定，根本是不顾公司死活的玩法。

夏寻谦不喜欢这种被掣肘的滋味，他知道封麟有办法，但却希望能越快越好。

夏寻谦去封家之前查了封家的各种资料，他想知道的太多，所以查到的也多。

封家大夫人死之前给娘家寄过一封信，这种东西封家的人不会在意。但夏寻谦为了更加了解封家的家事，也去查过。

夏寻谦依稀能记住上面的内容，说的是薛云有一个把柄在大夫人手里！他对薛云没什么兴趣，便没追下去查，但现在他对那个把柄有了兴趣。

夏寻谦去找了周嵊。

周嵊看见夏寻谦的时候，只觉得不可思议。

他得知夏寻谦失踪后，也一直在寻找。

"寻谦！你真的还活着！"周嵊神色喜悦。

要说这个世界上夏寻谦最想感谢的人，应该是周嵊，他一直在帮助夏寻谦。

愿意不计成本地帮一个病秧子。

"最近身体还好吗？"周嵊关切地问他。

"一直那样。"夏寻谦苦笑了一声。

两人说了两句知心话后，夏寻谦便说明了自己的来意。

"关于封家大夫人留给薛云的信吗？"

"之前你查的那些东西我都给你锁柜子里了，得回去找找，急着要吗？"

夏寻谦说了句急，周嵊便折回去找了。

夏寻谦突然想起，周嵊那人做什么都慢半拍。

夏寻谦在夏家是怎么过来的呢？

周嵊每次去夏家，美其名曰看夏家的长辈，实际上都是去看住在偏院里的夏寻谦。

比起夏家的人，在夏寻谦心里，周嵊才是他哥哥。

夏寻谦去过寺庙,他给周嵊和封麟都求过平安符。

周嵊是哥哥,封麟是拉着他的人。

周嵊拿着信走到夏寻谦面前,递给他:"是这封。"

夏寻谦接过后将信打开,里面的内容跟之前看到的一样,上次没什么兴趣仔细看,这回他看得细致。

上面写着封家祠堂后门窄台上有一个盒子是封家大夫人留给薛云的,其中的意思是薛云一眼便知。

夏寻谦隐隐约约觉得莫名怪异,这件事情很有可能牵扯到封麟。

他回去之后,直接让司机将车开到了封家祠堂。他顺着信上的指引,竟真的在封家祠堂的后门找到了那个箱子。

他将其打开,里面的东西仅仅是小儿的一身衣裳和一块玉如意。

再往下翻了翻,最下面垫着一块发黄的布料,里面包裹着一张没封的信纸。

夏寻谦打开看了,其间他的手开始颤抖。

封麟……封麟才是薛云的亲生骨肉!

那封信上明明白白地写了封家大夫人是如何在两个孩子出生时进行调包,各种诅咒的话全是对着封麟的。

而封夫人也确实做到了,封麟从未有一天感受过母亲的关怀与爱意,只有恨……

从小到大都只有恨!

夏寻谦眼眸酸涩,怎么会这样呢……怎么会这样呢……封麟他如何承受得了这样的结果!

后母日日咒他,亲生母亲也日日咒他。

太可笑了……

真是太可笑了!

只是夏寻谦在那里站了许久,他又如何能开口将这件事情告诉封麟呢?

如果薛云知道了,想必也会发疯吧,养了二十多年的孩子是最憎恨之人的血脉,而自己的恨全给了自己的亲生骨肉。

还有什么事情比这更可笑吗?

夏寻谦不会隐瞒这件事情,他在让封麟先知道还是薛云先知道之间选择了先找薛云。

现在万翻内部股东分裂严重,只要薛云肯站在封麟这一边,所有的事情便能迎刃而解。

而她也一定会如此。夏寻谦太了解薛云了,她一定会发疯的。

夏寻谦将那个盒子带上了车,打算亲自交给薛云。

去封家的时候,薛云正在院子中。

薛云看见夏寻谦,一脸冷淡:"夏寻谦,你居然还有脸来找我?"

夏寻谦没和她多话。

因为夏寻谦身后跟着司机,薛云不敢有什么动作,只厉声道:"我告诉你,你一定不会有好下场的,看着吧。"

夏寻谦懒得接话,直接将手里的盒子放在薛云身旁的石桌上。

"你也不会有好下场。"

夏寻谦走得潇洒。

薛云看着那个盒子的时候,神色有些诧异和慌张,那是她曾经送给封夫人的东西,她再熟悉不过了。

薛云将盒子打开,里面的东西更是让她的呼吸猛地顿住。

里面所有的一切对薛云来说都是刺眼的,犹若剜心剖腹般,那种滋味让人一次一次地绝望。

薛云胡乱翻着里面的东西,里面的东西是她给自己孩子的,别人不知道,可她再清楚不过了。

薛云精神紧绷,手也逐渐有些僵硬,她最后从里面拿出来那封信。

她看了十一遍,不知道过了多久,整个人跌坐在了雨后潮湿的地上。

苦涩又无力的笑声在院中响起,薛云在一遍一遍地嘲笑自己的人生。自以为赢了,却输得一败涂地。

"封麟……

"封麟是我的孩子,哈哈哈……

"我做了什么……

"我都做了什么……"

那日,所有人都认为薛云疯了,她一把大火将封家烧了个精光。

消防人员赶到的时候,薛云就那么笑看着封家门庭里的浓烟滚滚,她喜欢这个味道。

封家早该连渣都不剩了,里面的糟粕就像霉斑,一点一点地长在每个人的手上、身上、眼睛里、骨头缝里。

薛云往大火里走的时候,被救援人员拉了回来。

这日封麟很晚才回家,夏寻谦在门口等着。封麟从车上下来,一眼便看见了捧着热水的夏寻谦。

温热的气息在靠近,封麟走到夏寻谦面前。

他没有开口说任何事情,薛云如果知道了事情的真相,就不会再为难封麟。

如何开口夏寻谦不知道,并且薛云这段时间内应该也开不了口。

但这件事情不该夏寻谦来说,他只想安安静静地陪着封麟。

"今天回来这么晚,菜都冷了。"夏寻谦说。

他刚刚问过司机封麟什么时候回来,掐着时间做的菜,其实刚刚好。

封家被烧两个月后,封麟染着一身的酒气回家。

"你都知道是不是?"封麟问夏寻谦。

封麟压着气息,显然有怒意。

那日,封麟和夏寻谦大吵了一架。

封麟责问夏寻谦为什么不告诉他,所有散不出去的怒气都发泄到了夏寻谦身上,但吼了人之后他又后悔了。

夏寻谦没和他多说什么,自己去了厨房给封麟做醒酒汤。

看着厨房里那个单薄的身影不知道是不是被烟雾呛到咳嗽了两声,封麟疾步走了过去。

封麟的手攥紧,不知道说什么,应该先道歉的,他不应该吼夏寻谦。

封麟走到夏寻谦身后,沉闷的调子是压抑的:"对不起,我刚刚声音有些大。"封麟先开口说自己的问题,夏寻谦隐瞒不是为了看自己的笑话,"是不是吓着你了?对不起。我刚刚说的都是混话,你别当真。"

封麟刚刚确实凶他了。

可他从未将封麟看作跳梁小丑，每个人都不是无欲无求的神仙，有情绪有愤怒，憋不住了总是会燃一把。

二十多年的秘密对封麟来说怎么不算可笑呢？

夏寻谦转过身与封麟对视："你这是在道歉吗？"

封麟凝视夏寻谦，那种感觉就好像是什么都没有的人害怕渴求的一切都远离。

他有些害怕，夏寻谦性子坚忍，他也从未想过将夏寻谦当作自己的情绪出口。

封麟唇瓣微微张开，想再说些什么，夏寻谦突然靠近一步。

"不要怪自己。"

夏寻谦的话安抚着封麟动荡的心脏。

半个月后，夏寻谦试探着问了一句薛云。

封麟说不知道。

他本就是个极能控制情绪的人，那之后也没有任何能让他情绪失控的事情。

不久后，薛云放弃了手里的股份，万翻真真正正地到了封麟手里。

夏寻谦不知道薛云去了哪里。

春天来的时候，夏寻谦去寺庙里祈福，遇见了薛云。

夏寻谦站在远处看着她，怎么也想不到薛云瘦了那么多。

她头发梳得整洁，衣裳干净，眼底的恶也不知道是被什么洗净了，半年不见居然清澈了起来。

夏寻谦想离开，却听见薛云在浓烟香灰处求自己平安长寿。

她求的是夏寻谦。

她好像不知道来求什么，那就求封麟的愿望好了。

回家的时候，寺庙里的人告诉夏寻谦，薛云经常来。

夏寻谦淡淡地点头，而后跟着司机回家。

半月后，夏寻谦得知薛云因夏历受到牵连，并对自己伤害夏寻谦的事情供认不讳被判了刑。

封麟去看了她几次。

# 第八章
## 悄然流失

日子好像渐渐安稳了下来。

封麟买的别墅宽敞，后院前院都可以种花种树，夏寻谦没事就拨弄这些东西。

封麟买了只猫，夏寻谦抱着亲了亲。

"叫它千千。"

"不许。"封麟拒绝。

后来夏寻谦一直叫猫千千，封麟拦不住，也就默认了那只白猫叫千千。

夏寻谦在屋子前院种了一棵石榴树，石榴树种下的第五年，他的身体越来越差，吃的药越来越多，发病的次数日渐频繁。

封麟那时便很少去公司，大部分时间都留在家中陪他。一开始封麟带着夏寻谦出远门，一个月有半个月都待在医院。

后来他知道夏寻谦不愿意，就笑着告诉他没事，带他去医院的次数也少了。

医生说多带出去散散心会更好。

夏寻谦经常坐在院子前晒太阳，封麟给他特制了一把半躺的椅子让他坐。

刚刚坐下，封麟便拿着毯子出来，将毯子盖在夏寻谦的膝盖上："少吹风。"

封麟面上看不出来什么情绪，夏寻谦知道他是不敢在自己面前流露出悲伤的情绪。

"我是在晒太阳。"夏寻谦回答。

夏寻谦抬起手腕上戴着的小银镯轻轻晃了晃。

丁零零……

如果小银镯会说话的话，讲的一定是"夏寻谦长命百岁"。

封麟抓着夏寻谦的手腕，说："长命百岁。"

原来小银镯不会说话。

所以愿望也不会实现。


夏寻谦推了推封麟："你给我摘一个石榴下来。"

封麟闻言，去石榴树上摘了一个给夏寻谦。

夏寻谦仔仔细细地将石榴剥开，先把粉色的石榴籽吃了，然后把血红色的石榴籽留给封麟。

封麟接过石榴，抿了抿唇在夏寻谦侧面坐下："我还以为你多厉害呢，种的石榴都红彤彤的。"

"原来是自己把不红的都吃了啊？"

封麟笑出了声："笨蛋。"

夏寻谦嘴角勾起一抹笑："你就说厉不厉害吧？"

"嗯。"封麟很给面子地回道，"厉害死了。"

真的厉害死了。

夏寻谦把脑袋靠在椅子上，抬眸望着前面的绿植，都是他种的，可惜他现在扫不动了，都得封麟收拾。

那天晚上的菜是封麟做的。

也许是受形势逼迫，封麟做菜越来越像模像样了。他端着小桌板出来，架在夏寻谦面前。

夏寻谦眼神一亮，封麟已经好久不许他吃螃蟹了，今天居然给他蒸了一整只。

封麟撬开蟹壳，将里面的肉一点一点拨弄出来放在小碗里，然后把碗递给夏寻谦。

"请问这位先生为什么对我这么好啊？"夏寻谦举起手，像电视剧里递话筒一样杵在封麟面前。

夏寻谦一脸期待地等着封麟的回答。

封麟："哪有那么多为什么？"

不好玩，回答得那么正经。

夏寻谦接过碗，安安静静地吃着螃蟹，封麟负责继续给他剥壳。

吃好后，封麟就命令夏寻谦去休息。

躺在床上的时候，夏寻谦要封麟念书给他听，听着听着就要冒出来一个问题，封麟会一字一句地回答他，直到他睡去。

夏寻谦这些日子一直睡不着，抬眸望着封麟的侧脸，微黄的灯光照得人脸庞明暗交错，细密的心思像书本一样摊开。

夏寻谦好像在说害怕。

时隔半年。

封麟比之前更温和了。

夏寻谦坐在躺椅上，眼神迷离地看着前方。

他迷迷糊糊地问："我今年多少岁了？"他又忘了。

封麟声音嘶哑地告诉他："你今年二十岁，年轻活泼，身体健康。"

二十岁，那就还可以陪封麟好多好多年啊。

十九岁的时候认识封麟。

二十一岁的时候在家里种好多好多的花。

二十二岁种一棵石榴树。

二十三岁用零花钱给封麟买一份礼物。

二十四岁给封麟养得胖一点。

…………

二十七岁画一百张封麟的画像。

二十八岁石榴就熟了，摘给封麟吃。

夏寻谦身子轻微地动，望着天花板上的灯，微黄的灯光像落日一样，微微眯着眼，那道夕阳就慢慢折合，才二十岁……

他眼底浑噩，说："真好。"

再过几年，他种的石榴就该熟了。

他要把粉色的石榴都留给自己吃，红彤彤的都摘下来留给封麟。

他有些看不清楚，眼前模糊一片，喉咙连着鼻子堵得有些喘不过气来。

他太难过的时候就会这样，没办法呼吸，他能感知到封麟在面前。

他神情落寞："我什么都留不下……"

封麟抬手轻轻抚去夏寻谦眼角的泪渍，封麟抓着夏寻谦手里的银镯晃了晃。

闷闷的声响在封闭的屋子里响起。

封麟老爱晃夏寻谦的银镯子，每次都要讲好多遍长命百岁。夏寻谦喜欢这个镯子，因为封麟会给他讲长命百岁。

泪水划过鼻梁滴落到嘴唇。

"谢谢你。"今天忘记说了,夏寻谦最近记性好差,他罚自己说了第二次,"我会活着。"

夏寻谦一直睡不着,睡着后又一直醒不过来。

直到第二天下午,夏寻谦才堪堪睁开眼子。封麟见人醒来,过来叫他:"怎么变成懒虫了?"

夏寻谦坐在床沿盯着封麟看,这个世界上应该没有人能想象到封麟也可以是温和的。

他明明雷厉风行,是说一不二的封家掌权人。

夏寻谦眼中洋溢着笑意,哑着声音道:"我睡了好久吗?"

"没有。"封麟否认道,"没有很久,饿不饿?"

吃完饭,封麟带着夏寻谦在院子里晒太阳。

夏寻谦坐在椅子上,眼皮又重又沉。

封麟在给他剥石榴。

接下来很长一段时间基本都是如此,封麟看见夏寻谦总是开心的,从没有在他面前展现过其他的情绪。

"寻谦。"这日,夏寻谦又睡懒觉了,封麟没忍住将人叫了起来,"该起床了。"

夏寻谦的声音细得有些听不清楚:"我再睡一会儿。"

"下雪了。"封麟告诉夏寻谦。

夏寻谦喜欢雪,他要看的。

封麟将人捂得严严实实带出了院子,满地雪白晃得人眼睛都睁不开,门前的绿植被厚重的雪压着枝丫,稍微来阵风就吹得它们发出噼里啪啦的声响。

好漂亮啊。

雪还在下,夏寻谦心虚地看了封麟一眼:"我可以去玩吗?"

"你觉得呢?"换作以前,封麟肯定会拒绝,但夏寻谦不会听。

现在封麟说不许,夏寻谦就不会去,他一点儿也不想让封麟担心。

"你不许。"夏寻谦努着嘴说。

"我允许。"封麟说。

看着地上的雪，从昨日下午就开始下，一整夜都没停过，积雪厚厚的一层，踩上去嘎吱嘎吱地响。

夏寻谦走到院子中间堆了一个雪人，手冻得红彤彤的，依旧不亦乐乎。

封麟给他拿手套，他不要，他就要用手去摸，去碰，去感受。

封麟在夏寻谦身边陪着他，雪顺着发丝滑落，又在鼻尖化开。

夏寻谦笑了，他便也跟着笑。

忽地，一坨鸡蛋大小的雪团扔到了封麟的胸膛，然后散了。

"小兔崽子。"他就知道夏寻谦多大了都会做这样的事。

十九岁的时候会拿雪团扔他，现在也会。

封麟抓起地上的雪就要揉成一个小球。

夏寻谦见状，直接撒腿就跑。

才两步他就被封麟逮住拉扯着往前，封麟知道前面的雪墩子是块大石头，急忙一个拉拽。夏寻谦身子往后仰得太急，封麟去接他时两个人都滚到了雪地里。

"摔疼没？"封麟问。

夏寻谦看着一院子的绿植，突然觉得冬天和夏天也没什么区别，如果真的能选死亡的季节的话。

待夏寻谦反应过来，封麟已经将他扶了起来，甚至硬是让他去屋里换了身衣裳。

封麟好没意思，夏寻谦好想和他吵架。

但他们俩吵不起来，封麟本就是话不多的人，真有什么争执的时候他会直接默认自己错了，然后给夏寻谦找一百个理由。那么多年，他们几乎没吵过五句。

夏寻谦看向封麟："和我吵架。"

这奇奇怪怪的要求只有夏寻谦才有，病情严重后就更是如此了。

昨天要封麟给他剪头发，前天要封麟带他去买纹身贴，夏寻谦说现在可流行了。

"我想要贴一个雪人贴在身上。"

封麟十二点的时候带着夏寻谦出门，然后指着店说："关门了。"

"好吧，不过为什么这么早就关门了？"

封麟蹙着眉看着又来找自己吵架的夏寻谦，思绪转过来："吵哪一架？"

夏寻谦思考了几秒："你今天早上很凶。"

"我错了。"封麟问他，"吵好了吗？"

夏寻谦："好了。"

"真乖。"封麟笑着夸他。

没劲，封麟根本就不会吵架。他应该把自己骂一顿，说自己无理取闹不听话，然后把自己扔到一边不管，这样才是吵架。

夏寻谦想，如果在封麟和自己生气的时候死去，他是不是就不会那么难过了。

可封麟根本就不会吵架。

天上有萤火吗？夏寻谦觉得有。云朵跌在地上，有好多好多种颜色，斑斓的彩色，缠绕着飘啊飘，小沐说要和他一起回家。

夏寻谦坐在半躺的椅子上，里面是厚厚的软垫，身上盖着绒毯，暖和得不得了。他的心里忽然有些酸涩。

还是一把火烧了好，不应该种那么多花的。封麟根本就不喜欢花，以后肯定更不喜欢了。

夏寻谦动了动，他没劲，弧度小得不行。

封麟垂眸看过来，夏寻谦发现他的瞳孔里有血丝："你是不是悄悄地哭过了？好丑啊。"

封麟否认，不知道是否认哭过，还是否认夏寻谦说他丑。

夏寻谦不是一个伤春悲秋的人，他一直都知道自己的情况，但他现在做不到像以前那样自如。

夏寻谦抠了抠封麟的手，他能感知到自己心跳得很快，然后又像是跳不动了，好累，累得想睡觉，睡一个好长好长的觉。

他想讲好多好多的话，可一句也讲不出来。

"我是福薄的人……"夏寻谦唇瓣张了张。

他是福薄的人，那点运气全用在遇见封麟这个至交好友身上了。

忽地来了一阵风，雪花顺着力道飘到夏寻谦脸颊上，好凉，天生的云层晃啊晃，他瞧不清楚。

雪要化了。

封麟同他对视，他也看不清楚。

迷迷糊糊中，他听见封麟说："寻谦是天底下最好的人。"

夏寻谦勾唇笑了笑，他知道封麟在看着他，可他讲不出再多的话来。

夏寻谦用尽力气抠了抠封麟的手心，用最后一点力气喊了封麟一声，声音小到夏寻谦自己都听不见。他想自己可能并没叫出来，但封麟一定能看懂。

夏寻谦张了张唇。

这是封麟听见的夏寻谦同他讲的最后一句话，他平日里说不出来，这一声其实也没出来，封麟是看着他的唇形猜出来的。

手心的手指无力地滑落，封麟紧紧握住！

除了封麟，没有人知道他们说了什么。

风落在周遭，他好久没有凶过夏寻谦了，这日又凶了他："天还亮着呢，怎么能睡呢？"

"石榴也还没吃完，怎么能睡觉呢？"

他告诉夏寻谦，他不喜欢吃石榴。

"明天你自己吃，不然我全扔了。"封麟的声音里带着颤意，无声的泪水划过脸颊落在夏寻谦身上，"你一点也不听话。"一点也不听话。

封麟看着院子里的一切，他好像还是做得太少，善事做得太少了，恶贯满盈的人都有报应，所以他也有报应。

沉甸甸的一切压迫着封麟，任何事他都比别人早知道。同龄人在商量着去哪儿玩乐的时候，封麟想的是利益在何种情况下能做到最大化。没有亲人的爱，为了护住封家的基业在灯红酒绿中摸爬滚打，以至于他忘了太多平常人的情绪。

夏寻谦教他平等，他学会了。

夏寻谦教他讲好听的话，他学会了就讲给夏寻谦听。

封麟觉得夏寻谦还是很坏。

他抓着夏寻谦的手腕晃了晃，他睡着了好安静，封麟想。

丁零零，铃铛响了。

231

"长命百岁……寻谦。"石榴树抖落了雪顺着枝丫滑落,封麟唇瓣轻启,"累了就睡吧,我陪着你。"

一直陪着你。

夏寻谦胆小,怕打雷也怕下雨,得一直陪着。

"撒谎精。"

夏寻谦再一次骗了他。

明明说好了明天陪他的。

明明都好久没骗他了。

这一年冬天,夏寻谦没了。

# 第九章
## 京书的自述

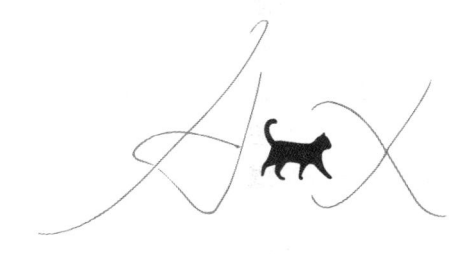

在周家，说起林元洺，大家的第一印象都是周京书手下最好用的属下。

给他提鞋，给他温水，冬天送衣，雨夜送伞。

跟在周京书身边九年，我见了太多太多的事，看着他从周家几兄弟里摸爬滚打出来，执掌了周氏集团百分之七十的股份。

而我，是他用得最顺手的人。

我站在周家别墅门口，看着紧闭的大门，他在里面等我。

我垂眸看了一眼自己，衣裳是新的，鞋也是新的。刚刚从公司回来，教训了让他不快的人，我身上沾了灰，不好看，得换换。

我极力在他的一众属下中站在高处，我也确实做到了。除了周京书，我在周家有不小的话语权，但周京书好像依旧不记得我究竟长什么样。

或许也不是不记得，只是他不屑多看一眼罢了。

我推开门走进去，周京书与往日一样戴着眼镜坐在沙发上看着公司的资料，手边是一杯咖啡。

他从来都是那么道貌岸然，熨烫规整的西装与那副眼镜衬得他时时刻刻都是儒雅和煦的，真像个君子。

周京书气质温和，但我知道，他实际上比谁都狠。

他没有抬头的时候我会大胆地凝视他，在黑暗中我一直放肆。

高昂的定制西装与他完美适配。

或许是我的目光太过直接，他发现了我，在他抬眸的时候我的头垂了下来。

周京书示意我过去，他应该又忘记我的名字了。

林元洺这三个字，其实没有他想象中那么难记。

周京书从他手中的资料里拿出一张照片递给我，白皙的手指指节泛红。

"把这个人带回周家。"他的语气一如往常，是命令，绝对的命令。

他总是这样，可谁让我对他而言是呼之即来的人呢？

我淡然地看向他递过来的照片，很清秀，也很乖巧，那双眸子几乎没有什么情绪。我认识照片里的人，是夏寻谦。

我抬手去接照片，手指触碰到周京书的指尖。

感受到我指尖的温度，周京书瞥了我一眼后收回了手。

我今天穿得还算得体，不知道他能不能记住了。

"出去。"周京书总是这样，给了命令就等结果。因为他手下的人总能办好，他又开始驱逐我。

我没走，他桌上的咖啡喝完了，我重新给他磨了一杯放回去。

整个周家，没有人比我更懂他的喜好。他也习惯我的伺候，放肆的时候我可以在他看书的时候在屋子里站两个小时。

我见他顺手就端起咖啡喝了一口，他对我没什么防备，如果是一杯毒药呢？他现在是不是也喝下去了？

我看了他一会儿就出了门。

将夏寻谦带到周京书面前的时候，他的眼里是有光的。和面对周家那些人不一样，灯光闪烁，清冷的风和夏寻谦一起到他身边。那时的他像一个鲜活的人，不是谦谦君子的刻意造作，那就是他自己。

原来他可以第一次就记住一个人的名字。

周家也是个吃人的地方，他没睡过几个安生觉，好不容易会笑了，那就这样吧。

我对夏寻谦了解得不多，只觉得他长得像个易碎的洋娃娃。确切地说我不知道怎么形容他，就像我变不成他一样。

纤长的手指细嫩得像是什么活都没做过，但眼底的韧性又像是和我一样的人——肮脏泥坑里的人。

周京书是个伪君子，他想利用夏寻谦。

夏寻谦求我帮他，我动摇了。

封麟是万翻集团的董事，周京书当真什么人都敢惹。他疯了。

封麟在找夏寻谦，以他的本事，总有一天能找到。

周京书也确实没想过后果。

在决定帮夏寻谦的那天，我接到周家老宅打来的电话。

"周先生喝多了，你快把他接回去！"对面人的声音很急切。

我的心脏猛地震了一下，周京书对酒精过敏，他根本就不能喝酒！

当我开着他的车回到周家老宅的时候，正看见周京书被人扶着往外走。

235

屋外的灯光昏暗，月光洒下来刚好可以看清他的脸，半明半暗的灯影依旧衬托着他的矜贵。

周京书的心情看起来不错，眼里含着笑意，我快步过去将他扶起。

或许是喝得多了些，周京书整个人跌了下去。

我收紧了手，他身上的酒味和白天喷的香水味混合在一起。除了这些，还有烟味。

扶着周京书的人见我来了，便松开了手。原来他喝醉了会变成这样。

"林元洺……"我听见周京书叫了一声我的名字。

原来他记得我的名字。

我轻轻地应了他一声，将他扶上了车，然后系上安全带。

周京书浑身的酒味，他仰躺在座位上，闭着眼眸的样子比平日里的假正经看起来顺眼多了。

我不是什么报纸上说的厉害人物，普通到了骨子里，赚不了很多钱，没有多大的本事。

周京书身上的一件西装是我一年的工钱。

我依稀记得周京书将我带回周家的时候，我正因为一口饭被人打到分不清白天黑夜。

我的命是周京书给的，所以也应该在某个需要的时刻还给他。

周京书不舒服地动了动，手无力地推了推我，迷迷糊糊地说不想回家。

我将身上的外套脱下来披在他身上，问他："那你想去哪儿？"

周家老宅门口的灯熄了，道路的路灯愈发显得昏暗，但那又如何？

他想去哪儿，我都会带他去。

他想去哪儿，我就带他去哪儿，一直以来都是这样的。我听话，讲规矩，做的所有事情在外人眼中都是滴水不漏，为他处理烂摊子，从没有过怨言。

我不知道是从什么时候起走到那条荆棘丛生的分岔路口的，或许是从感激周京书开始。

我们像黑白分离的裂痕，他万人附庸谄媚，我面前是黑暗。

周京书没说去哪儿，他只说："不想回家。"

我不知道他今天为什么那么高兴，也不知道他既然高兴的话又为什么不想回家。

我开着车走，周京书喝了酒，我不知道他的过敏程度是什么样的，我猜他提前吃了防过敏的药，那么不要命地喝，又是想得到什么呢？

周京书没说去哪儿，我就将车往我想去的地方开。

我将车开去了最近的海边，快到的时候把车窗打开，周京书把手伸出去，好像想抓一把风。

我没看他。

我踩刹车的动作大了些，周京书浑噩地侧目瞥了我一眼，换了平时他其实不会说什么，但下次我就不会再有给他开车的机会。

"林元泜，你有病吗？"周京书努着嘴骂了我一句。

他还会骂人呢。

我好像真的有病，他骂我，我倒觉得他真实。

"到了。"我心情不错，语气轻柔。

下车后我去给周京书开车门，马路下面就是海，站在这里可以清清楚楚地听见海浪拍打礁石的声音。我心烦意乱的时候都喜欢来这里，这里的风让人静心。

周京书像是很满意，他有些晃荡地走向围栏的位置，我在身后跟着他。

周京书靠在围栏上，也不知道是更醉了还是清醒了些，夜里的海风吹着有些凉，那股凉意最好解酒了。

我离他约莫三米左右，掏出了一支烟。

忽然周京书走过来，把手伸进了我的口袋，将口袋里的烟掏了出去。

香烟快送进嘴里的时候他又伸手过来，我真是服了，比他快一步拿出打火机迅速递给了他。

不会抽烟跟这儿凑什么热闹。

周京书一身的书卷气，是那种一看就是高知分子的精明聪慧气质，也是一看就不会抽烟的类型。

他也确实不会抽烟。

周京书抽了两口就在那儿咳嗽。

"笑什么笑?"周京书瞪我一眼,他手指夹着烟的样子一定和我看经济学一样好笑。

我眼神移到一旁:"好笑。"

"什么?"周京书好像没听清楚。

"我说,不能抽就别抽。"我把他手里的烟拿过来,接着抽完了。

"你有病吧林元洺?"周京书有些震惊。

他又骂我了。

他喝醉了和平日里完全不一样,我也分不出来哪个是真实的他,又或许都是。

我就是有病:"我的烟很贵的,扔了多可惜。"

周京书没再说什么,他眼神迷迷糊糊地看向大海,突然又往回走。马路对面是大型的观赏草坪,周京书走过去就睡下了。

我这才知道他醉得有多厉害。

走过去的时候,周京书就那么蜷缩在地上。我问他为什么睡在地上,他让我把他埋起来,然后他发芽明天就重新活过来了。

"我带你回家。"

我说送他回家,但他没答应。

"小书。"他不回家,我不能问为什么。

我能明白他的意思,不想回家,但想睡觉。

我把他扶到副驾驶座后将车开到了我住的地方。

周家有房间给我,周京书的薪资也开得足够高,我在泊城买了一个小房子,我想着等哪天周京书劈头盖脸地让我滚的时候我也能有个去处。

没想到,周京书居然有天也来到了这个房子。

这里的屋子比起周京书住的地方小了许多,但他好像一点也不失望,也不抗拒。

因为醉得太厉害,我没让他去洗澡,而是直接带他回了卧室。我扶着他去卧室的时候听见他告诉我:"我爸终于让我妈迁回祖坟了。"

周京书的声音很小,带着些嘶哑压抑和我能听出来的委屈。

周家家族庞大，支系分裂，看似和谐，实际上个个都有自己的心思。我看着周京书眼眸泛红的模样，突然觉得他其实挺脆弱的，虚伪的外表下是一直强装的强硬，没有人保护他。

他一直在做给他父亲看，有时候过于较真，所以手段就越来越狠。

我说："好啊，恭喜你。"

他醉得好厉害，平日里才不会这样。他或许觉得我站得离他太近都会脏了他的眼，又或许只是他不太记得我。

周京书的眼睛微微睁开。

人得到太多的时候是站在悬崖上的，周京书知道自己的一切都是虚妄的火花，那他跌下去，我也会给他垫背。

半响，一道闷闷的声音传来，他哭了。

周京书就那么抱着被子，眼睛红红的。

周京书没在我面前哭过，我了解他的性子，什么事都自己扛。我一度以为他的身体构造和别人不一样，比如说眼睛里没有泪水，嘴里说不出脏话，可今天我一起看到了。

他不仅会骂人，还会哭。

或许是太多的事情没有如他的愿，压抑太久，夏寻谦就成了他的口子。

"为什么哭？"我问他。

周京书抱着我的被子，我以为他不会说的，就像醉鬼根本不明白自己为什么醉，他现在说不出什么正常的话来。

可他抱着被子蹭了蹭，开了口："今天我爸给大哥过生日，我见大家都高兴，就提了让我妈迁回祖坟的事……"

"我喝了好多好多酒，红色的……黄色的……白色的……每一口都像刀子一样割喉咙……"

真不敢相信有一天周京书能说出那么没有水平的话来。

红酒、香槟、白酒，他到底喝了多少？

周京书没和我说过那么多话，我说道："不喜欢喝酒就不要喝。"

"要喝的……"周京书有几分得意地勾唇，只一秒就落寞了，"他们夸我长大了，酒量渐长。"

239

周京书自顾自地说着，昏沉的灯光洒在他的侧脸，沉入黑暗的那一边看不到半点光亮，如同他藏起来的内心，有坚硬的甲胄包裹，我也窥探不了分毫。

周京书抬眸看向我："林元洺，你最听话了。"

他说的没错，我是最听他的话的下属了。

那一刻我忽然变得大胆："我听话，你满意吗？"

周京书好像没思考就回答了我的话。

急骤的雷雨在我的脑海中震响，真的假的在我眼里都无所谓。

"你还没告诉我，为什么哭呢？"不知怎么的，我就想问出来，不想听那些拐弯抹角的话。

周京书突然伸出手来，他要我用东西和他换，他才告诉我为什么。

周京书从来没有这样过，我没想过有一天，他那样一个矜贵高傲的人会找自己的属下讨要东西。

我家里没有什么值钱的东西。

我从床头柜的抽屉里拿出来一个漂亮的盒子，递到周京书手上。

里面是一副金丝边框眼镜，也是我一个月的工资。

周京书接过礼物打开，迷迷糊糊地看了看，然后笑了。

我刚刚把他的眼镜拿了下来，这样看他眸子的时候那股子不近人情的冷意散了不少。

周京书抱着礼物闭上了眸子，看起来依旧是高兴的。我以为他又要食言了，毕竟没有什么事情是值得告诉我这个可有可无的人的。我正打算放弃的时候，周京书开口了。

他说："我今天也过生日……"

我想再多说些什么的时候，周京书的呼吸却在逐渐平稳。

今天是他的生日……我不知道。

周京书没过过生日，我向别人打听过，周家没有人知道他的生日是哪一天，他好像也不在意。

在今天以前，我一直以为周京书是因为不喜欢那些虚伪的东西。

原来他不是不喜欢虚伪的东西，是没有人在意。

他不喜欢过生日，是因为收不到礼物。

明明不能喝酒,周家的人却夸他酒量渐长;明明他也过生日,却拿着礼物去祝福别人。

我轻声说道:"生日快乐。"

我以后每年都给你买礼物。

周京书的五官其实没有一点攻击性,睁开眸是让人望而却步的疏离,但更多的是温润的书卷气质。现在摘了眼镜,他看起来乖巧得像只猫。

第二日,周京书的酒醒了。

他是个君子,清醒的时候不怒自威,但又因为太君子,所以常年保持的温和习惯在何种情况下都是不会变化的。

我不知道周京书记不记得昨天晚上的事情,如往常一般穿衣洗漱系着自己的领带。

我轻微叹了口气,周京书在洗漱间盯着自己的颈脖看了半天。

周京书从洗漱间出来,我便识趣地去拿车钥匙。本以为他会往外走,但他进了卧室,然后把我昨天送给他的礼物拿走了。

"你……记得?"我脑子一时间没转过来,直接问了出来。

"记得什么?"周京书眼神淡淡的,掏出自己的眼镜。

我这才想起他的眼镜被我不小心踩碎了。

那这个就不能算礼物了,算我赔给他的。

周京书有些戏谑地看向我:"我记得这个牌子的眼镜很贵,还不好买,你哪里来的钱?你又不近视,买这个干吗?度数还和我的一样。"

我真想找条地缝钻进去,反正现在都这样了,我也不打算隐瞒,随时随地做好周京书让我滚的打算。

"给你买的。"我说。

周京书就那么怔怔地看了我几秒。

周京书转身走向客厅,并且一如往常地命令了起来:"眼镜我拿走了,拿着发票去公司报销。"

我一口气差点没上得来。

"去楼下给我买个早餐。"周京书突然开口道。

周京书在客厅观摩我的小房子,他肯定觉得这不是人住的地方。

我见周京书没有要马上去公司的意思,心里其实挺高兴,他确实需要休息。

我没下楼买早餐,而是直接去了厨房。

"我给你做。"我边进厨房边开口。

"你会做饭?"周京书看起来明显不信。

不是谁都是小少爷,我想这样回他,但我没说。

"我回家都自己做。"

"看不出来。"他依旧疑惑。

我看着他的脖子,上面痕迹明显。周京书那样的人,就算怀疑是我,只要他没在清醒的时候确认,根本不会拿出来说事,我太了解他了。

我告诉他:"你看不出来的事情还有很多。"

周京书没再回答。

厨房里有咖啡机,但我其实不喝咖啡。

我打开冰箱拿出肉和鸡蛋,给周京书做了一碗肉臊面,端去餐桌的时候周京书在客厅发呆。

"过来吃饭。"我轻声叫他。

周京书没对我面露什么欣喜的情绪,也没有嫌弃。

我拉开凳子让他坐下,然后又去厨房给他泡了一杯咖啡端出来。

周京书看着我放着他面前的咖啡,愣了愣,旋即问我:"和人同居?"

我懒得解释,于是说:"现在喝了。"

周京书今天话突然变多了,他看向咖啡:"那你喝喝看。"

我才不喝,那玩意儿比我的命都苦。

周京书可能看出我的怪异,不再追问。

窗外的阳光透过纱窗进来,他背着光,发丝被一束光照出细微的金色,客厅铺满了金灿灿的旭日萤火,哪里都是亮堂堂的。周京书永远在光亮的地方,说我固执也好,一根筋也罢,其实是他一直在救我。

"好吃吗?"我问他。

周京书蹙眉后点了点头:"比想象中好。"

"以后想吃都可以来找我,我给你做。"我淡然地说道。

"太累了的话就休息一下,不要把自己不当人用。"我今天算是该说的不该说的都说了。

周京书抬眸过来:"林元洺,你在管我吗?"

我没回答,也不否认。

吃了早餐后,周京书拿着门口的早报看了一会儿,让我送他去公司时已经是下午。

我看着他和夏寻谦二人不欢而散。

夏寻谦和周京书有一句没一句地搭了两句话,我都听着。

头顶的灯轻微地晃动,我还算是个敏锐的人,嘎吱的摩擦声是平日里不会有的。

老式琉璃灯直直落下,那样垂直的速度我躲闪不及,碎裂的琉璃块划过臂膀,刺骨的疼痛来临前我的手臂已经被鲜血浸湿。

周京书不喜欢血腥味,我推开了他。

一地的碎片比玻璃扎人,锋利如刀刃般依旧张牙舞爪。

手臂上的血顺着指尖滴落在地上,我没看伤口,用手捂住臂膀直接往外走。其实我想让周京书看看我止不住的血渍,想让他对我心生愧疚。

可他也确实不喜欢血腥味,说不定惹来的只有厌烦。

周京书是个遇事不乱的人,刚刚的巨响应该没吓着他。

我说:"我叫人来打扫。"

我回头的时候望了夏寻谦一眼,他眼中淡然又有些惊魂未定。

如果我没猜错的话,这件事情或许是夏寻谦的手笔。

夏寻谦一直想逃离周京书的桎梏,我知道。

夏寻谦与我对视一眼,我便更肯定了。

我朝着别墅侧屋的小房子走去,看见阿姨在门口便叫进去打扫。

我打算先止血,包扎这种事情我可太熟了。

我进了屋后才侧目看了一眼自己手臂上的伤口,头顶的琉璃灯直直划下扎的伤口倒是不浅。

我翻找着屋子里的纱布和碘酊，压着伤口的手一松开血就淌得更厉害了。

我胡乱扯出纱布先死死地缠住伤口，正打结的时候门被人推开了——是周京书。

我没想过他会过来，这也不大像是他会做的事，周京书将门开到最大，挡住了屋外的光源。

那种滋味和我与他的状态太像了，我画地为牢地待在角落，他困住了我。

我没有家人，没有朋友。

我见他眼神落到我手臂胡乱打着的死结上，用的是他惯有的温和语气："你平时都是这样包扎的？"

"嗯。"我如实应了一声。

周京书转身，眼神怪异了几分："跟我出来。"

我踏步跟了出去。

周京书猛地顿住脚步，说："车钥匙给我。"

我从口袋里掏出车钥匙给他，周京书示意我上车。我往驾驶位走去的时候，被周京书拽住了脖子拉着往后。

"你找死？"

我抿着唇往后退了一步："你不是要出门吗？"

周京书看傻子一样瞪了我一眼，而后把我推到了副驾驶座，他自己坐上了驾驶位。

我听见周京书神色温和地骂我："这么严重的伤口不去医院，林元洺你脑子里装的是什么？"

"不知道伤口太深处理不当容易感染吗？你是猪吗？"

医院后医生检查了一下，说要缝针。我还真没想到有那么严重，但欣然接受。

清理后又缝针，还开了点消炎药，周京书一路上没什么情绪，还真像个体恤下属的老板。

回到周家后我便找夏寻谦聊了聊，我当然不会向着周京书讲话，我还明明白白告诉过夏寻谦，封麟在找他。

"不要伤害周先生。"我说。

夏寻谦知道如果今日的灯不是落在我身上我不会那么轻松淡然地和他谈论。

他说我可怜。

或许吧。

一周后,夏寻谦的画展开了,消息是我放出去的。

夏寻谦被封麟接走了。

我知道如何牵制周京书的怒火,所以可以轻而易举地惹怒他。

这天,他将我带去了周家的另一所房子,那是周京书手下的人闻之色变的地方。

当周京书将我扔在那栋房子的时候,我更明白了,我对他而言,只是个可有可无的人。

头顶白得晃眼的灯光让我瞳孔动荡得厉害,分不清白天还是黑夜。那些人对我拳打脚踢的时候,我没有还手。

意识模糊之间,好像和周京书把我捡回周家那一刻重合了。

我突然就释怀了。

我忘了自己是什么时候醒来的,只迷迷糊糊地记得天黑了又亮了。

我勉强撑着身子起来,用了很久才缓缓挪到门口。打开门的时候,周京书居然在那里站着。

我少见地将他无视。

在周京书眼里,我听话,从不反驳他的命令,这次的事情在他意料之外,他觉得自己理应给我一个教训。

因为我一直在他身边,周京书好像也没预想过我会离开。

当我从周京书身边走过的时候,他叫住了我。

我轻蔑地看向周京书,对自己的嘲意最后转化为苦笑。

"周京书,如果可以的话,我希望以后都不会再遇见你。"

跟在周京书身边做事是一件很累的事,我在黑夜中摸索,四处都是无边的黑洞,深渊一样吞噬我的自我意识,没有光源,没有方向,也没有结果。

那天我离开了周家，也离开了周京书。

周京书或许觉得是自己的薪资开得够高，所以我能一年又一年地待在他身边，一次又一次地听他的任何命令。

我没有想过我走了周京书会不会不习惯，我想或许会，至少其他人都喜欢刻意避着他，只有我喜欢在他面前晃。

离开的第二天，我的银行卡里多了一笔钱，比正常工资多出太多，这让我有些恍惚。

我打电话问了周氏集团的财务，对方的回答是正常奖金范畴。

谁说走就走奖金还发三百万的？但我欣然接受了。

这些年我没花过什么钱，加上之前的存款一共有六百万，足以让我做些想做的事。

我脑袋不及周京书聪明，想赚钱也只能从不讨巧的方法上走，但混得开对我来说不是什么难事。

离开周家大概第十天的时候，曾经一起共事的何飞找到了我。

那天我在楼下买烟，恰巧看见他如看见救星一般朝着我跑了过来。

"元洺！你快去救救周先生！"何飞的语气挺急切，把我手里的烟都抖掉了。

我和何飞都认识的人，还姓周，何飞还那么尊敬地称呼，只有周京书了。

周京书做的坏事可太多了，我怎么救他？

何飞抓着我的手臂，呼吸沉得厉害："周先生和家里人闹掰了，手下的人给他好一顿揍……"

何飞还没说完我就打断了他："和家里闹掰了？"

据我了解，周京书可不是一个不顾大局的人，他拼命在周老爷子面前装，什么都和他大哥二哥比，怎么会突然和家里人闹掰呢？

何飞喘了一口气，继续说："这几天周家一团乱，周先生给报社放了十多条周大少爷名下的分公司的负面新闻，公关压不下来，周老爷子自然会拿周先生出气。"

何飞吐了口气，又继续道："周先生还惹到了万翻集团的董事，封麟为人本就阴狠,现在周家被封麟玩得团团转!"

"请神容易送神难,现在就算是周老爷子肯放过周先生,封麟也不会放过他!"从何飞的语气里听得出来担忧。

我能猜到封麟会给周京书一些教训,但现在这个节骨眼上,周京书应该巴结着周老爷子和周家的其他人以求拥护才是。

只要周老爷子护着周京书,夏寻谦又不是个喜欢过多插手这些事的人,给个教训也就罢了。现在这种情况,周京书他到底是想做什么?

"周老爷子想让周京书给封麟赔罪!"何飞继续道,"封麟不会放过他的。"

"我记得你知道周先生那间屋子的密码,他现在出不来,周老爷子完全没有要管周先生的意思。

"他打你就是做给周老爷子看的,我知道你现在生气,但之前是他把你捡回周家的,你不能放任他不管……"

何飞之前受过周京书不小的恩惠,老婆生病的钱全是周京书给的,他现在这么为周京书说话我能理解。

我蹙着眉,忽然就想通了,我凭什么要管他?

"没有时间考虑了!我求你了元洺!"何飞声音急切了几倍,"再晚就真的来不及了了!"

我长长地舒了一口气。

我一把抢过何飞手里的车钥匙,往他停在路边的车上跑去。

何飞上车后,我以最快的速度将车开到了周家。

周京书确实告诉过我那间屋子的密码,当我将门打开的时候,看见的是在地上蜷缩着的周京书,和即将闹出事的封麟。

之后的一切在我脑子里嗡嗡地转着,封麟也好像回过神来,我们扭打在一起。

我忘了封麟是被谁带走的,我记得我给他道歉了,希望他放过周京书,看在我放了夏寻谦的份儿上。

我将周京书带去医院的时候,他的意识有些模糊,分不清左手右手,也分不清林元洺在哪边。

我不敢相信周京书把周家闹得鸡犬不宁只是为了让周老爷子唾弃。

周京书如愿地被周老爷子从族谱上除名。

从此，周京书不再是周家的人。

这是周京书清醒后听到的第一个消息，他注视着病床外的艳阳天，虚弱的神色让周京书的瞳孔看起来都是疲惫脆弱的。

温柔的风翻动着蓝白色的窗帘，阳光被卷进来，洒在周京书的眼睛上，他的睫毛染上颜色。

周京书难得地笑了。

他看见我好像有些吃惊，整个医院只有我陪着他。周家没有来一个人，何飞有家室，我闲得慌。

我和周京书对视一眼，我想躲开，我说了以后不见他的，这样弄得我很没面子。

放出的那些狠话我总不能在一个不能动的病人身上实践，我应该恨周京书的。

"医药费已经交了半个月的，既然你醒了，床头有呼叫机，有事叫护士，我先走了。"我冷冷地说完就转身准备离开。

"林元洺……"

到门口的时候，我好像听见了周京书的声音，又好像没听见。

一般这种时候都是我的幻觉，他巴不得见不到我。

第二天，医院的护士打电话给我。

"林先生，我们这里是华北医院，住院区三号病房的病人周京书预留的陪护电话是您的，请问您现在方便过来吗？"护士话说得清楚，却带着几分焦急。

"不方便。"我冷声拒绝，准备挂断电话。

那边的声音更急了："患者有放弃治疗的倾向。"

我赶到医院的时候，周京书刚刚被医院的人从楼顶拉下来。他拒绝治疗，不吃药也不打针。

但我去又有什么用呢？林元洺对他而言只是无关紧要的人罢了。

我走到病房的时候，有五个护士和两个医生围在他的病床前，心理医生正在给他做疏导。

"家属！家属！家属来了！"一个护士抬眸突然看见我，眼神发光一般欣喜。

我忍着想拽着周京书衣襟大骂的冲动长长地呼了一口气。

"你有病是不是周京书！"我还是没忍住骂了他。

呼吸急促压抑得我缺氧难受，等我反应过来，已经拽着周京书的衣襟了。

我还想骂他，但被心理医生制止了。

周京书看了我一眼，一直蜷缩着的手突然松了松。

心理医生好像一眼就看出了周京书的心思："他好像愿意配合治疗了！"

说完，医生和护士以眼神交涉，护士成功抽到了周京书的一管血液。

周京书躺着的床被调得有些高，他整个人半坐着，和我对视的时候抓着被子，神情与之前不同。

从前周京书总是一副我一定不会违背他的姿态，强势又张扬，现在看起来他晦暗的眸里多了几分试探的不确定性。

我就那么站着，根本没办法消气，眼底满是警告意味地注视着周京书。

护士拿着药剂过来打算给他扎针，周京书依旧看着我。

我朝着病床走近一步："给他打，出了事我负责。"说完我冷着眸警向周京书："周京书，你最好听话一点。"

我最会唬人了，他们都说我不笑的时候看起来让人不敢搭腔，周京书就算不怕我也能感受到我的怒意。

护士把针扎进去之后挂上了药，周京书没动，还算配合。

那一刻，我们俩的身份好像互换了。

护士和医生见状，都松了一口气。

病房内很快安静下来，之后我被心理医生拉到了一旁。

"患者的心理不太健康，之前是受过什么刺激吗？他……原生家庭是不是不太好？患者在长期服用安眠药你知道吗？他之前有易怒易焦躁的情况吗？"

心理医生的问题太多，我一时间没太反应过来，又发现我对周京书的了解还不够多。

"他现在是什么情况？"我问医生。

"患者求生意志不强。"医生回答我。

我手握成拳，现在周京书和周家闹掰了，既然是他想要的结果又为什么要践踏自己的性命呢？他不应该重新好好活下去吗？

我发现我还是不懂周京书。

"他和家里人关系一直不好。"我开口道。

"心理上的病呢，往往都需要很长时间去重新走出来。患者拒绝交流，你既然是他的家属，他又肯听你的话，或许你可以多找找患者的病根，多安慰安慰他。"心理医生说得诚恳，周京书确实不愿意交流。

他一个字都不愿意说，本就是个厌恶无效社交的人，这种情况下怎么可能和心理医生敞开心扉。

"你是他哥哥？"医生突然问我。

我窘迫地侧目，周京书细皮嫩肉的，我做了那么多年的护卫，体脂率不知道比周京书低了多少，一身的腱子肉，两个人根本不像。

说到年纪，我一个连他生日都不知道的人，谁知道他比我大还是比我小，反正他捡我回家的时候我没他高。

"你说是就是吧。"我现在看起来确实比他大。

医生拍了拍我的手臂："现在看起来他的情绪还是可控的，就辛苦你多陪陪他了，找到源头多开导，有些时候呢……"

医生朝我意味深长地叹了口气："很多患者寻死并不是真的想死，那种信号是在向周围人求救，患者不认为自己在任何人眼里都是无关紧要的。"

我突然感觉胸口狠狠地疼了一下。

周家好像是从没给过周京书任何温暖，所以他才听我的话。

心理医生走后，我刚走到走廊，何飞就急急忙忙来了。我没忍住提醒了一句："这里是医院，你能不能沉稳点？"

何飞一脸诧异地观察我，又激动又不可思议，他的手里拿着一个本子。

"元洺，你看看这个！"何飞将手里的本子递给我，翻开第一页的时候我就看出来了，这是周京书的日记本。

我合上递给何飞，有些不高兴地呵斥道："你把人家私人的东西拿出来干什么？日记这种东西是隐私，不能看的，你不懂吗？"

何飞喷了一声："这是被周老爷子扔出来的，我真的没翻，我去捡的时候就正翻开着呢，我看了个正着！你快看看！"

"快啊！"何飞催促道。

何飞的样子怪异得很，好像里面有金子银子一样。

"隐私懂吗？"

我是个有素质的人，我不看。

我摩挲着本子，去他的素质！我想看！

我翻开日记本，周京书的字迹和他的人一样温润，没有尖锐的笔锋，让人舒适，前面记录着一些琐事。

日记从两年前就开始写了。

我越往后翻，越明白何飞为什么会那么吃惊。

周京书给夏寻谦写了一封道歉信，里面还夹了一张一千万的支票。

里面清清楚楚地写了周京书的心路历程。

除了这些，里面还写着他想方设法和周家摆脱关系的一切做法。

偶尔他也会发发牢骚。

日记本翻到一半的时候，出现了林元洺的名字。

之后这个名字以最高频率占据整个本子。

2月15日：林元洺出差了，何飞泡的咖啡真难喝。

4月28日：林元洺受伤了，给他发奖金，他爱钱。

4月30日：林元洺有病。

5月25日：我做了错事，但这件事情好像可以帮我脱离周家。

5月29日：林元洺在，懒得赶走。

5月30日：再看收费。

6月4日：大哥说我从小到大都没有人关心，他说得不错。

6月19日：他说错了。

6月22日：我的行为伤害到夏寻谦了，等会儿给他赎罪。我想让他回家，可夏寻谦好像可以帮我脱离周家，我是个自私自利的罪人。

6月25日：我把家里密码告诉林元洺了。

7月2日：睡觉。

7月17日：林元洺给夏寻谦买花的时候会挑自己喜欢的买。

7月19日：对不起，夏寻谦。

7月24日：林元洺做饭好吃，还想吃。

8月1日：我不是没有人关心。

8月4日：夏寻谦的展会要开了，封麟不会放过周家，也不会放过我，我父亲也不会放过我，我谁也保护不了。林元洺像个傻子，一点脑子都没有，以免林元洺受牵连，把他赶走。

8月18日：我让人打了他，不知道他什么时候走，我在门口待了一整夜。林元洺变凶了，也不听我的话了，那才是他。林元洺认为自己与我不平等，林元洺不应该被我拖累。

8月19日：一切都结束了，我生下来便是周家的耻辱，我将用一辈子让周家蒙羞！

8月20日：林元洺会有新生活。

9月2日：我想埋在青柏山。

纸张沙沙的声音在我耳旁充当着背景音乐，静谧与嘈杂第一次和谐地交融。

我看到这里，再往后翻便没有了。

我能清楚地感受到自己指尖的颤抖，喉咙连着下腹泛着说不清道不明的苦涩。

浑身上下都能感觉到疼。

我久久没能回神。

原来我不是无关紧要的人，对周京书来说很重要。

喉咙干涩得我说不出话来，出口是一声苦笑。

难怪……难怪周京书看见我就配合治疗了。

浑浑噩噩的视线让我找不到焦距，有些看不清。

我把日记本藏进衣服里,和何飞对骂了两句去洗手间洗了把脸,调整好之后推开了周京书病房的门。

"他真的没走!"一进屋,我就看见查房的护士严肃又恳切地对周京书说话。

见我进来,护士眼睛明亮了些。

我缓缓地走到床边,就那么居高临下地看着周京书。

护士走后,我将病房的门关上。

"需要我陪你?"我一脸如常地问他。

周京书没回答。

屋子里就我和周京书两个人,我等着周京书的答复。

他没说话。

周家后续还有很多烂摊子,封麟也不是一个息事宁人的人,周京书并不能全身而退。

我拉着凳子在周京书床侧坐下。

这个世界上没有比周京书更矛盾的人,想要我有新的生活,自己却烂在泥里。

"我在这里陪着你。"

以往周京书对我的印象应该是唯命是从不敢反驳,现在我不听周京书的了,他也知道他根本不能拿我怎么样。

周京书依旧想赶我走,我知道周京书为什么执着于让我离开,无非是对自己的未来不抱希望。

我坐在病床一侧的椅子上闭目养神,没和周京书说话。

到饭点了,我去楼下给周京书买了晚饭。或许是知道赶不走我,他也不赶了。

我威胁他吃饭,他也吃了。

之后我们俩之间的默契仅仅限于互不干扰。

因为要照顾周京书,我在医院门口租了一间家属房。我发现他不爱吃我在外面买的,如果是我自己做的,他会吃得多一些。

发现这一点之后,周京书每天的晚饭几乎都是我做的。

但周京书依旧不怎么和我讲话。

晚上我会在医院陪床,周京书在医院待了一个星期,没有任何人来看望过他。

第八天的时候,警察来了。

周京书清醒后,依旧对自己做的事情毫无悔改之意,封麟一纸诉状将他送进了监狱。

非法囚禁他人,剥夺人权自由,周京书供认不讳,被判了三年。

我知道周京书为什么不求和解,他是想恶心周老爷子。

我去找封麟,希望得到谅解书,这种事情当然像天方夜谭。

周京书确实做错了,但他对自己的未来没有一丝渴求,像医生说的那样,出院的当天,周京书的求生意志依旧不强。

他知道自己会进监狱,所以把所有人都推远。

周京书被带走后,我东奔西走想办法。封麟没有理由帮我,我也不奢望夏寻谦能帮周京书。按照封麟的性子,怕是这一切的事情他都不会跟夏寻谦透露。

周京书应该受到惩罚。

周京书入狱那天,我见到了他。

他瘦了好多,没有好好吃饭,也没有好好睡觉。

或许是周京书以为我走了,他见到我的时候明显错愕慌张。

那天天气凉得厉害,冷风冷雨搅得人不得安宁。

周京书抬眸看了我一眼,那双眸子里是我从未见过的复杂目光。他或许在考虑现在,又或许在考虑将来。

周京书入狱后,周家没在封麟手里讨到任何好处。

我一直周旋其中,周京书不想让周家好过。

在此期间,我找到之前认识的一些人咨询,开了一家保镖公司,做高级别的安防活动。这类项目目前有很大的市场缺口,或许是我运气好,又或者说这就是我认知之内的钱,就该我赚。

约莫过了一年,封麟那边的施压少了不少,我认真配合交了几倍的罚款。周京书态度良好,在狱中表现也很好,所以在入狱一年后获得减刑。

那年春天,周京书出狱了。那天,公司接了一个商务活动的大单子。

我将事情丢给了何飞。

何飞一脸不可思议,在公司跳脚:"你不是见钱眼开吗?今天这单三百万,你丢下就走了?"

"不是还有你吗?"我说。

我拿着车钥匙,头也没回地走了。

我在第一监狱门口等了一个小时。

嘎吱响的铁门响了。

我抬眸看向周京书,他的头发长了很多。

周京书的头发现在已经和刚刚进去的时候差不多长了。

我故意站在车旁靠着。

周京书看见我了。

他见我不动,并没有过来,而是直接朝着大马路走了。

我真服了,我就应该拍拍衣袖,在他面前说一声"老奴来接您了"!

我咬牙切齿地看着周京书,地上的石子被我踹出去两米远。

"周京书,你往哪儿走呢!"我喊了一声,就朝他走了过去。

周京书听见我的叫唤,余光瞥了我一眼。我疾步跑到他面前的时候他停住了,我没好气地凝视着他。

"我那么大一个人站那里,你看不见啊?你往哪里走?"

周京书淡然地啊了一声,眼神清澈:"我以为你在那里有事呢。"

"我来接你你不知道吗?"我早晚得被周京书气死。

周京书继续往前走:"没兴趣知道。"

我一把抓住周京书的手,力道故意大了些,就该他疼:"跟我回去!"

周京书听见这话,脚步朝我这边偏离了一些,并且正正经经回了个"哦"。

拉着他到车旁后,我直接将他按到了副驾驶座。

我从另一侧上车后看了他一眼,眼神窥探过去的瞬间看到他望向窗外。他笑了,虽然弧度很小,但我就是看见了。

"笑什么?"我问他。

周京书靠着座椅没看我:"重获自由,高兴。"

车开出了警戒距离,是一片靠海的马路,从车窗望出去,能感受到呼啸的海风迎面而来。

## 第十章
### 他的未来

渤城市中心，VK咖啡厅内。

"还得是夏老师的画展！"

"是啊是啊！又是今天的网络话题热点！"

"真的真的！老天爷到底给夏老师关了哪扇窗啊？人又好看又温柔还有钱，对艺术的真知灼见简直无与伦比，他简直没有缺点！"

"要是能见夏老师一面，就太幸运了！"

夏寻谦坐在咖啡厅的角落，看着前面几个学生拿着手机在看，说着说着就说到了他，就没忍住多听了一会儿。

他看着面前的咖啡，端起来喝了一口。尽管他已经强迫自己去适应了，但还是不太喜欢喝。

他起身走到柜台结账，付钱的时候顺便给刚刚夸自己的几个学生的一起付了。

这时手机忽地振动了一下。

夏寻谦看到来电显示，眉头立马蹙了起来。

至于为什么看到电话会蹙眉，这就说来话长了。

他正在被催婚！

"妈……"夏寻谦接起了电话，直接岔开话题，"我在加班，有什么事晚上回来说。"

"今天的业内酒会你必须来啊，我告诉你，你七点前要是不到会场，我就把你的小秘密都说出去。"对方没理会夏寻谦的话，直接说着自己的目的。

夏寻谦抿着唇："我画展的事还没处理好呢。"

"再说了，我有什么秘密？"

"嘿！"姜南的声音大了些，"你小子房间里有好多人像，你不是不画人像的吗？"

"妈！"夏寻谦听见这话，猛地一个起身，"我去！我去还不行吗？晚上七点一定到！"

夏寻谦抚着额头叹息。

什么酒会，夏寻谦知道姜南让他去就是拉着这个女孩认识认识，拉着那个女孩认识认识。

夏寻谦挂断电话后往外走，没辙，只能掐着时间去酒会了。

他今日穿着一身简单的白衬衣，到达宴会大厅门口的时候，看着一个个西装革履的矜贵派头，只觉得自己指定又要被姜南骂了。

夏寻谦进会场后没有和任何人打招呼，这些生意上的人对他兴趣都不大，加之他又穿得朴素，没几个人注意到他。

走到酒会内的自助点心区，恍惚间夏寻谦就想到了封麟以前带着他去的那个宴会，所有人都在会场内扮演着自己的角色，他被那一抹熟悉的嘈杂氛围拉回记忆深处。

又或者说，站在高处也是为了不让自己成为人海茫茫中的渺小一粟罢了。

"谦谦！"姜南的声音突然在夏寻谦一侧响起。

夏寻谦侧目过去笑了笑。

姜南，是他的母亲，真正有血缘关系的生母。

从小夏寻谦就异常听话，姜南觉得夏寻谦太省心了，就想着他什么时候才会有需要父母帮衬才能做到的事情。

那么多年过去。

事实证明，夏寻谦努力又上进，总跑在所有人前面。唯独一条，就是一直没有对象！

这一点让姜南急得跳脚。

姜南走到夏寻谦面前，把他拉到角落酒台："怎么样？看上谁家姑娘没有？妈去给你要微信。"

夏寻谦环顾四周，刚刚在门口确实有人和他搭讪，都被他搪塞过去了，但这话不能和姜南说。

"你怎么穿成这样就来了？"姜南扯着夏寻谦的衬衣，"你看看你穿的这是什么？没钱买衣服穿吗？啊？"

夏寻谦垂眸审视了自己一番："这不挺好的吗？"

"你是生怕别人看上你是不是？你看看人家一个个不是高定就是私人订制，你穿这个，别人还以为我们家要破产了呢。"

夏寻谦从没想过一位母亲能有这么多话，又唠叨又可爱的。

姜南拍了拍夏寻谦的手臂，酒会上人多，刚刚她是一路打着招呼过来的,此刻用眼神示意夏寻谦:"那个喜欢吗?就是那穿粉色长裙的姑娘怎么样?"

夏寻谦:"她可能不喜欢我这样的。"

姜南又瞥向另一边:"那……那个长头发女孩呢?明晓,百司集团的千金,可有礼貌了,要不要妈引荐你们认识一下?"

夏寻谦:"我不太喜欢长头发。"

姜南:"那个给你爸敬酒的呢?"

夏寻谦:"她看起来比我大吧。"

姜南:"那个'娃娃脸'你总喜欢吧?"

夏寻谦:"像我妹妹。"

"夏寻谦!"姜南的声音里多了几分咬牙切齿,一把拧住夏寻谦的耳朵。

夏寻谦浑身怔了怔。

夏寻谦和姜南二人所在的位置在场地边上,酒会上的人基本都在中间位置各处逢迎着,没有人看见。

正当夏寻谦以为自己真的要被打的时候,姜南松开了夏寻谦。

她掏出手机,突然认真又严肃地注视着夏寻谦。

"帮我拿一下。"

话刚说完,姜南的手机信息弹窗出来,夏寻谦的手机振动了一下。

夏寻谦打开看了看,推送过来的名片上的头像是一张随手拍的文件堆叠照,看得出来是为了头像随便拍的。

但头像下面小字简介那一栏的文字让夏寻谦的顿时愣了一秒。

夏寻谦眼神微颤,心里也莫名紧张。

他飞速点开对方的名片,简介完全展露出来后,手颤抖到差点拿不稳手机。

腾申,封麟!

短短几个字,夏寻谦看了一次又一次。

因为只有简介,夏寻谦不敢确定,但不确定他也会自己去证实。

他点击了添加好友。

姜南见夏寻谦一脸不情愿的样子,在夏寻谦拿起手机的时候就点了消息撤回。

于是在夏寻谦正准备添加好友的时候，消息恰巧被撤回了！

当夏寻谦看见红色感叹号的时候，急忙看向姜南。

"妈……"

夏寻谦虚着调子："刚刚的微信能再给我推一下吗？！"他表情为难地捏着手机，真怕姜南不给他，"我想着这人学识渊博，说不定可以在他身上学到点什么东西呢……"

"要多交朋友，您说的嘛。"他看着姜南的手机道。

姜南嘴角勾起一抹暗笑："让你加个女孩联系方式跟要你命一样，你妈我这么多年算是白忙活了。"

说完姜南打开手机，一通操作后给他推了无数个微信！

"这些都是我认识的还不错的晚辈，交朋友嘛，不嫌多。"

夏寻谦无奈道："妈，你别乱来。"

姜南看了自己儿子一眼。

夏寻谦不敢接话，拿着手机翻姜南推送过来的微信，眼神越来越凝重。

翻到最后，夏寻谦带着几分较真："我要刚刚那个。"

姜南："哪个？"

夏寻谦："腾申集团的继承人。"

姜南憋着笑："你心还挺大，这些人里面，就他最不可能和你交朋友。"

夏寻谦拿过姜南的手机，搜索刚刚的名字，飞速将名片推给自己并且添加好友，最后还不忘说："谢谢妈。"

姜南嫌弃地瞥向夏寻谦的手机："哟，就交这一个朋友啊？"

"其他的也都交交朋友，多个朋友多条路。"

夏寻谦不知该如何推辞，直接一本正经地说："这个是最有钱的。"

姜南直接竖了一个大拇指，真不愧是我儿子，够有野心。

这个插曲过后，姜南便没再逼迫夏寻谦在宴会混脸熟，甚至还给他挡了两个桃花。

回到家洗漱好后躺上床，夏寻谦翻开手机，收到了一条验证消息——对方拒绝添加您为好友。

夏寻谦看着屏幕上的红色感叹号，呆滞了许久。

夏寻打开浏览器，搜索腾申集团有关封麟的信息。

各类商业信息加上腾申半真半假的八卦都找出来了，就是没翻到一张关于封麟的照片！

翻着翻着，夏寻谦注意到一条不起眼的新闻。

腾申集团长子在法国拍卖会以一百万拍下一个百年缂丝鎏金工艺的银镯。

下面附了一张银镯的图片。

夏寻谦看着新闻，那银镯的脉络花纹栩栩如生，内腕刻着长命百岁几个字。图片中的银镯在摆台上放着，破裂的痕迹感与悠久的记忆重合，夏寻谦呼吸猛地一窒。

夏寻谦将手机翻到微信添加好友页面。

拒绝就多加几次，他就不相信有人被一直烦还能不加的。

夏寻谦再次点击添加好友。

这次他发了验证消息："你好，我是夏寻谦，请问可以认识一下吗？"

半个小时后消息来了——对方拒绝添加您为好友。

夏寻谦没有气馁。

他打开手机再次添加好友："你好，腾申集团之前找我画过一幅网络宣传图，方便沟通一下吗？"

夏寻谦突然觉得幸运，因为这件事是真的。虽然他没答应，但现在可以当借口。

两分钟后，对方依旧拒绝添加好友。

拒绝回复："联系腾申宣传部。"

夏寻谦把手机摔到柔软的被子上。

他抱着被子乱甩一通，咬牙切齿地骂了封麟两句。

然后，他又气狠狠地拿起手机，再次添加好友："宣传部门说这边需要你拍板，我想和你沟通一下。"

两分钟后，对方拒绝并回复："请联系宣传部。"

夏寻谦抿着唇继续添加好友。

添加。

拒绝。

添加。

拒绝。

来来去去二十次后,封麟终于同意了好友申请。

夏寻谦看着突然能打开的聊天框,指尖颤了颤!

他看着聊天窗口,紧紧握着手机,一时间又不知道该说什么了。

他打开了封麟的朋友圈,一张自拍也没有。

只有高尔夫球场、高端测验场所和海天一线的游泳池,处处透露着高级感。

微信一共就三条朋友圈,不能看出任何信息。

但如果是封麟,这样的社交状态倒是也符合他的人设。

冷漠孤傲,自我,蔑视一切。

夏寻谦返回聊天框。

对方发了一条消息过来。

封麟:"既然要我看,麻烦把画稿发过来。"

夏寻谦蹙着眉,他哪里来的画稿?

之前腾申找他画宣传图,因为合作意向不大,夏寻谦就拒绝了。按理来说他现在答应,腾申高兴还来不及呢。

但这个腾申继承人好像没那么明白自己的画有多少含金量。

夏寻谦直言回复:"是这样的,我想问一下封先生对这次的画稿有什么特定的要求没有?先沟通好我才好动笔。"

封麟:"符合企业文化底蕴,不刻意商业化。"

下一秒封麟发了一张照片给夏寻谦——是一个放在透明玻璃柜中的银镯。

封麟:"它给你什么感觉,我就要什么感觉。"

夏寻谦看着照片愣神了片刻,他打开照片放大,可以清晰地看见银镯的花纹,那正是他以前日日都戴着的小银镯。

几乎是在那一瞬间,夏寻谦无端肯定对方就是自己苦苦寻觅的人。

他突然从床上起身,走到书房,将之前的画拿出来翻找。

找到那张画着小银镯的画纸，夏寻谦拿着手机拍下了一张照片，这种时候当然是拿来套近乎了。

他将拍下的照片发给封麟。

夏寻谦："我们俩还挺有缘的，封先生。我很喜欢这个小银镯，之前在网上看见了，很喜欢就画过一幅，一直希望能见到真容，没想到在先生手里。"

对方许久都没有回复，夏寻谦看着聊天框，嘴角勾起一抹笑意。

估计是被震惊了，但……还早呢不是吗？

半晌后，封麟回复了夏寻谦："确实有缘。"

封麟："所有人都说我这个镯子买得不值，你怎么看？"

这是防备小了些。

夏寻谦看得出来，封麟好像被挑起了一丝兴趣。

他直接发送了一条语音："值与不值看先生如何看待，所有人都说不值，但先生还是拍下来了，它在你那里岂非无价之物？既是无价，自然是值。"

发送后，他又回复了第二条语音："我很喜欢这个银镯，如果先生愿意割爱，我愿以双倍的价格买下。"

夏寻谦的调子倦懒中带着些刻意的轻松。

许久后，封麟回复了五个字："爱物，不割舍。"

夏寻谦识趣地换了个话题："封先生什么时候回国？"

封麟："待定。"

夏寻谦："先生刚刚是被我烦得不得不加我的吗？"

封麟："你说呢？"

夏寻谦发了一个猫猫捂脸的表情图，然后说："那我先把初稿画出来给封先生过目，有需要改动的地方，可以直接和我沟通。"

封麟回了一个句号。

夏寻谦看着突然而来的结束语，气得直咬腮帮子！

就这臭脾气，和以前简直如出一辙！

夏寻谦扔了手机，愤恨地拉着被子给自己盖上！然后顺带踢了一脚被子。

夏寻谦躺下之后翻来覆去睡不着，拿着手机看了无数次聊天窗口，莫名地害怕封麟对自己印象不好。

结果直到凌晨三点才睡着，早上起床的时候已经是上午十点。

他睁开眼的第一件事，就是找手机打开自己和封麟的聊天框，然后殷勤问好："早，封先生。"

消息发出去，直到他洗漱完才得到一个回复。

封麟："我这里是晚上。"

夏寻谦窘迫后突然想到什么，穿好衣裳走向绘画间。这个房间是整栋别墅视野与采光最好的地方，从窗户望下去就是大片的绿植。他住的地方很安静，风吹过来时树枝簌簌的响声无端地让人觉得舒适。

夏寻谦喜欢在这间屋子里作画。

之前想高调些，听朋友的话开通了微博，他应粉丝要求答应了每个月会开一次绘画直播。想到此处，他点开微博打开了直播后将直播间分享给了封麟。

夏寻谦："封先生，我今天有个绘画直播，你有时间可以来看看，了解一下我的作画风格，以便于我们后续沟通。"

夏寻谦："我直播很安静，不会吵闹。"

两秒后对方回复："没时间。"

夏寻谦见状，握着画笔的手紧了几分。

啧，他还真是难搞。

但这直播已经开了，现在关上是不可能的，于是他瞥向直播镜头。

半分钟内已经进来了几万人，并且在不断增加。

夏寻谦也不知道粉丝为什么会那么快进来，但总不能为了封麟气得下播吧。他轻轻调整着直播角度。

夏寻谦直播是不露脸的，只纤长的手臂与白衬衫和面前的画板入镜，窗外的绿植让照进屋里的阳光多了几分嫩尖般的滤镜，温润静谧。

少年不入画，却更似画。

夏寻谦直播一般不会说什么话，安安静静的。但架不住粉丝多，大家就爱看他温柔地画画。

他拿着颜料盘作画,很少看屏幕,为免让人误会他是哑巴,有时候也会挑些问题回答一下。

他观察着满屏的弹幕,和以前差不多,一半叫夏老师,一半……叫宝贝。

"夏老师终于开直播了!"

"宝贝的手好好看,天哪!我不是来看画的,是来看手的!"

"什么样的人能跟夏老师做朋友啊!"

这个时候,夏寻谦看见一个醒目的用户名。

熟悉的字眼让他的动作微微滞顿。

夏寻谦注视着已经被弹幕翻滚上去的用户名,指尖伸到屏幕上划,找到那个熟悉的用户名后点进了主页。

连名字都和微信一样,他有些想笑。

夏寻谦转过身,拿过一侧桌子上的水杯喝了一口水。

"夏老师为什么不进娱乐圈!"

"到底是谁在认真看夏老师画画!画没有夏老师好看!"

夏寻谦没管屏幕的躁动,无意识般身子前倾去拿画笔,然后看了看屏幕,又挑了一条弹幕回答。

"最近夏老师有没有商稿?"

夏寻谦的声音十分清透:"最近确实接了一个商稿,昨天刚刚加到了负责人的微信。"

话落,弹幕持续滚动。

"天哪,夏老师居然真的接商稿了吗?"

"个人还是集团的?哪家哪家?哪家那么有品位!"

"夏老师和负责人聊得投缘吗?我记得夏老师蛮看重眼缘的。"

夏寻谦回复了是否投缘的话题。

夏寻谦:"我觉得挺投缘的,与他一见如故,像是生死与共的朋友。"

夏寻谦余光看着弹幕没再管,而是自顾自地画画。

其间画到一些有关手法的问题,他会认真地说两句。看他直播的学生也不少，不乏想真正学东西的。

夏寻谦画了一棵石榴树。

直播一共一个小时，到后面的时候，他放下了画笔，又选了几个想回答的问题给出了答案。

"夏老师有想过谈恋爱吗？"

夏寻谦："确实有这个想法，但看缘分。"

"天哪！夏老师之前都只回答绘画上的问题，今天怎么回事？回答了那么多私人的话题，是不是心情特别好？"

夏寻谦摩挲着画笔，温声道："心情是挺好的。"

弹幕一片沸腾后，夏寻谦又逗小孩般和粉丝互动了几句。

他又回答了几个学术上的问题，在感谢粉丝后便关了直播。

下播后，夏寻谦在微博上搜索封麟的微信名称——F。

封麟的微信名称是一个F。

像懒得起名字随便打的一样，事实或许也正是如此。

刚刚没仔细看，夏寻谦再次点开头像，确实和封麟的微信头像一模一样。

一沓散乱的文件，一侧是一支限量版钢笔。

用户直播停留时间是半小时。

夏寻谦嘴角微微勾起，心满意足地下楼。

姜南已经和夏寻谦达成非常好的默契。

他只要不下楼，姜南绝对不会去打扰他。

但只要他下楼了，就会……

"夏寻谦！你又不吃早餐！早饭我给你热三次了，你小子是不是讨打啊！"夏寻谦刚从楼梯下来就听见了姜南的骂声。

"妈……"夏寻谦眼神飘忽地流转，"我刚刚开了一场直播，答应粉丝了的，食言了多不好。"

他意识到什么，边说边扣着自己的衣裳扣子。

姜南双手环住臂弯："我刚刚看你直播了，你在那儿干吗呢？"

夏寻谦猛地抬眸咳嗽了几声，局促得想找条地缝钻进去。

他是真没想到姜南会看自己直播！

虽然她之前也有看过，但她说夏寻谦不说话无聊就没看了。

夏寻谦极力掩饰："刚……刚喝……喝水洒身上了。"

姜南了解自己儿子的性子，什么人能让他突然行为怪异起来，她心里有数。

姜南："怎么的？有人在看你直播，你不自在啊？"

夏寻谦快速走到餐桌旁，埋着脑袋剥餐桌上的鸡蛋。

一顿操作后，他吃了一口蛋壳进嘴里！

姜南憋着笑，一本正经地道："按道理来说，蛋壳可以吃，还能补钙呢。"

夏寻谦喝了一口水，假装什么都没发生过。

姜南也没再打趣他。

正吃着早餐呢，夏寻谦的手机振动了一下，消息是封麟发来的。

夏寻谦余光看了姜南一眼，而后迅速吃完鸡蛋喝了两口牛奶便拿着手机上了楼。

姜南见他鬼鬼祟祟的模样，只想笑："什么东西见不得人啊？"

"哦，对了，你之前说想和腾申的大公子交朋友，我之前没见过这孩子，就找腾申夫人要了照片，你还真别说……"姜南继续说着。

闻言，夏寻谦步子猝然顿住，飞速转身下了阶梯三步并作两步到了姜南身边！

"妈，我看看！"夏寻谦的眼神落在姜南的手机上。

"看什么？"姜南故作镇定。

"你刚刚不是说腾申夫人给你发了封麟的照片吗？我想看看。"

姜南震惊地观察夏寻谦："敢情……你真没见过？"

"那么随便吗？"姜南歪着脑袋看他。

夏寻谦乖乖地站着，姜南观察他那模样，心立即就软了。她拿出手机解锁，找到和腾申夫人的微信对话框。

翻了几页之后，她将对话框里的照片放大后递给夏寻谦看："喏。"

"大学的时候拍的，好些年了。他妈妈说封麟不爱拍照，她手机上也就这一张。"

夏寻谦接过手机，定睛认认真真地看。

画面中的人看起来青春洋溢，虽然板着脸，眼底的青涩却很好探寻。

夏寻谦看着照片，突然笑了出来。那一刻，所有的喜悦尽显眼底，腾申集团的继承人真的是先生……

真的是封麟！

虽然照片里的封麟比以前遇见的时候看着要年轻不少，但夏寻谦一眼便认出来了，是他没见过的先生的模样。

夏寻谦眼里有细密的湿意，他明明那么高兴，眼眸却不自觉地泛酸。

姜南的声音在夏寻谦耳畔绕圈，等他反应过来，姜南已经叫他好几声了。

"啊。"夏寻谦朝姜南笑了笑，将照片转发给了自己，"我见过的，之前封先生回国去过我们学校。"

"我先上楼了。"夏寻谦看完照片继续往楼上走。

夏寻谦的嘴角勾起笑意，脑子里构想了一百种再次与封麟相见的场景。

他上楼后打开和封麟的微信对话框，精神紧绷又无端激动。

封麟发了一张夏寻谦刚刚的直播截图。

夏寻谦看着截图，说真的，挺好看的。

他回了封麟一条语音："怎么了……封先生？"

回复后，他就看见对话框上的"对方正在输入"。

五分钟后。

对话框依旧是"对方正在输入"。

夏寻谦打了一个问号过去，封麟的消息发了过来。

封麟："你现在既然在和腾申合作，那么我希望你可以谨言慎行，做符合品牌理念的事。"

封麟的话极其严肃，夏寻谦都能想象到他冷着脸打字的模样了。

夏寻谦给封麟发了一个委屈的表情图，垂眸脸颊微红，老老实实地红着眼眶抠手。

夏寻谦："是我哪里做得不好吗封先生？"

夏寻谦："我平时很少直播，一个月一次，答应了粉丝分享一些绘画技巧。"

夏寻谦:"我刚刚是说错话了吗?"

封麟:"我不干涉你的私事,只是希望你能树立一个符合品牌气质与理念的积极且正面的形象。"

封麟:"至少在合作期间需要如此。"

夏寻谦看着封麟发过来的消息。

似想到什么,他不自觉笑出了声。

他打字回复:"我知道了。"

随后发了一个猫咪蹭手心讨好的动态表情图。

封麟没再回复。

夏寻谦也打算放慢速度。

接下来的五天,夏寻谦都没找过封麟。

到第五天的时候,夏寻谦再次收到了腾申的合作邀约,这次来人是带着正规合同来的。

夏寻谦故意拒绝了。

他的回复是签不签合同看最终画稿呈现如何,等双方满意了再签。

目的没有别的,他只是想让封麟知道他夏寻谦的稿没有那么好约,需要他自己来搞定。

第六天的时候,夏寻谦拍了一张图片,发了一个朋友圈。

一张看风景的背影照片,背着光只能看清夏寻谦的上身轮廓。他站在开放式阳台上,窗外是海,夕阳即将落下,余晖的光芒与少年同框,一侧是一杯未喝完的威士忌。

夏寻谦的配文是:"生日快乐。"

最后一抹阳光洒在他的脸颊上。

愿望,已经实现了。

刚发出去没多久,夏寻谦的手机振动了一下。

封麟:"初稿在准备吗?"

夏寻谦这日是真喝了酒,身体恢复健康后他总喜欢挑战一些之前没做过的事情,今天多喝了几杯。

他拿着手机翻到与封麟的对话框,最后浑浑噩噩地点了视频通话。

他按下视频后,握着手机死死地盯着。

手机振动发出嘟嘟的声响,对方没接。

明明就是在的,刚刚才发了消息过来,怎么会不接呢……

夏寻谦迷糊地想着。

直到视频通话结束,他也没有看到想见的人。

他顿时就蔫了下去,望着快要完全暗下来的天,那种内心空洞的失落感让他紧绷着弦。

本来就委屈的人这下子就更委屈了。

封麟每次都会给他过生日的。

买不一样的礼物,变着法地哄他开心。

夏寻谦思绪飘忽着,拿起面前的威士忌又喝了一口。

微红的脸蛋被冷冽的风吹得更红了。

他放下酒杯,拿着手机进了屋,混混沌沌地爬上床后趴在被子上按住微信语音,那带着酒意的话就那么没有预兆地发了出去:"为什么不接?"

他的语气委屈中带着显而易见的责备。

"为什么不接?"他再次质问了封麟一句。

夏寻谦的语气丝毫没有对陌生人的有礼与温润,而是同前世一样与封麟置气后才有的苛责。

他对着手机继续发了一条语音,调子又软又凶:"我告诉你封麟,我再发一次,你再不接就完了。"

说完,他拨弄着手机又给封麟发了一个视频过去。

"嘟嘟嘟——"等待接听中,"嘟嘟嘟——"

约莫过了十秒,封麟接了视频。

但夏寻谦理不清思绪,视频也没对着自己的脸,就那么瘫在床上。

这个角度刚好可以让夏寻谦看见对面封麟的画面,自己这边的状况他也没心思去考究。

封麟那边是白天,整个画面与昏暗的房间形成鲜明对比,视频角度虽然怪异,但确实可以看清封麟的脸。

现在的封麟和夏寻谦印象中一样，成熟稳重，不苟言笑，那种与生俱来的压迫感好像生生世世都追随着他，面容冷峻不说话的时候看起来总是严厉的。

封麟看不清夏寻谦的脸，堆起的被子挡住一角，他只能看见少年细长的头发。

听夏寻谦刚刚发过来的语音，明显就是醉得不轻。

"喝酒了？"封麟淡漠的声音从屏幕中传来。

夏寻谦听见有人说话，但耳鸣得厉害，也没听清封麟说的什么。

他看着手机上封麟露出的脸，嘴角勾起，眼睛不自觉地弯成小月牙。

他伸手触碰手机屏幕，用温热的指腹勾勒着封麟的轮廓，他能感受到自己的激动。

真是神奇，封麟好像命中注定能牵动他的思绪。

夏寻谦抚摸着屏幕。

"瘦了。"他喃喃地道。

怎么会瘦呢？

"夏寻谦？"视频对面再次响起熟悉的声音。

"说说话吧。"夏寻谦抱着手机发号施令。

后来他又断断续续地说了好几次不许挂视频，而后才心满意足地睡去。

第二天起床的时候，夏寻谦凝着眉睁开又闭上好几次才醒来。

清醒之后，他回想了好半晌。

猛地，他翻找出手机，页面是和封麟视频的通话结束界面，通话时长是一小时八分钟。

他抬手扶额："成事不足败事有余！"

喝酒误事，喝酒误事！他打开对话框，给封麟发了条道歉信息。

夏寻谦："抱歉封先生，我昨天太高兴喝多了，没叨扰到你吧？"

夏寻谦："不管我昨天说了什么你都当没听见就是，实在抱歉，我平时不这样的。"

本来以为封麟在忙，但对方几乎秒回。

还是逐一回复。

封麟:"叨扰了。"

封麟:"听见了。"

夏寻谦:"我昨天……没说什么吧？"

封麟:"说了。"

夏寻谦瞳孔轻震:"我说什么了？"

封麟将话题岔开:"既然醒了，就把画稿准备一下，先给我确认。"

夏寻谦见状，直接顺着台阶就下了。

夏寻谦:"好，保持沟通。"

发送完，夏寻谦猛然惊起自己为什么那么怂？

这样想着，他直接发了第二条:"不是工作上的事情，我可以找你聊天吗？"

封麟:"比如？"

夏寻谦:"比如我现在起床了，阳台的花还没浇水，吃了饭要去画室拿颜料，今天想吃螃蟹，晚上的时候会去岛湖散步，昨天过生日喝了酒，现在脑袋昏昏沉沉……"

夏寻谦:"比如我和你说这些。"像朋友一样。

消息发出去后两分钟，对方都没有回复。

夏寻谦又道:"如果觉得叨扰，我就只和你聊工作内容。"

夏寻谦看着封麟发过来的信息，长睫快速地扇动了几次，是一条两秒的语音。

封麟:"一直认识我？"

夏寻谦看着手机对话框，愣了足足两分钟。

他打字回复:"我准备初稿去了，晚上吃了饭去散步，等下拍给你看。"

封麟或许没想到夏寻谦会这么不清不楚地回复。

夏寻谦本以为封麟会再追问或者和以往毒舌的性子一样撑回来逼得他哑口无言，但封麟却只淡然地回了一个"嗯"。

夏寻谦再次愣神。

难不成昨天……封麟对自己态度改观了？

夏寻谦回了一个小猫的表情图给封麟。

他想：反正如果封麟问，他就说随便发的，没有别的意思。

封麟没问，只回复："昨天过生日？"

夏寻谦又想起昨天迷迷糊糊中发生的事情，闭了闭眼。

他回复道："是过生日，然后喝了一点酒，我酒量不太好，所以……"

封麟："酒量不好，应该少喝。"

这语气夏寻谦莫名其妙地觉得他能构想出来，封麟以前就总爱给他上课，一副老总的模样说道。

夏寻谦乖巧地回了一个"好"。

之后就没再收到封麟的回复。

但夏寻谦像是得到了准许一般，从那时起便开始给封麟分享。

去画室，夏寻谦给封麟拍了一下里面的情景。

夏寻谦："我的第二个家。"

封麟："挺别致。"

中午吃饭的时候，他给封麟拍了一张饭菜的图。

封麟："喜欢吃螃蟹？"

夏寻谦放大图片，没感觉自己透露了什么："你怎么知道？"

封麟："盘里三只，你碗里两只。"

夏寻谦："你在取笑我？"

封麟又只回了一个句号。

夏寻谦被这个句号气得牙痒痒。

姜南望着夏寻谦，一脸的不解："这就谈崩了？"

夏寻谦捂着嘴咳嗽了一声："没崩。"

"交朋友要心细一点，你这样没耐心怎么行？"姜南拉开凳子坐下，开口就是训诫的语气。

夏寻谦努着嘴尽量让自己别气得哭出来。

"知道了就好。"姜南给夏寻谦夹了一筷子菜。

被姜南说了一通后，夏寻谦给封麟发了一个委屈的表情图。

夏寻谦："刚刚被我妈骂了。"

封麟许是在忙，一个小时后才回复夏寻谦。

封麟："我不太会安慰人。"

夏寻谦："让我别难过就行。"

封麟："别难过。"

夏寻谦心情立马就好了，旋即给封麟发了一个小猫歪头的表情图。

夏寻谦："我话是不是很多？"

封麟："不多。"

封麟的性子他可太了解了，他不是一个会用空闲时间和一个不感兴趣的外人聊天的人。

能句句有回应，夏寻谦敢肯定封麟对自己或许有了一点兴趣，又或许，不止一点。

晚上吃好饭，夏寻谦去了孤岛散步。夕阳坠落与湖面平行的时候，他拍下了一张照片，落日余晖被记录了下来。

夏寻谦将照片发给封麟。

夏寻谦："同赏。"

封麟几乎秒回了夏寻谦的消息："发给了几个人？"

夏寻谦："就你一个。"

封麟："风景不错。"

夏寻谦："我人也挺不错的。"

封麟没有正面回答。

回到家后，夏寻谦洗漱好给封麟吐槽了一下浴室的水，而后道了晚安。

第二天如常。

夏寻谦和封麟分享自己的生活，琐碎，点点滴滴。

封麟都会回，出于礼貌也好，敷衍也罢，夏寻谦发的每一条信息他都回了。

以网友与合作对象的身份相处了半个月后，夏寻谦将画好的初稿发给了封麟。

这次的画稿其实是腾申和一家国际高级珠宝做的联名，标榜的是独一无二的高奢理念。夏寻谦要做的只是一个高调画册扉页而已，结合品牌气质，这一点其实不难，但封麟要求的那种沉淀感浓郁的气质却难以展现。

夏寻谦画的背景基调是绯红，这样的色彩在现在的潮流色差中被标榜着"土俗"二字。但夏寻谦大胆地用了，将红呈现得温柔似水。那抹红色如新生，从画布中心破出，张扬而内敛，高调而无名。

封麟对夏寻谦的画没有提出任何修改意见。

第二日的时候，腾申再次拿来合同，夏寻谦签了。

当天，夏寻谦对着窗拍下自己沾染了颜料的手，窗下绿叶悠然盈步，白色的窗帘也是那抹彩色的背景。

夏寻谦食指是有一抹鲜艳的红色，远看瞧着像是被划了一道口子。

他将照片发给封麟："工伤费结一下。"

两人聊了半月之久，夏寻谦说话随意了许多。

封麟："受伤了？"

他回复了一个"嗯"字，然后就收到了封麟的转账——一万元。

夏寻谦看见这突如其来的转账，眼睛都瞪大了。果然不能和他开玩笑，他会当真。

但别的不说，封麟果然一直都这么大方！他毫不客气地收了钱。

他以前一年的医药费都不知道要花多少，别的封麟也是紧着最好的给他用，他当然不会客气了。

夏寻谦收了钱后，又拍了一张手的照片。

手上的颜料已经洗干净，肤色白皙纤长的指腹入画。

夏寻谦将照片发给封麟。

夏寻谦："手好了。"

消息发出去后，夏寻谦眼尾摇曳着细微的弧度，按住语音又给封麟发了一条语音："先生破费了……我就不客气了。"

封麟："嗯。"

第二天直播，夏寻谦穿了一件水蓝色的薄款针织衫，温柔的气质与画板上的颜色相得益彰，整个画面都是静谧柔和的。

直播开启后，粉丝涌入得很快，几分钟内上线人数达到几万。

他开了直播后，将直播间分享给了封麟。

夏寻谦："哥快来，我今天超漂亮。"

当他在直播间看见那个熟悉的用户名的时候，嘴角略微上扬。

他今天左手上戴着一个小银镯，这个镯子是很久之前他自己找师傅定制的，和前世那个如出一辙，按照记忆中的模样复刻，他今日刻意戴着。

果不其然，弹幕里很快便有人发现了这个镯子。

"夏老师的镯子好好看啊！天哪第一次见男孩子戴银镯那么漂亮的！"

"是啊是啊，现在的年轻人都戴手表等奢侈品，夏老师和小银镯怎么就莫名地配呢？"

除了这些，一些扎眼的评论自然也有。

"上次夏寻谦说有新的合作对象，我查了就是腾申长公子！人不知道有没有把他放在眼里呢。"

"说的没错，那确实够恶心的。有名气又怎么样，腾申集团的老总能把他看在眼里？"

夏寻谦看见这样的弹幕，说不气那肯定不可能，但今天他不想让封麟看见这些评论，于是一个个地拉黑了。

弹幕清新不少后，夏寻谦看见那个熟悉的用户名发了一条评论。

"别在意，我会联系律师起诉。"

夏寻谦没想到封麟比自己还较劲，坏情绪立即一扫而空。

他笑了笑，而后靠近屏幕一些，声音里充满了棉花糖般的柔软："我哥来看我直播了，大家说话注意点，不然我会挨骂的。"

此言一出，直播弹幕再次炸锅。

他轻轻调整着直播角度，依旧没有露脸。他观察着翻动的弹幕，止不住地想笑。

夏寻谦给封麟设置了特别关注，所以他的留言会格外标红。

F："叫了几个哥看你直播？"

夏寻谦没回答这句话，只在屏幕前动了动手腕，小银镯发出叮叮的声响。

"今天画小银镯。"夏寻谦轻灵地笑了一声，接着说，"开玩笑的，大家别当真。"

"夏老师学坏了!"

接下来的弹幕夏寻谦没有回复,开始画小银镯。

绘画的过程中,有一个标红的ID号提问夏寻谦都会回复。

F:"很喜欢这个镯子?"

夏寻谦:"是很喜欢这个镯子,说出来可能有些可笑,我觉得这个镯子像是我的东西。"

他转动着手里的银镯,语气更接近呢喃:"真的……"

F:"衣服扣子开了。"

夏寻谦看见这条弹幕,垂眸看了看自己,衣裳有一颗扣子散开了,他没动。

他切换到微信给封麟回了一条消息:"想管我啊?"

封麟:"你现在是我的合作对象,我管你的社会形象,没什么不妥。"

夏寻谦:"知道了。"

夏寻谦:"忙了。"

回复后,夏寻谦就往后退了一步继续画画,直播间的人只当夏寻谦又在调整直播角度,根本没看出任何异常。

画了大概十多分钟,夏寻谦拿着画笔的手紧了些,一阵眩晕感袭来。他努力想站稳,却心慌得厉害,这种无神无主的滋味还真有些以前发病时的滋味。

夏寻谦放下画笔,站直在直播看不见的地方浅浅吸了一口气。

这细微的动作直播间大部分人没看出有什么不对劲。

封麟发了一条微信过来:"怎么了?"

封麟:"不舒服?不舒服就先关了直播去医院看看。"

封麟还在直播间,其实他们二人一直没能破冰的原因夏寻谦一直搞不明白。他自认为封麟对自己的态度不是淡然无所谓的,明明也清楚自己想交朋友的意思,不拒绝也不往前一步。

这让他一直气闷。

如此想着,他倒真想借机试探试探封麟了。

又或者不用假意试探,他现在确实有些莫名其妙站不稳了。

他微微喘着粗气,他靠近手机,整个人占据画面,身后的画板被

278

挡住:"抱歉,我现在……有点不舒服,可能要先下播了。"

夏寻谦尽量让自己站稳,可声音越发颤抖:"下次再继续画这幅……"

头重脚轻的感觉让人飘忽,夏寻谦想关闭直播,手颤抖着伸了好几次也没触碰到红色的关闭按键。

等按到的时候,他看着手机已经有无数个重影。

于是直播的最后画面是夏寻谦重重地晕倒在了画室中!

直播没有关闭。

弹幕中各种担忧的话刷得比刚刚快了几倍。

"夏老师晕倒了!!快打120!快啊快啊!"

"好好的怎么晕倒了!别吓我。呜呜呜……"

"谁知道夏老师家的地址?没有地址怎么打,我真的急死!!!"

"我马上给夏老师朋友微博私信!"

"有没有夏老师家人看直播啊!快啊大家还不知道是为什么晕倒呢,时间不等人啊……"

"夏老师你可千万别有事啊!"

弹幕刷得快到看不清,大家都忧心忡忡地关注着地上的夏寻谦。

因为晕倒,夏寻谦的脸露了一部分在直播画面中。因为角度原因被挡住不少看不确切,只能看出来有些苍白。病态的美感萦绕在他身上,无端惹人怜惜。


G国,晚上十点多,某高档酒店。

封麟在酒店房间看着国内直播平台的画面,握着手机的手背青筋暴起。

身形本就瘦弱的夏寻谦晕倒在画室内,直播间内的弹幕快得让人看不清。

封麟的呼吸无端变得急促。

他无法解释为什么看着夏寻谦晕倒会那么心慌意乱,那种感觉如钝刀将他一刀刀凌迟,心口无端绞疼。

几乎是在夏寻谦倒下去的瞬间,封麟便以最快的速度让人查出了夏寻谦母亲的电话并拨通说明情况。

可过了两分钟姜南也没见回来，夏寻谦依旧倒在冰冷的地板上。

"夏寻谦……"封麟不自觉地轻声喃喃。

若是问封麟这一生有没有感受过紧张的滋味，他高高在上的地位铸就了他的性格，自以为那是旁人无能的逃避说辞。

但他今日，现在，此刻，感受到了。

他和夏寻谦相隔万里，帮不了分毫。

起初封麟只觉得夏寻谦很特别，慢慢相处下来，那种特别越来越明显，于千万人中，他的出现和任何人都不一样。

现在，封麟再次明明白白地感受到是怎样的不一样。

对任何人任何事都淡漠的封麟，现在紧张，心焦，心急如焚！

直播间的弹幕依旧在滚动，时间一分一秒过去，封麟却丝毫没有办法。在他的精神紧张到极点的时候，看到画室的门被打开了。

姜南匆匆忙忙地跑到夏寻谦面前。

"宝贝！"

看着赶来的姜南，封麟松了一口气，握着手机的手松了些。

姜南叫了夏寻谦几声依旧没有得到应答，她将人轻轻扶起才看到直播还开着。

姜南是见过世面的，夏寻谦如今在网上有一定的热度，要妥善处理好。

姜南在关闭直播间前，明确表示夏寻谦醒了会给大家报平安。

她刚刚在外面接到电话就急匆匆地往家里赶，家庭医生也是那时候叫的。

她将夏寻谦扶出画室的时候，医生恰巧赶来。

医生来后没多久夏寻谦就醒了过来，姜南指着夏寻谦劈头盖脸就是一顿骂。

听了半晌，夏寻谦才听明白自己刚刚是因为低血糖晕倒了。

他心虚，没敢看姜南。

姜南凝视着躺在沙发上醒过来的夏寻谦，抿着唇神色严肃："我跟你说了每天饮食要恰当，你今天是不是又没吃早饭？"

姜南瞪了他一眼："没个人整天看着你是不行了是吧？"

夏寻谦舔了舔唇瓣，手指抠着沙发垫："妈你别生气了。"

"没事就好，没事就好。"一旁的家庭医生笑着打圆场，"既然醒了，可以先吃点高糖的食物，再休息一下就好。"

"下次多注意，要合理饮食，顾及身体。"

夏寻谦一一应下来。

医生走后，夏寻谦乖乖吃了两块巧克力，姜南没好气地啐了他两句，又去厨房做了点吃的端出来。

待夏寻谦精神了些后便打开手机，映入眼帘的是封麟发来的十多个视频通话。

夏寻谦回想刚刚的情况，隐约记得直播好像没关成功。

姜南一心只想着夏寻谦，哪里还想得起来去报平安。夏寻谦回复了几句人没事、小问题的话后就打算发个微博让大家不要再担心自己。

他打开手机前置摄像头，拍了一张正脸照，微微歪着脑袋，虽然依旧能看出有几分虚弱，但明显有几分血色了。

身后的背景是暖色的沙发，温馨柔和，与夏寻谦清冷的气质融合，透出些许易破碎的美感。

他拍好照片后发了第一条露脸微博并配文——谢谢大家关心，我没事，刚刚只是有点低血糖，两分钟就好了，抱歉让大家担心了。

微博刚刚发出，他的手机就响了起来，是封麟打来的。

他正打算给封麟回消息，便直接接了起来。

接通电话后，他能听出对面环境有些嘈杂。

"先生……"他蜷缩在沙发上，声音因为刚清醒无端嘶哑。

封麟的声音从耳畔传来，压抑着情绪："醒了？"

"嗯……"他软声嗯了一声。

封麟的音调高了几分："低血糖？"

他猜封麟看见自己的微博了，也就没否认："现在没事了，刚刚吃了两块巧克力，妈给我弄吃的去了……"

他的话还没说完就被封麟打断："夏寻谦你几岁？那么大的人不

知道关注自己的身体吗？"

"要是刚刚没有人能联系上你家里人怎么办？"

封麟的声音里呵斥意味愈浓，夏寻谦挠了挠鼻尖："我这不是没事吗……"话落，他乘胜追击，"你是在担心我吗？"

封麟冷声问道："你现在还有心情开玩笑？"

夏寻谦捂住口鼻咳嗽了几声："我现在很难受，你就别凶我了好不好？"

对面瞬间没声了。

这时，从厨房端了一碗粥出来的姜南走到了他身边，将粥递给他。

夏寻谦见姜南一副凶巴巴的样子，心虚地准备挂了封麟的电话，先认认真真地填饱肚子。

"待会儿说，我马上要被揍了。"他飞快地说完，不等封麟回话就挂了电话。

吃完后，他又向姜南保证以后一定会按时按量吃饭，但依旧被揍了两拳。

姜南见他脸上的血色恢复后才回了公司。

来来去去折腾了许久，夏寻谦睡了一个回笼觉，再醒来的时候天色已经暗了下来。

窗外霞光与野林平行，落寞缺失的滋味无端让人有一种被世界抛弃的错觉。

他打开手机，发现封麟挂了电话后给自己发了几条消息。

这么久以来，封麟不常主动找自己聊天。

基本上都是夏寻谦找他聊，今天算是真难得。

封麟："好好休息。"

封麟："我刚刚不是在凶你。"

封麟："醒了回个消息给我。"

夏寻谦愣了愣，然后喷笑。

晚上，夏寻谦给封麟打视频电话。

"我下周回国。"封麟告诉他。

夏寻谦："我们现在算朋友吗……"

夏寻谦抬手轻轻触碰手机屏幕，熟悉的五官在指腹的勾勒下带着心脏加速跳动。

"好了，我不逼你了。"夏寻谦抿唇，"我睡觉了。"

"晚安。"封麟磁性的声音传来，是和以前一样让人安心的调子。

夏寻谦笑出了声，旋即挂断电话。

挂断电话后，夏寻谦没睡，而是发了一条消息给封麟："我去机场接你。"

接下来的一周，夏寻谦给封麟分享生活中的琐碎，每天都给封麟发视频，晚上睡觉的时候好几次打过去封麟都在处理公事。封麟在公司批改文件，他就抱着被子看着封麟做事，直到迷迷糊糊地睡去。

只要夏寻谦不挂视频，封麟就不会挂，夏寻谦睡觉的时候封麟那边刚好是白天，他倒是乐意看夏寻谦乖乖睡觉的样子。

像一只被顺了毛的猫。

第六天的时候，封麟坐上了回国的航班。

夏寻谦看见消息，十分惋惜地回了封麟："我今天工作上的事情不能及时处理好，可能接不了你了。"

夏寻谦："晚上一起吃饭。"

封麟握着手机，咬着腮帮子回了一个"好"。

封麟的行李不多，就一个小行李箱。他之前以为夏寻谦会来接，就没让公司的人来接，等出了机场才给公司的司机打电话。他正垂着头打电话的时候，忽然一个人映入眼帘。

封麟眼睛细微地转动，冷着的脸旋即变柔和。

"哇……有个人要哭了。"夏寻谦不知从哪里钻出来的，就那么站在了封麟面前，少年笑意盈盈，让人不自觉定睛。

虽然这是两人第一次见面，但莫名他们就好像认识很久了一样，没有生疏也没有隔阂。

夏寻谦穿着简单的白衬衣，不争不抢却格外出挑。

"又见面了，封麟。"夏寻谦眉眼弯弯凝视着面前的封麟。

风与日头并在，四目相对，一切都在其中。

夏寻谦的笑容好似盈月。

封麟。

记得吗?你一直在救深陷泥泞的人。

(全文完)

## 番外
## 长命百岁

夏寻谦病重的几年，有一年严重到经常不记事。

忘了自己的名字，忘了封麟，也不明白自己为什么会住在封家。他总想着往外面跑，医生对此也没有办法，只是说多开导开导。

封麟带着夏寻谦去了一处村庄。

那是个风景秀丽的好地方，远离城市喧嚣。这里的人还遵循着一直以来淳朴的生活方式，烧柴生火，喝山泉水，吃新鲜的野菜，这样的环境倒是适合夏寻谦养病，安静祥和，空气清新。

这里的老宅子是封家搬走之前祖上留下来的，封麟小时候还在这里住过。

但他太久没回来，这里的人很多都不认识他了。若是说起名字，哪家搬走的，村里的老人又能恍惚着过来摸摸封麟的肩膀。

"小麟啊，都长这么大了。"

"真是气派啊。"

"娶媳妇儿没有啊？"村口的大爷听封麟自报家门后，直接抬手便拍到了封麟的手臂上。

封麟轻轻咳嗽了一声，不想再扯太多。他这个年纪，结没结婚这种问题在老年人眼里也只能是肯定的答案，否则便会是喋喋不休的追问。

"嗯。"封麟温声应了。

"真是有福气，当年你们搬走，村里的人怕屋子垮了，一些杂物放在里面，我们时不时会去看看。现在你们回来了，刚好随便整理一下便可以住了。"大爷笑道。

封麟闻言颔首，温和地道："多谢你们了，确实打算住一段时间。"

"这段日子，可能要叨扰大家了。"

大爷笑着："说什么话呢，我可是看着你长大的。现在城里人都喜欢回乡下玩，我们这儿啊，空气好得很呢。"

"准备住多久呢？"大爷问。

"把老房子收拾出来也要些时间，应该会多待一段时间。"

"好好好，待会儿来屋里玩。"大爷指着自己冒着薄烟的屋子，"今天来家里吃饭。"

两人寒暄了几句，封麟便带着夏寻谦去了老宅。

这里的房屋比封家气派压抑的老宅多了太多人情味。

明明那么破败，看着却又像是好好收拾一下就能住一辈子的地方。

宅子前种着一棵石榴树，许是多年没人打理，已是十分颓败的模样。本该嫩绿的枝丫发黄，树干干枯，树下是片片落叶。

夏寻谦紧皱眉头，他看着封麟收拾着地上的残枝败叶，只觉得奇怪。

他浑噩的脑袋闷闷地疼，他叫什么名字，又忘了。

他只知道自己生病了，容易忘事，脑子里的记忆也断断续续的。

封麟拿了一把凳子过来，满是灰尘的凳子被封麟拿沾了水的毛巾擦拭干净又擦干后递给夏寻谦。

"坐，收拾好了我叫你。"

"你叫什么名字？"夏寻谦突然开口问封麟。

封麟抬起头，他好像已经习惯了夏寻谦的问题："封麟，我叫封麟，记住了吗？"

"为什么要管我？"夏寻谦好奇地回道。

"记得你父亲吗？"封麟反问他。

轻柔的风袭来，他的发丝被带着飘起："记得。"

"他托我照顾你，我答应他，帮你把病治好。"封麟回答他。

夏寻谦的眉紧蹙："你人真好。"

"坐着别动。"

夏寻谦见封麟有条不紊地收拾屋子，眼神忽地落在了在那棵要死不死的石榴树上。

"那棵树死了吗？"夏寻谦问。

"死了吧。"封麟说。

夏寻谦起身从院子边快要干枯的井中舀了一些水，然后给石榴树浇了半晌。

"你想救活他吗？"封麟观望着夏寻谦的架势，笑出了声。

"你救我，我救它，你说谁能成功？"

"谁知道呢。"封麟注视着那棵蔫了的石榴树,"你确实需要找点事做。"

"但我怕你会忘记给它浇水。"封麟抿了抿唇,"毕竟你今天一天问了我七次我叫什么名字。"

夏寻谦垂目,抬头的时候有些愧疚地问:"我的包裹呢?"

封麟拿了包放到夏寻谦身上:"我猜你忘了里面装着什么东西。"

夏寻谦咳嗽了一声:"确实忘了。"他只记得自己带了一个包。

他打开包,里面除了一些日常要用的,还有一个日记本。

他翻开日记,是他自己写的,每天清醒的时候都会写——

他叫封麟,别忘了。

每天按时吃药。

下个月是封麟生日,记得给他准备生日礼物。

他给我治病花了很多钱,给他买最好的礼物。

要相信他。

夏寻谦看着日记本上自己写下的文字,抬手摩挲了一下,眼睫缓缓地轻扇,而后敛目。

他拿起笔在上面加了一句——每天给石榴树浇水。

他合上日记本,靠在椅子上晒太阳。温和的阳光洒下来,照得他细密的发丝好似闪着金光。

他又在日记本中加了一句——会相信他。

他望着封麟忙碌的身影,觉得诧异。在他的印象中,封麟是一个只会做生意的商人,即使为了方便脱了西装,那收拾东西的架势还是有些不对劲,他很怕脏。

夏寻谦一整天都是懒洋洋的状态,直到天黑,封麟才将屋内勉强收拾干净。

晚饭是隔壁家的大娘送来的,街坊邻里知道是封家的小孩回来了,纷纷来看他,还送了些菜。乡里人的嗓门都比较大,欢声笑语不断,乐呵的氛围感染了夏寻谦。

晚上吃的是百家菜,凑了一整桌。

"这次回来打算住多久啊?"

"是啊,再不回来玩老房子都要垮掉了。"

"小麟真是越来越有本事了,上一回我还在报纸上看见他了呢。"

"那可不,小麟厉害得很,是不是把我们这些叔叔婶婶都忘了。"

封麟一句一句应着。

"怎么会?"

"带朋友回来养养病。"

耳边传来细微的鸟虫叫声,野风拂来,是温润的味道。

吃过饭,封麟给夏寻谦收拾了一张书桌出来,将他的小包放在书桌上。

夏寻谦吃了饭后便坐在院子里看书。

睡觉前他浇了树。

待在村子里的日子,夏寻谦每日都过得很开心,渐渐地,脑袋混沌的日子慢慢少了起来。

他可以十天半月不看日记,也能记得事情。

期间封麟带他去镇上的老中医生那里看过几次。

"多在环境好的地方待着,心情好确实对他的病情有好处,药要按时吃。"

村子里到镇上需要几个小时,那日夏寻谦支开封麟,拿着身上仅有的四百元给封麟买了一支钢笔。这东西实用,封麟也能用得上。

回到村里的时候天已经黑了,封麟手里是一堆的中草药,服用的方式被他记录在字条上。

熬上药后,夏寻谦见封麟往村口的方向去了。

最近一段日子,封麟几乎天天往村口的方向跑,弄得夏寻谦都有些好奇。

他这日闲着无事,便悄悄跟在封麟身后,想看看封麟到底是往哪里去。

夏寻谦跟着封麟去了村口,到的时候发现他在村口那家大爷家学做菜,衣袖撩起的样子倒还真像那么回事。

289

夕阳下的屋子被照得金灿灿的，生了火的灶台在院子里，没有烟囱，细细的烟雾萦绕在周遭，光散下来，像是有形状般。封麟有模有样地学着，这般的祥和氛围，总是让人舒适的。

"小夏来了。"大爷见夏寻谦站在远处，急忙将人招了过来，"快进屋坐啊。"

夏寻谦走过去，脸上浮起笑意："伯伯好。"

"好好好，你瞧封大老板站在灶台边上，是不是真像那么回事？"大爷笑得开怀，"在我这儿学了不少手艺去呢。"

夏寻谦观察着封麟西装革履的模样，直接笑出了声。

"不太像。"夏寻谦笑着，不客气道。

封麟眼神斜过来，夏寻谦侧目咳嗽了一声。

当天晚上二人在大爷家吃的饭，回去的时候天色已经完全暗了下来。

前方道路漆黑一片，头顶的月色照得黑夜柔和。

夏寻谦看不清前面的路。

忽然，身后一束暖黄色的灯光散开。他往后望去，便看见封麟手中提着一盏老式的煤油灯。

夏寻谦步子顿了顿，抬头看了看头顶的月亮，莫名其妙地站在光亮中心，他倒多了些感想。

他侧目，透着煤油灯散出来的微黄的光看着封麟，问："哥，我能活下来吗？"

"当然。"封麟回答得那么肯定，宛若一个掌控生死的神明。

"按时吃药。"封麟说。

"早上的药为什么倒掉了？"封麟突然严肃地问夏寻谦。

"太苦了。"不是太苦，是那个药喝了，会让他越来越记不清。

"可以换掉那个药吗？"夏寻谦问。

"还是喝吧。"封麟说。

"你知道……那个药喝了，会……"夏寻谦的话还没说完，封麟便接了他的话："知道。"

"身体健康更重要，病好了更重要。"封麟回答他。

"先生救我，是好人，我应当记得你。"夏寻谦往前走了一步。

封麟没回答夏寻谦的话，而是跟在夏寻谦身后走着。到院子里后，他打开了屋内的灯，让夏寻谦早些歇息。

"封麟。"夏寻谦叫住正要转身离开的封麟，从口袋里拿出买来的钢笔递给他，"生日快乐。"

封麟收下了夏寻谦的礼物："多少钱买的？"

"二十块。"

封麟眉宇微微挑起："正好能用上。"

"明天别再把药倒了。"不知怎么的，封麟话锋一转，如此说了一句。

之后的日子里，夏寻谦依旧不喝那味药，其他的药都会乖乖吃，唯独那味最苦的，他每回都会悄悄倒掉。

如果治好病会变成傻子，他才不要。

夏寻谦听见封麟和医生的对话了。

那药是个土方子，或许能治自己的病，但药性太猛可能会伤及根本，好与不好，像是在赌博。

或许健健康康地好了，或许身子好了，脑子没用了。夏寻谦不想赌。

在村子里住了几个月，夏寻谦的状态肉眼可见地越来越好。

没事的时候他便去村委会给村里的小孩念书，小孩子都很喜欢他。

"哥哥、哥哥，今天读什么书啊？"

夏寻谦揉着面前小女孩的头发："继续讲昨天的童话故事好不好？"

"好好好。"

夏寻谦得到肯定的答案，翻开手中的书本开始读。

夕阳温润梦幻，充满希望的橙色落在书本上，每一个字都与霞光同色。

三个月后，封麟回了城里，封家公司出了点事，夏寻谦一人在村子里待了一段时间。

封麟偶尔会给他写封信。

夏寻谦这日闲着无趣，走到了封麟的屋子，他在床头发现了封麟的日记本，和那支别在上面的钢笔。

夏寻谦没有偷窥别人日记的习惯,他想去将窗户关上,可日记本被他的手肘带着落地,直接翻开,上面的字他看得清清楚楚。

他将日记本捡起。

3月19日。

让人心态平和的地方,会容易让病好起来。可是太忙,不想活的小孩需要人管着,夏老爷子托我照顾夏寻谦,我应了,便是应了。

夏寻谦反应过来的时候,他已经往后翻了一页。

3月22日。

八种药,每一种都要吃。正如医生所说,是药三分毒,夏寻谦的后遗症变得越来越严重,忘了家里养的猫叫什么名字,忘了自己叫什么名字,也总问我叫什么名字。今天这个问题,我已经回答了七遍,想揍他了。

3月23日。
他把药倒了,是想清醒一点。我训了他,看看他明天还倒不倒。

3月24日。
倒掉了。

3月28日。
倒掉了。

3月29日。
倒掉了,随他去好了,浑浑噩噩地活着,他不快乐。
这世界有许多的不公平,夏寻谦,还小。
活下来就好了,那么多药,总能救回来的吧。

4月。
门口那棵石榴树。被夏寻谦养活了。
听说夏天会结果子。
石榴树能活,夏寻谦也能活。

5月。
收到了一支钢笔,四百块。
写字很流畅。
要回公司一趟。
夏寻谦,别看了,好好吃药。
你的药真的很贵。

看到最后一页,夏寻谦震得打了个哆嗦。
他合上日记,看了好久好久的夕阳,最后去把药吃了。

封麟回来是在一个月后。
夏寻谦的精神极好,只是又忘了封麟,这回忘得十分彻底。
封麟在门口的位置站着,他的气势与这个地方太过割裂,衣裳干净得像是刚刚才熨烫过。
"你是谁?"夏寻谦看着门口那个西装革履的男人,脑袋微微歪着,满脸的好奇。
封麟看着夏寻谦笑了出来,忘了好啊,忘了就是有好好吃药。
"我叫封麟。"封麟笑着回答他。
封麟看着他,忽然笑了出来。
半年后,封麟带夏寻谦去医院检查。医生告知,一切都在往好的方向发展,可以慢慢停药了。
夏寻谦渐渐地不再浑浑噩噩。
那日是除夕,头顶的阳光璀璨。当夏寻谦疑惑地看向封麟的时候,封麟再次叹了一口气。

"我叫……"

夏寻谦忽地笑了出来："封麟。"

封麟有些不可思议地看向夏寻谦："今天记得吗？"

夏寻谦脑袋微微歪着："记得。"橙金的色泽照亮少年的瞳孔，"以后都记得。"

夏寻谦知道自己赌赢了，在那两条极端的道路上踩到了彩虹，他逐渐变得健康。

两人在微风中相视而笑。

一个月后，夏寻谦再次看到了封麟的日记——

医生说他痊愈了。

小时候苦的小孩，都会长命百岁。

石榴树活了，他也是。

冬天的时候下了雪，夏寻谦也断了药。

封麟敲了敲房门，让夏寻谦出来晒太阳。

夏寻谦裹着棉服走到院子里。

门口的石榴树上裹着厚厚的雪，夏寻谦走到院子里堆了一个雪人。

他把自己脖子上的红围巾围到了雪人身上。

他在雪人面前半蹲下来，突然抓起地上的雪站起。

封麟见状，急忙往后一步。

"你跑什么？我又不扔你。"

封麟站直："那行……"

他话还没说完，夏寻谦手里的雪球便朝他扔了过来，直直地拍在他身上后散开！

他没动，夏寻谦跑了。

还没跑出几步，夏寻谦绊了块石头，整个人栽进了雪里。

明亮的阳光照在积雪上。

封麟侧目笑出了声。

"哈哈哈哈……"

夏寻谦起来擦了擦身上的雪,又去团了一个更大的雪球。

夏寻谦的日记里写了许多东西。

夏天的时候,村子里的石榴树结了果子。

日记的最后一页写的是——

夏寻谦,长命百岁。